CAROLA DUNN

Miss Daisy

und die tote Sopranistin

atb aufbau taschenbuch

CAROLA DUNN wurde in England geboren und lebt heute in Eugene, Oregon. Sie veröffentlichte mehrere historische Romane, bevor sie die »Miss Daisy«-Serie zu schreiben begann.

Bei Aufbau Digital sind folgende Titel erhältlich: »Miss Daisy und der Tote auf dem Eis«, »Miss Daisy und der Tod im Wintergarten«, »Miss Daisy und die tote Sopranistin«, »Miss Daisy und der Mord im Flying Scotsman«, »Miss Daisy und die Entführung der Millionärin«, »Miss Daisy und der Tote auf dem Wasser«, »Miss Daisy und der tote Professor«, »Miss Daisy und der Tote auf dem Luxusliner« sowie »Miss Daisy und der Mord im Museum«.

Im Aufbau Taschenbuch bereits erschienen: »Miss Daisy und der Tote auf dem Eis«, »Miss Daisy und der Tod im Wintergarten«, »Miss Daisy und der Mord im Museum«, »Miss Daisy und der Tote im Chelsea Hotel« sowie »Miss Daisy und der Mord unter dem Mistelzweig«. Weitere Titel sind in Vorbereitung.

London, 1923: Für die junge Journalistin Daisy Dalrymple ist ein Konzertbesuch genau der richtige Vorwand, um sich mit ihrem Freund Alec Fletcher von Scotland Yard zu verabreden. In der Royal Albert Hall wird Verdis »Requiem« aufgeführt, und begeistert fachsimpeln Daisy und Alec in der Pause über die begnadete Mezzosopranistin, die an diesem Abend ihr Debüt gibt.

Doch dann geschieht das Unfassbare: Die Sängerin bricht tot auf der Bühne zusammen – sie wurde vergiftet. War es Mord aus Eifersucht? Schnell werden Verdächtige genannt, und Miss Daisy und Alec stürzen sich in komplizierte Ermittlungen, bis sie der Wahrheit schließlich auf den Grund kommen.

CAROLA DUNN

Miss Daisy

und die tote Sopranistin

Kriminalroman

Aus dem Englischen von Carmen v. Samson-Himmelstjerna

atb aufbau taschenbuch

Die Originalausgabe unter dem Titel
Requiem for a Mezzo
erschien 1996 bei St. Martin's Press, New York.

MIX
Papier aus verantwortungsvollen Quellen
FSC® C083411

ISBN 978-3-7466-3473-9

Aufbau Taschenbuch ist eine Marke
der Aufbau Verlag GmbH & Co. KG

1. Auflage 2018

Die deutsche Erstausgabe erschien 1998 bei Rütten & Loening.
Rütten & Loening ist eine Marke der Aufbau Verlag GmbH & Co. KG

Umschlaggestaltung Christin Wilhelm, www.grafic4u.de
unter Verwendung zweier Bilder von © PlusONE,
Yana Fefelova/Shutterstock
Gesetzt aus der Whitman durch die LVD GmbH, Berlin
Druck und Binden CPI books GmbH, Leck, Germany
Printed in Germany

www.aufbau-verlag.de

Kapitel 1

Als Daisy die Hand zum zweiten Mal nach dem glänzenden Messingklopfer ausstreckte, öffnete sich die dunkelgrüne Haustür.

»Ach, Sie sind es, Daisy. Kommen Sie doch herein«, forderte Muriel Westlea sie gleich auf, und ihr Lächeln auf dem schmalen, immerzu besorgt wirkenden Gesicht schien um Verzeihung zu bitten. Sie war eine etwas verwelkte Frau in den frühen Dreißigern, und ihr braunes, fleckiges Musselinkleid, das schon bessere Zeiten gesehen hatte, wirkte unscheinbar. »Bitte entschuldigen Sie die Wartezeit, aber unser Dienstmädchen hat heute Ausgang. Sie haben ja noch nicht einmal einen Mantel an.«

»Das macht gar nichts, ich wohne ja schließlich nebenan. Außerdem ist heute doch ein prachtvoller Tag. Bald blühen die Narzissen. Der Frühling ist einfach wunderbar.« Daisy trat in das Haus. Die Sonne schimmerte durch die viktorianische Buntglaslünette und die Buntglasfenster links und rechts der Tür und warf grüne und lilafarbene Flecken auf die weißen Wände und das gebohnerte Parkett. Auf dem Dielentisch stand eine Vase mit scharlachroten Rosen aus dem Gewächshaus.

»Von einem von Betsys – Bettinas Verehrern«, sagte Muriel, die Daisys Blick gefolgt war. »So gut wie Freilandrosen duften sie nicht.«

»Nein, aber sie sind trotzdem zauberhaft. Der richtige Name Ihrer Schwester ist doch Elizabeth, nicht wahr?«

»Ja. Als Kind hab ich sie immer Betsy genannt, und ich kann es mir einfach nicht abgewöhnen.«

»Ich weiß, ich hab auch ewig gebraucht, bis ich Lucy nicht mehr mit ihrem Spitznamen aus der Schule gerufen habe. Sie findet ihn so grässlich, dass ich ihn lieber nicht verrate.«

Daisy streckte Muriel ein leeres Marmeladenglas entgegen. »Ich fürchte, ich komme heute als Bettlerin. Ich will gerade einen Geburtstagskuchen für Lucy backen und habe gemerkt, dass ich nicht mehr genug Mehl habe. Glauben Sie, Ihre Köchin könnte ein Viertelpfund erübrigen?«

»Aber selbstverständlich. Kommen Sie doch in die Küche.« Muriel führte sie zur Dienstbotentreppe am hinteren Ende des Flurs. Irgendwo aus den Tiefen des Hauses hörte man, wie eine Frau zu Klavierbegleitung sang. »Wann hat Lucy denn Geburtstag?«

»Morgen. Ich backe einen Biskuitkuchen, weil der so leicht ist, und sie achtet ja immer so auf ihre Figur. Ihre Disziplin möchte ich haben«, fügte Daisy ironisch hinzu. »Diese Figur ohne Busen und Hintern werde ich nie haben.«

»Das würde Ihnen auch gar nicht stehen«, tröstete sie Muriel. »Und außerdem wird sich die Mode bestimmt irgendwann wieder ändern.«

Sie öffnete die mit grünem Bois bespannte Tür, und plötzlich wurde die Musik lauter. Die Carmen warnte ihren Liebhaber: *»Si je t'aime, prends garde à toi!«*

»Ihre Schwester hat ja eine wunderschöne Stimme!«

»Das ist nicht Betsy, das ist Olivia Blaise, eine von Rogers Schülerinnen.«

»Blaise? Der Name kommt mir bekannt vor. Kann es sein, dass sie schon einmal bei Lucy war, um sich porträtieren zu lassen?«, fragte Daisy, während sie die Treppe hinuntergingen. »Mr. Abernathy hat sie einer ganzen Reihe seiner Schüler empfohlen. Unglaublich nett von ihm. Es muss wunderbar sein, von Musik umgeben zu leben«, fügte sie hinzu, als das Klavier zu einer weiteren Arie der Carmen aufspielte.

Muriel seufzte. »Wenn man nur die Musik hätte, ohne die Launen der Künstler! Man sollte sich niemals in Künstler verlieben. Jedenfalls nicht in Solisten. Unbedeutende Chorsänger wie ich sind da natürlich unkomplizierter.«

Daisy platzte vor Neugier und hätte gern gefragt, ob Bettina wirklich so temperamentvoll war wie die meisten Künstler. Beinahe wäre sie der Versuchung, alles Taktgefühl in den Wind zu schreiben, erlegen, doch in dem Moment erreichten sie die Küche.

Die Köchin füllte Daisys Marmeladenglas mit Mehl, und als Daisy zugab, noch nie eine Biskuittorte gebacken zu haben, gab sie ihr sogar ein paar gute Ratschläge. »Das Wasser kocht gerade, Miss Westlea«, sagte sie dann. »Möchten Sie einen Tee?«

»Bleiben Sie noch auf eine Tasse da?«, fragte Muriel voller Hoffnung.

»Das würde ich gern, aber ich hab doch schon den Ofen angestellt und die Eier in eine Schüssel geschlagen. Ich glaube, ich sollte lieber wieder zurück.«

»Ja, dann müssen Sie wohl gehen.« Enttäuscht führte Muriel sie wieder hinauf in den Korridor.

Diesmal war der Gesang von der anderen Seite der boisbezogenen Tür zu hören. Er kam aus einem Zimmer, das am Ende des Korridors in der Nähe der Haustür lag.

»Judex ergo cum sedebit,
quidquid latet apparebit:
Nil inultum remanebit!«

Daisy verstand zwar die Worte nicht, fand aber, dass sich die klangvolle Stimme regelrecht boshaft anhörte.

»Jetzt hören Sie Betsy. Verdis Requiem. Das ist der Teil über das Jüngste Gericht. Wenn ›nichts vor der Strafe flüchten‹ kann. Das singt sie demnächst in der Royal Albert Hall. Meistens tritt sie in Opernhäusern in der Provinz auf. Deswegen ist dieses Konzert eine einzigartige Gelegenheit für sie. Wirklich wichtige Menschen werden sie hören.«

»Ich hoffe, dass alles gutgeht«, sagte Daisy aus Höflichkeit. Sie hatte Bettina Westlea – auch bekannt als Mrs. Roger Abernathy – nur einige Male gesehen, aber begeistert war sie von ihr nicht. Eigentlich hielt sie die Sopranistin sogar für ziemlich überspannt.

»Sie hat eine herrliche Stimme«, sagte Muriel loyal, »und außerdem ist sie wunderschön. Perfekte Voraussetzungen für eine Opernsängerin also. Es ist nur die Frage, wann endlich einmal die richtigen Menschen auf sie aufmerksam werden. Ach, glauben Sie, Lucy würde sich über zwei Konzertkarten zum Geburtstag freuen? Betsy hat ein paar Gratiskarten übrig. Das Konzert ist am nächsten Sonntag, eine Matinee. Um genau zu sein: Am 18. März 1923 um drei Uhr nachmittags wird Bettina ihren Triumph feiern.«

»Ich weiß nicht, ob Lucy Zeit hat, aber ich würde sehr gern ins Konzert gehen.«

»Dann sollen Sie die Karten haben.« Ihr Lächeln ließ Muriel um Jahre jünger und fast hübsch wirken. »Sie sind unten im Musikzimmer. Ich bringe sie Ihnen später vorbei.«

»Großartig! Werden Sie auch mitsingen?«

»Ja, im ProMusica Chor. Roger ist übrigens unser Chorleiter.« Während Muriel noch die Hand zur Türklinke ausstreckte, um Daisy zu verabschieden, klopfte es. Der junge Herr auf der Schwelle war großgewachsen und schlank und sah ausgesprochen gut aus. Sein blassgrauer Straßenanzug war hochmodisch und hervorragend geschnitten. Allerdings hingen ihm seine braunen Haare, die viel zu lang für die derzeitige Mode waren, bis auf den Kragen hinab. Dort war statt einer Krawatte ein Halstuch aus weißer Seide zu sehen, und sein Hemd sowie das Taschentuch in der Brusttasche waren fliederfarben. Eindeutig ein Mitglied der Boheme von Chelsea.

Daisy erkannte ihn nicht. Das Automobil allerdings, das sie hinter ihm im Mulberry Place erspähte, war ihr vertraut: ein kastanienbrauner Leyland Eight mit der bekannten langen, rechteckigen Motorhaube.

Er lupfte seinen grauen Homburg. »Guten Tag. Ich wollte Miss Blaise abholen.«

»Kommen Sie doch herein«, sagte Muriel ohne großen Enthusiasmus. Mit starrer Miene trat sie zur Seite. »Miss Blaise müsste jeden Moment fertig sein. Daisy, kennen Sie Mr. Cochran? Er wird den Verdi dirigieren. Unsere Nachbarin, Miss Dalrymple«, stellte sie Daisy vor, und der Dirigent verbeugte sich leicht. Dabei warf er einen fragenden Blick auf das Marmeladenglas.

»Sie wohnen nebenan? Dann müssen Sie die Photographin sein, die mir Abernathy für meine Presseaufnahmen empfohlen hat.«

»Das ist meine Freundin, Miss Fotheringay. Sie ist sehr gut.«

»Ich hätte auch selbst gern mit ihr zusammengearbeitet, aber meine Frau hat sich dann für einen Photographen entschieden, der früher schon einmal Aufnahmen von ihr gemacht hat.«

Daisy nickte. Plötzlich wurde die Tür zum Wohnzimmer aufgerissen. »Muriel, Himmel noch mal, wie soll ich bitte schön bei diesem Lärm proben?«, fragte Bettina verärgert. »Wer …? Ach, Sie sind's, Eric.« Sie lächelte wie eine Katze, die gerade eine Maus gefangen hat. »Sind Sie gekommen, um die liebe Olivia abzuholen? Hoffentlich freut sie sich auch, Sie zu sehen.«

Mr. Cochran lächelte, doch war es ein schwaches, geradezu verunglücktes Lächeln. Die goldenen Locken, die ein ovales Gesicht und große Augen von himmlischem Blau umgaben, beeindruckten ihn nicht im Geringsten. Bettinas blaues Seidenkleid war an der Hüfte gegürtet, und der bestickte Saum umspielte in der aktuellen Länge ihre Knöchel. Es passte zu ihren Augen und schmeichelte ihrer schlanken Figur.

Neben ihr sah die arme Muriel schäbig, mager und ältlich aus.

»Hallo, Bettina«, sagte der Dirigent verlegen. »Ich nehme an, Sie arbeiten schon tüchtig am Requiem?«

Die Sängerin warf ihm einen spöttischen Blick zu.

Daisy zögerte, ob sie tatsächlich zum Ofen zurückkehren oder doch lieber hierbleiben sollte, um herauszufinden, was zwischen Eric Cochran, Bettina Westlea Abernathy und Olivia Blaise vor sich ging. Als Journalistin konnte sie im Grunde gar nicht anders, als ihrer unersättlichen Neugier über zwischenmenschliche Beziehungen nachzugeben. Aber das würde die Gasrechnung schrecklich in die Höhe treiben. Sie wandte sich gerade zu Muriel, um sich zu verabschieden, als Schritte am hinteren Ende des Korridors die Aufmerksamkeit aller Anwesenden auf sich zogen.

Olivia Blaise war eine Erscheinung von überwältigender Eleganz. Während sie näher kam, erkannte Daisy zwar, dass ihr hellgelbes Mantelkleid ein wenig zu kurz für die neueste Mode und außerdem aus recht einfachem Jersey-Stoff geschneidert war, aber sie sah einfach unglaublich aus. Vielleicht, dachte Daisy neidvoll, war es die Art, wie sie ging, mit dieser graziösen Leichtigkeit, die eine gezügelte Vitalität ausdrückte. Wahrscheinlich würde sie in Lumpen genauso wunderschön aussehen. Ihr glattes, dunkles, kurzgeschnittenes Haar verlieh ihr etwas Elfenhaftes. Daisy erinnerte sich, wie Lucy von ihrer Gesichtsform geschwärmt hatte und ihr eine großartige Karriere als Photomodell vorausgesagt hatte, für den Fall, dass sie als Sängerin scheiterte.

Als sie die vier im Korridor stehen sah, verzog sie das Gesicht.

Cochran trat vor und platzte heraus: »Olivia, ich wollte Sie abholen.«

»Na, dann meinetwegen«, sagte sie unhöflich. »Immer noch besser, als mit dem Omnibus zu fahren.«

Hinter ihr trat Roger Abernathy aus dem Schatten des Flurs. Er war ein schwergebauter Mann mittleren Alters, dessen Haar sich schon etwas lichtete. Er blinzelte durch die dicken Gläser seiner Hornbrille. Sein Gesicht war schmerzverzerrt, und seine Lippen waren blau verfärbt.

»Roger!«, rief Muriel aus und eilte an seine Seite. »Du bist mal wieder zu schnell die Treppe heraufgekommen. Setz dich schnell hin.« Sie legte ihm den Arm um die Schultern und führte ihn zum Stuhl neben dem Flurtisch.

Olivia wirbelte herum. »Du liebe Zeit, das ist meine Schuld. Ich hatte es eilig, weil ich … das hier vermeiden wollte.« Sie deutete auf Cochran und Bettina. »Wie kann ich Ihnen helfen, Miss Westlea?«

»Er hat seine Medizin nicht dabei.« Muriel tastete in den Innentaschen von Abernathys Jackett. »Miss Blaise, könnten Sie bitte aus dem Ankleidezimmer das Reservefläschchen mit den Tabletten holen und ein Glas Wasser?«

»Bin ich selbst dran schuld«, murmelte Abernathy, während Olivia mit einem mitleidsvollen Blick an ihm vorbeieilte. »Gleich geht es mir wieder besser.«

»Wenn es dir dann wieder halbwegs gutgeht, Roger«,

zischte Bettina nervös, »dann brauch ich deine Hilfe mit dem *Liber Scriptus*.«

»Selbstverständlich, meine Liebe.« Sein Blick folgte seiner wunderschönen Frau, und trotz der dicken Brille war seine sehnsüchtige, fast unterwürfige Hingabe deutlich in seinen Augen zu erkennen.

Sie verschwand im Wohnzimmer und knallte wütend die Tür zu. Kurz darauf erklang ein Klavierakkord, und ein volltönender, herrlicher Mezzosopran war zu hören: »Liber Scriptus proferetur«. Der schwierige fünfte Takt wurde bravourös gemeistert.

Olivia Blaise kehrte mit Abernathys Medizin zurück. Cochran stand noch unsicher an der Tür herum. Er zögerte wohl noch, ob er seinen offensichtlich unerwünschten Besuch beenden sollte. Daisy beschloss, dass es für sie jedenfalls höchste Zeit war zu gehen.

»Ich bin jetzt weg, Muriel«, sagte sie. »Vielen Dank!«

Muriel, die mit dem Tablettenfläschchen beschäftigt war, warf ihr ein flüchtiges Lächeln zu. »Bis später, Daisy.«

Daisy eilte zurück zu ihrem entzückenden kleinen Häuschen nebenan und sauste hinunter in die Küche, die im Souterrain lag. Sie wog Mehl und Zucker genau ab, wie Muriels Köchin es ihr geraten hatte, und schlug dann energisch die Eier.

Eine Stunde später saß sie am Küchentisch und trank mit der freundlichen Mrs. Potter, die täglich zum Aufräumen und Saubermachen zu ihr und Lucy kam, eine Tasse Tee. Es klingelte.

»Also hab' ich ihm einfach gesagt: ›Nie im Leben machst du das, das kann ich dir sagen‹, hab ich ihm gesagt«, beendete die Reinemachefrau ihre Geschichte. Sie nahm den letzten Schluck ihres stark gezuckerten Tees und hievte sich aus dem Stuhl. »Ich geh mal an die Tür, Miss. Ist auch an der Zeit, dass ich die Badewanne saubermache. Und wehe, Sie schauen in den Ofen. Dann endet Miss Lucys Geburtstagskuchen als platter Pfannkuchen, das kann ich Ihnen sagen.«

Mit schweren Schritten ging sie die Treppe hinauf. Sehnsüchtig starrte Daisy zum Ofen. Es konnte doch nichts passieren, wenn sie die Tür nur ein winziges bisschen öffnete?

Aber die Köchin der Abernathys hatte ihr das ausdrücklich verboten, und wie würde Lucy sie damit aufziehen, wenn ihr der Kuchen nicht gelingen würde. Schließlich hatte sie ganz leichthin angekündigt, nichts sei einfacher als das!

»Es ist die Miss von nebenan«, rief Mrs. Potter die Treppe hinunter.

»Warten Sie, Daisy, ich komm zu Ihnen hinunter«, rief Muriel. Rasche Schritte klapperten auf der Treppe. »Ich bringe Ihnen nur schnell die Karten.«

»Vielen Dank, Muriel, Sie sind einfach großartig. Tut mir leid, dass ich eben so schnell geflüchtet bin, aber ich fühlte mich ein bisschen überflüssig. Hätte ich gesehen, dass Sie noch Hilfe brauchen, wäre ich natürlich geblieben.«

»Ist schon in Ordnung. Der arme Roger hat ein schwaches Herz, aber wenn er seine Pillen nimmt, ist alles in Ordnung. Er muss sie immer bei sich tragen, aber das vergisst er andauernd. Betsy weiß, dass seine Anfälle nichts Ernsthaftes sind«, verteidigte sie abschließend ihre Schwester.

Daisy, die sich durch die vorausgegangene Szene in ihrer Meinung über Bettina bestärkt fühlte, sagte taktvoll: »Es freut mich, dass Mr. Abernathy nicht ernsthaft krank ist.«

»Mich auch. Er war immer sehr freundlich zu mir.« Muriels eingefallene Wangen verfärbten sich rosa. »Es tut mir leid, dass Sie ... Ich meine, ich fürchte, die ganze Angelegenheit war doch ziemlich peinlich.«

»Sie meinen das eben zwischen Ihrer Schwester, Mr. Cochran und Miss Blaise?«

»Ja. Verstehen Sie, Miss Blaise hatte eigentlich erwartet, dass sie die Rolle für Mezzosopran bekommt, aber dann hat man sie Betsy gegeben. Das musste einfach Ärger geben.«

Das kann man wohl sagen, dachte Daisy. Sie hoffte, noch den Rest der Geschichte zu erfahren, und fragte: »Darf ich Ihnen eine Tasse Tee anbieten? Diese Kanne ist schon leer, aber ich kann noch eine machen.«

»Das wäre wunderbar«, sagte Muriel bedauernd, »aber ich muss wieder zurück. Jetzt, wo Beryl auch weg ist, geht niemand mehr an die Tür. Ich finde schon allein hinaus. Ich möchte Sie ja auch nicht von Ihren Bäckerpflichten abhalten. Der Kuchen riecht ja wirklich köstlich.«

»Du lieber Gott, ich hab ja ganz die Zeit vergessen!«

Entsetzt schaute Daisy auf die Uhr. »Noch fünf Minuten, bis ich einmal nachschauen darf! Wenn er halbwegs ordentlich gelingt, müssen Sie morgen unbedingt vorbeikommen und ein Stückchen mit uns essen.«

»Sehr gerne. So um vier Uhr? Am Nachmittag ist Betsy nämlich nicht da.«

»Dann sehen wir uns also um vier«, stimmte Daisy zu. Sie verkniff sich, zu äußern, dass sie eigentlich den Vormittag vorgezogen hätte. Das würde Muriel nur unnötig in Schwierigkeiten bringen. Wenn sie sich von ihrer Schwester so herumkommandieren ließ, dann ging das Daisy nichts an.

Kapitel 2

Die Biskuittorte sah durchaus essbar aus, was Daisy als großen Erfolg verbuchte. Schließlich war dies ihr erster Versuch. Den schwarzen Rand konnte man leicht abkratzen, und das Loch in der Mitte würde sie mit Marmelade auffüllen. Sie stellte den Kuchen zum Abkühlen auf ein Gitter, nahm die Karten für das Requiem und ging hinaus in Lucys Photographiestudio im hinteren Teil des Gartens.

Sozusagen über Nacht waren die Forsythien erblüht. Vor dem roten Backstein der zu Wohnungen umgebauten Stallungen wirkten sie wie eine goldene Fontäne. Daisy wünschte, irgendein kluger Erfinder würde endlich eine einfache Methode erfinden, mit der man schöne Farbphotographien machen könnte.

Wie immer war das kleine Studio vollgestellt mit Kameras, Stativen, Hintergrundgemälden und Requisiten. Der Schreibtisch in der Ecke verschwand förmlich unter Stapeln von Photos und Rechnungen, bezahlten wie noch unbezahlten. Dort steckte bestimmt auch irgendwo Lucys Terminkalender. Lucy spielte gerade mit dem Gedanken, ein Telefon installieren zu lassen; das würde sie dann wahrscheinlich als Haken für ihr schwarzes Photographentuch verwenden. Wie eine Frau, die immer unter diesem schwarzen Tuch hervorkam, ohne dass ein einziges Haar ihrer Frisur durcheinandergeraten war, diese Unordnung aushalten konnte, fragte sich Daisy schon seit Jahren.

»Lucy?«

»Ich bin in der Dunkelkammer, Herzchen, komme sofort.«

»In Ordnung.« Daisy setzte sich an den Schreibtisch und fing an, ein bisschen aufzuräumen. Sie half Lucy regelmäßig, wenn es im Geschäft besonders viel zu tun gab, und wusste daher, was wohin gehörte.

In dem Chaos fand sie unter anderem eine Photographie von Bettina mit ihrem Gatten. Roger Abernathy stand hinter seiner Frau, die auf dem Stuhl saß, und blickte mit einem derart schmachtenden Lächeln auf sie hinunter, dass Daisy verächtlich schnaufte. Es war doch einfach unerträglich! Dass Männer von goldenen Locken beziehungsweise einer goldenen Stimme immer gleich völlig verblendet waren! Sie versteckte das Bild unter einem anderen Haufen.

Als Lucy hereinkam, lagen die Papiere alle ordentlich übereinandergestapelt. Den weißen Kittel hatte sie schon in der Dunkelkammer ausgezogen, und auch die dunklen, kurzgeschnittenen Haare waren bereits gekämmt. Ihre Finger zeigten keine Spuren von chemischen Substanzen. Ihre Augen leuchteten bernsteinfarben. Ihre großgewachsene und schlanke Gestalt hätte man nie im Leben in einem wadenlangen Rock vom letzten Jahr gesehen, obwohl ihr Budget genauso beschränkt war wie Daisys. Sie schneiderte sich ihre Kleider selbst und gab für Stoffe und Schnitte dieselben Summen aus wie Daisy für Bücher und Grammophonplatten. Daisys schönster Hut von Selfridge's Bargain Basement ließ Lucy jedesmal schaudern, wenn sie ihn sah.

»Du bist ein Engel!«, sagte sie, als sie ihren aufgeräumten Schreibtisch erblickte. »Das hättest du nicht zu tun brauchen.«

»Na, ich konnte mir das nicht tatenlos ansehen.«

»So geht es mir beim Anblick deiner Haare. Für mich

wäre es das schönste Geburtstagsgeschenk, wenn du sie dir abschneiden ließest.«

»Ich denk noch mal darüber nach.«

»Ach, komm schon, Daisy, seit Monaten machst du eine Zitterpartie daraus.«

Daisy seufzte. »In Ordnung, ich mach's, morgen früh. Ich hab' Muriel zum Tee eingeladen – ich hoffe, du hast nichts dagegen?«

»Muriel? Ach so, das arme Mädchen von nebenan. Wieso in aller Welt …?«

»Ich musste mir etwas Mehl für deinen Kuchen ausleihen, und bei der Gelegenheit hat sie mir zwei Konzertkarten geschenkt für deinen Geburtstag.«

»Ein Konzert!« Lucy stöhnte auf. »Du hast ihr doch nicht etwa gesagt, dass ich mich darüber freuen würde?«

»Nein, Liebes, ich hab gesagt, bei dir wüsste ich das nicht so genau, aber ich würde mich riesig freuen. Also hat sie sie mir gegeben. Keine Sorge, ich werde dich nicht zwingen, mit mir hinzugehen.«

»Frag doch Phillip, ob er dich begleitet.«

»Phillip! Der würde nur aus Pflichtgefühl mitkommen, und genau wie du würde er sich zu Tode langweilen. Es gibt nichts Schlimmeres, als mit jemandem in ein Konzert zu gehen, der sich langweilt. Man kann es dann einfach nicht genießen. Nein, ich werde Alec Fletcher fragen.«

»Ach, Daisy, doch nicht deinen zahmen Polizisten! Er wird sich genauso langweilen wie Phillip. Und er ist kein Gentleman und wird es nicht diskret verbergen können.«

»Was weißt du denn schon davon? Du kennst ihn doch gar nicht. Alec ist durchaus ein Gentleman, und darüber hinaus liebt er gute Musik. Er hat mich zu einem Konzert in der Queen's Hall eingeladen, aber das war letzte Woche, als ich in Suffolk war und meinen dritten Artikel für Town and Country recherchiert habe.«

»Aber wirklich, Liebes, ein Bobby! So jemand ist einfach zu spießig, auch wenn er sich sogar Detective Chief Inspector schimpft. Ein Polizist kann einfach nicht ganz … na ja, ganz *comme il faut* sein. Und Phillip scharrt doch förmlich mit den Hufen, dich endlich heiraten zu dürfen.«

»Er scharrt überhaupt nicht mit den Hufen, mich zu heiraten, er fühlt sich nur wegen Gervaise verpflichtet, sich um mich zu kümmern«, sagte Daisy irritiert. Ihr Bruder, der beste Freund von Phillip Petrie, war im Großen Krieg gefallen, und sie schätzte es nicht besonders, jedes Mal daran erinnert zu werden, wenn sie sich mit Lucy über dieses Thema streiten musste. »Und du glaubst, Binkies Abstammung ist Grund genug, ihn zu ermutigen, obwohl er ein totaler Langweiler ist …«

»Phillip ist auch nicht gerade ein besonderes Kirchenlicht«, erwiderte Lucy.

»Und warum drängst du ihn mir dann dauernd auf?«

Lucy seufzte. »Ich dränge dir weniger Phillip auf, als dass ich versuche, dich von diesem Detective wegzubekommen. Lady Dalrymple würde in Ohnmacht fallen, wenn sie wüsste, dass du dich mit einem gewöhnlichen Bullen abgibst.«

»Mutter fällt sowieso immer in Ohnmacht, egal, was ich tue. Sie braucht einfach etwas, worüber sie sich aufregen kann. Das hält sie in Schwung.«

»Stimmt«, sagte Lucy ein wenig kleinlaut. »Na ja, ich hör mal auf, mit dir zu schimpfen. Gleich habe ich wieder eine Sitzung – wenn du irgendwo meinen Terminkalender ausgegraben hast, könntest du wohl nachschauen und mir sagen, ob die Kundin um Viertel nach oder halb kommt?«

»Viertel nach. Ich verschwinde jetzt auch und stör' dich

nicht länger. Nicht verzweifeln, meine Liebe. Vergiss nicht, dass Alec Witwer ist und mit seiner Mutter und seiner Tochter zusammenlebt. Kann gut sein, dass die beiden mich schon auf den ersten Blick verabscheuen.«

»Niemand verabscheut dich auf den ersten Blick, Herzchen. Viel wahrscheinlicher ist, dass sie dir alle ihre Sorgen erzählen, kaum dass du über die Schwelle getreten bist.«

Daisy lachte und machte sich auf den Weg zurück ins Haus. Lucy hatte recht. Die Leute vertrauten sich ihr gern an, und sie wusste gar nicht, woran das lag. Alec, der ihr schon in zwei seiner Fälle mehr Einzelheiten offenbart hatte, als seine Vorgesetzten oder er selbst eigentlich für recht und angemessen gehalten hätten, grummelte gelegentlich vorwurfsvoll etwas von arglosen blauen Augen. Sie protestierte jedes Mal, ihre Augen seien nicht argloser als die von anderen Leuten, und außerdem klinge diese Beschreibung, als wäre sie ein einfältiges Dummerchen.

Wie dem auch sei, die Menschen erzählten ihr einfach viel, und was auch immer Alec sagen mochte, sie hatte ihm dabei geholfen, zwei Fälle zu lösen.

Sie konnte es kaum abwarten, ihn wegen des Konzerts zu fragen, aber sie traute sich nicht, ihn bei Scotland Yard anzurufen. Detective Chief Inspector Fletcher konnte durchaus einschüchternd sein, wenn man ihn störte.

Es war schade, dass sie und Lucy es sich nicht leisten konnten, einen Telefonanschluss installieren zu lassen. Am Abend, nachdem sie überbackene Käsetoasts gegessen hatten, sprang Daisy hinaus zum Telefonkiosk an der Straßenecke und ließ sich mit Alecs Privatanschluss verbinden.

Die Stimme eines Mädchens meldete sich, indem es sorgsam die Telefonnummer aufsagte.

»Hier spricht Daisy Dalrymple. Dürfte ich bitte mit Mr. Fletcher sprechen, wenn er schon zu Hause ist?«

»Großmama, Miss Dalrymple ist dran!« Die Stimme war gedämpft, als hätte sich die Sprecherin vom Mundstück abgewandt. »Du weißt doch, Daddys Freundin. Wie soll ich sie noch mal anreden, sie ist doch adlig. Sagt man ›Honourable‹?«

Also hatte Alec zu Hause schon von ihr erzählt. Und immerhin hatte Belinda den Hörer nicht gleich wieder auf die Gabel geknallt, nachdem sie ihren Namen gehört hatte.

»Miss Dalrymple.« Das Mädchen klang jetzt ganz atemlos.

»Hier ist Belinda Fletcher. Daddy … mein Vater ist gerade nach Hause gekommen und noch oben. Wenn Sie einen Augenblick warten, laufe ich hoch und hole ihn.«

Daisy betrachtete gedankenvoll die Pennys, die sie auf dem kleinen Bord neben dem Apparat aufgereiht hatte und die für sechs Minuten reichen würden. »Könntest du ihn bitten, mich gleich zurückzurufen? Ich bin in einer öffentlichen Telefonzelle. Wenn du einen Bleistift zur Hand hast, sage ich dir schnell die Nummer.«

»Wir haben immer einen Bleistift und einen Notizblock neben dem Telefon, falls es eine dringende Nachricht von Scotland Yard gibt«, sagte Belinda stolz. »Daddy sagt, ich kann sehr gut Nachrichten aufschreiben.«

»Das freut mich.« Daisy las ihr die Nummer vom Apparat ab. »Vielen Dank, kleines Fräulein. Es war sehr nett, dich kennenzulernen, wenn auch erst einmal auf diese Entfernung.«

»Finde ich auch. Ich würde Sie schrecklich gerne einmal richtig kennenlernen. Ich sag Daddy gleich Bescheid.«

Sie legte auf, und Daisy fragte sich, ob diese Vorschussbegeisterung nicht vielleicht schlimmer war als jede Feindseligkeit. Wie in aller Welt sollte sie bloß den Erwartungen gerecht werden, die Belinda offensichtlich an sie stellte?

Glücklicherweise wollte niemand anders telefonieren, ehe es klingelte. Alec rief sogar sehr rasch zurück.

»Daisy, erzählen Sie mir jetzt bitte nicht, dass Sie schon wieder über eine Leiche gestolpert sind?«

»Um Himmels willen. Da würde ich doch bei Scotland Yard anrufen.«

»Ich will doch hoffen, dass das nicht nötig ist. Was gibt's denn?«

Daisy zögerte plötzlich. In ihren Kreisen war es unter engen Freunden durchaus akzeptiert, dass ein Mädchen einen Mann zu einer Veranstaltung einlud, wenn sie Freikarten erhalten hatte. Aber in der Mittelschicht konnten die Benimmregeln durchaus anders sein. Hatte Lucy doch recht mit ihrer Meinung, es sei ein Fehler gewesen, dass sie sich mit Alec angefreundet hatte?

Nein. Er mochte sie zwar gelegentlich auslachen, doch er war bestimmt nicht so viktorianisch, dass er sie zu forsch oder frech fand. Vielmehr schien er ihre Energie und ihre Frechheit durchaus zu schätzen.

»Ich habe Karten für die Royal Albert Hall geschenkt bekommen«, sagte sie vorsichtig. »Am Sonntagnachmittag um drei Uhr. Würden Sie mit mir dahin gehen?«

»Was gibt's denn da? Einen Boxkampf?« Sie sah ihn förmlich ins Telefon grinsen.

»Jetzt spielen Sie nicht den Dummen, es ist ein Konzert. Verdis Requiem. Meine Nachbarin singt den Mezzosopran.«

»Ich würde sehr gern mitkommen, Daisy. Ich werde mein Möglichstes tun, um mir den Nachmittag freizuhalten. Aber obwohl die Dinge derzeit eher ruhig sind, kann ich Ihnen nichts versprechen.«

»Ich weiß, ich weiß, man könnte Sie jederzeit in irgendeinem Mordfall nach Northumberland rufen. Ich hebe die Karte für Sie auf. Wenn Sie es nicht schaffen, dann kann ich immer noch in der letzten Minute Phillip fragen.«

»Ich werde es bestimmt schaffen«, sagte Alec grimmig. Er glaubte noch immer nicht so recht, dass Phillip für sie einfach nur ein Freund aus Kindertagen war. »Komme, was da wolle.«

»Und das aus dem Munde eines Polizisten!«, neckte ihn Daisy. »Phillip wird sehr erleichtert sein, wenn Sie mich begleiten. Er würde das Ganze schrecklich finden.«

»Und für sein Leiden möchte ich bestimmt nicht verantwortlich sein. Darf ich Sie hinterher zum Abendessen einladen?«

»Das wäre wunderbar. Aber Sie müssen mir versprechen, dass Sie nicht plötzlich zwischen der Suppe und dem Fischgang nach Northumberland wegsausen.«

»Versprochen. Und selbst wenn man mich zum Fall von John O'Groats ruft, ich werde bis zum süßen Ende des Desserts bei Ihnen aushalten. Ich hole Sie also um zwei Uhr ab.«

»Prachtvoll.« Daisy hätte gern noch weiter mit ihm geplaudert, aber er war ja gerade von der Arbeit nach Hause gekommen und war bestimmt müde und hungrig. Sie machte ihm noch ein Kompliment über die Telefonmanieren seiner Tochter und sagte dann cheerio.

Am Sonntag um Punkt zwei Uhr fuhr Alecs kleiner gelber Austin Seven vor. Das Verdeck war wegen des kalten Regens hochgeklappt. Daisy, die am Fenster des vorderen Wohnzimmers tat, als würde sie den *Observer* lesen, sah ihn ankommen. Eilig sauste sie in den Flur hinaus, setzte sich ihren jadegrünen, glockenförmigen Hut auf und zog ihn so weit über die Ohren hinunter, wie es nur ging, praktisch bis auf die Nase. Etwas gemächlicher zog sie dann ihren grünen Tweedmantel über.

Es klingelte. Sie öffnete die Tür, und unter einem riesigen, schwarzen, tropfenden Regenschirm stand Alec und lächelte sie an.

»Schon zur Abfahrt bereit?« Er zog seine dunklen, beeindruckenden Augenbrauen hoch. »Sie haben's aber eilig! Wir haben doch noch jede Menge Zeit.«

»Ja. Nein.« Sie war völlig verwirrt. Hoffentlich dachte er nicht, sie wolle vermeiden, ihn Lucy vorzustellen, die momentan gar nicht zu Hause war. »Kommen Sie doch herein. Ich muss nur noch meine Handschuhe finden. Brauche ich einen Regenschirm?«

»Meiner reicht bestimmt für zwei. Es ist nicht windig, also brauchen Sie Ihren Hut gar nicht so tief ins Gesicht zu ziehen. Ich kann Sie ja kaum sehen. Oder ist das etwa die neueste Mode?«

»Nein.« Es stimmte – jetzt, wo er so dicht vor ihr stand, konnte sie sein Gesicht nicht sehen, überhaupt gar nichts, was über der Krawatte des Royal Flying Corps lag, die sie durch den offenen Kragen seines Mantels sah. Sie schob den Hut etwas nach oben. »Ach, Alec, ich habe mir die Haare fast ganz abschneiden lassen – das hatte ich Lucy versprochen –, und das ist so merkwürdig und kalt. Meine Ohren fühlen sich fast nackt an. Ich weiß gar nicht, was Sie davon halten werden …«

»Ich auch nicht. Schließlich kann ich kein einziges kleines Strähnchen sehen. Der Friseur hat Ihnen doch wenigstens noch ein paar Haare auf dem Kopf gelassen, will ich hoffen?« Tapfer zog Daisy den Hut wieder ab und gab ihren kurzgeschorenen Kopf seiner Begutachtung preis.

»Hmm.« Er hielt das Kinn in einer Hand gestützt und betrachtete sie augenzwinkernd. »Sie sehen genauso aus wie Lady Caroline Lamb in dem Porträt von Phillips.« Alec hatte Geschichte studiert und sich auf die Georgianische Zeit spezialisiert.

»Die, die hinter Lord Byron her war? Ist sie nicht verrückt geworden?«, fragte Daisy mißtrauisch.

»Ja, aber sie hat dabei ein sehr erfolgreiches Buch geschrieben, einen Schlüsselroman, der einen richtigen Skandal auslöste. Aber wenn ich noch einmal darüber nachdenke, dann haben Sie mit ihr nur die Haare gemein. Caro Lamb hatte genau wie Sie kurze, honigbraune Locken, aber braune Augen und keine blauen, wenn ich mich nicht irre. Und was ihren Gesichtsausdruck angeht, den man mit hochmütigem Eigensinn beschreiben könnte, dann trifft auf Sie wohl nur der Eigensinn zu.«

»Mutter würde Ihnen wohl zustimmen, aber ich bin nicht eigensinnig, nur eigenständig.«

»Das ist doch genau dasselbe. Immerhin wird Sie kein Mensch hochmütig nennen.« Er grinste. »Und ich glaube nicht, dass Caro Lamb auf ihrer Nase jemals eine einzige Sommersprosse hatte.«

»Ach herrje, sieht man die etwa?« Daisy holte sofort ihr Puderdöschen hervor und eilte zum Spiegel, wo sie konzentriert ihr Gesicht betrachtete. »Das stimmt doch gar nicht. Sie sind gemein!« Dennoch tupfte sie sich noch etwas Puder auf die Nase. »Sie haben noch gar nicht gesagt, ob es Ihnen gefällt, Alec.«

Er stellte sich hinter sie, legte seine Hände auf ihre Schultern und betrachtete sie im Spiegel. »Es ist einfach zauberhaft«, sagte er leise.

Zu ihrem äußersten Ärger wurde Daisy knallrot – das war

ja einfach zu viktorianisch! »Da sind ja meine Handschuhe, in meiner Manteltasche«, sagte sie. »Wollen wir los?«

Wenige Minuten später tauchte die ehrfurchtgebietende Rotunde der Royal Albert Hall vor ihnen im Regen auf. Das riesige Auditorium war von Prinz Albert geplant worden und sollte das Herzstück eines Teils von Kensington sein, der ganz den Künsten und Wissenschaften gewidmet war. Das Areal war erst zehn Jahre nach seinem Tod fertiggestellt worden und diente nun seit einem halben Jahrhundert als Veranstaltungsort für alle möglichen politischen und religiösen Versammlungen bis hin zu Konzerten und Sportveranstaltungen. Rundherum waren Colleges und Museen gebaut worden, und normalerweise herrschte auf den Straßen lebhaftes Treiben. Heute jedoch war ein feuchter Sonntagnachmittag, und sie waren frühzeitig gekommen, so dass Alec keine Schwierigkeiten hatte, in der Nähe des Eingangs einen Parkplatz für den Austin zu finden.

Im Foyer kaufte er ein Programm, und der Platzanweiser zeigte ihnen den Weg zum runden Korridor, der sie zur inneren Tür und schließlich zu ihren Plätzen führen würde.

Ihre Sitze waren perfekt, weder zu weit von der Bühne entfernt noch zu nah und etwas erhöht. Daisy konnte nie verstehen, warum die Leute so hohe Preise bezahlten, um in den ersten Reihen zu sitzen. Von dort aus sah man nur den Dirigenten, die Solisten und die ersten Reihen der Streicher, und das war auch so ziemlich alles, was man hörte. So weit vorn saßen doch eigentlich nur die Leute, die ihre Pelze und Hüte vorführen wollten und an der Aufführung selbst weniger Interesse hatten. Jedenfalls wären ihr Tweed und der Glockenhut von Selfridge's Bargain Basement da vorn fehl am Platze!

Die Sitzreihen erhoben sich kreisförmig bis hinauf an die hoch über ihnen gelegene Kuppel, die jetzt eher grau wirkte.

Das ganze Haus fasste ungefähr achttausend Menschen, hatte man ihr erzählt. Derzeit war der riesige Saal nur mit wenigen Zuschauern besetzt, doch langsam drängte sich jetzt das Publikum hinein.

»Ach, prima«, sagte Alec, »im Programm gibt es eine Übersetzung. So gut ist mein Latein nämlich nicht mehr, jedenfalls habe ich es in den letzten Jahren nicht mehr gebraucht.«

Gemeinsam schauten sie sich den Text des Requiems an.

»Liebe Zeit, schauen Sie sich das mal an«, rief Daisy aus und las vor: »›*Confutatis maledictis:* Wird die Hölle ohne Schonung/Den Verdammten zur Belohnung,/Ruf mich zu der Sel'gen Wohnung‹. Ganz schön religiös.«

Alec lachte. »Stimmt. Man muss das Ganze wohl wie eine Oper betrachten: Wenn die Geschichte auch etwas dünn ist, so ist die Musik doch immer noch göttlich. Hier, noch eine Stelle: ›Tag des Zorns, Tag der Furcht, Tag des Schreckens und der Angst, welch großer, hoffnungsloser, überwältigend bitterer Tag.‹ Das ist doch genau wie eine tragische Oper, die damit endet, dass überall auf der Bühne Leichen verstreut liegen.«

»Grässlich! So begeistert bin ich nicht von Opern.«

»Ich auch nicht.«

Als die Mitglieder des Orchesters langsam hereinkamen, legten die beiden das Programm beiseite. Vereinzelte Töne, Akkorde, kurze Melodiefragmente stiegen empor. Dann wurde es, wenn auch nur für einen Augenblick, still, als der Konzertmeister eintrat und sich unter dem Applaus des Publikums verbeugte. Die erste Oboe ließ ein a hören, und die Instrumente wurden gestimmt.

Daisy betrachtete interessiert den Konzertmeister, Jakow Lewitsch. Er war ein Jude aus Russland, der hier im Exil lebte und auch als Solist Aufsehen erregte – kürzlich hatte sie eine begeisterte Kritik eines Violinkonzerts in der Wigmore Hall gelesen. Er war großgewachsen und fast krankhaft dünn, hatte lockiges schwarzes Haar, das an den Schläfen grau wurde, und ein langes ernstes Gesicht mit hohen Wangenknochen und einer langen, schmalen Nase.

Als der Chor sich versammelte, entstand eine erwartungsvolle Stille. Daisy suchte Muriel in der Menge und zeigte sie Alec. Ihr Gesicht war noch röter als sonst, und das strenge Schwarz der Chorsängerinnenuniform stand ihr unerwartet gut. Mit einem Ausdruck freudiger Erwartung schlug sie die Noten auf. Ganz offensichtlich war das Singen für sie eine der wenigen Freuden in ihrem Leben.

Eric Cochran erschien mit dem Dirigentenstab in der Hand. Jetzt, im schwarzen Frack, waren seine langen Haare das einzige Zeichen seines bohemienhaften Lebens. Ihm folgten die Solisten. Als Erstes betrat die Sopranistin die Bühne: Consuela de la Costa, eine üppige Gestalt in einem scharlachroten Samtkleid, das äußerst wagemutig ausgeschnitten war.

»Das wäre wohl eher was für die Oper als für ein Requiem«, flüsterte Alec.

»Vielleicht stellt sie eine der Versuchungen dar, die die Verdammten zur Hölle führen?«, flüsterte Daisy zurück.

»Oder auch die Höllenfeuer selbst.«

Hinter Miss de la Costa kam Bettina Westlea, eine kühle, schlanke Schönheit in blauem Satinkleid, dessen Dekolleté etwas dezenter geschnitten war. Der Tenor Gilbert Gower folgte ihr. Der gutaussehende Waliser gehörte schon seit Jahren zum festen Inventar der englischen Bühnenhäuser, und obwohl er nie unter den Größten seines Faches war, genoss er doch durchaus Respekt. Als Letzter kam der Bass, ein weiterer Flüchtling vor der bolschewistischen Revolution.

Dimitri Martschenko war Russe, ein Bär von einem Mann mit einem dichten schwarzen Bart. Bislang hatte er in England nur kleine Rollen bekommen, hauptsächlich in Oratorien.

»Ich habe ihn den Messias singen hören«, flüsterte Daisy Alec zu. »Wenn er ganz tief singt, kann man es kaum glauben. ›Warum denn rasen und toben die Heiden im Zorne ...‹«, summte sie.

»›... und warum halten die Völker stolzen Rat?‹ Sehr passend.«

Dann lehnten sie sich zurück und klatschten, als der Dirigent und die Solisten sich verbeugten. Cochran erhob seinen Taktstock und führte ihn unendlich sanft hinab. Die ersten Töne des Requiems erklangen im Pianissimo.

Daisy wurde von der Musik förmlich fortgetragen. Sie vergaß die mahnenden Worte, sondern staunte nur über die Brillanz, mit der Verdi sie vertont hatte. Am Ende des *Kyrie* traten ärgerlicherweise einige verspätete Konzertbesucher ein, aber dann folgte das schaurig schöne *Dies irae*. Martschenkos *Mors stupebit*, das bis in die tiefsten Tiefen des Basso hinabging, ließ Daisy schaudern. Cosuela de la Costas Stimme war genauso lebensvoll wie ihr Auftreten. Mr. Abernathy hatte Bettina wohl tatsächlich geholfen, wie sie es erbeten hatte, und sie sang das *Liber Scriptus* mit begeisternder Intensität. Gowers klarer Tenor klang etwas schief im *Quid sum miser*, doch war sein *Ingemisco* so wunderschön, dass Daisy die Tränen in die Augen traten.

Diese erste Hälfte des Konzerts endete mit einem leisen »Amen«, das in langsamen Akkorden und dann in einem Schweigen erstarb. Einen langen Augenblick saß Daisy mit dem Rest des Publikums fast wie in Trance, dann brandete der Applaus los.

Die Solisten und der Dirigent traten ab, und auch der Chor ging langsam von der Bühne.

»Meine Hände tun richtig weh vom Klatschen«, sagte Daisy zu Alec, während sie aus dem runden Korridor traten, um während der Pause etwas herumzuschlendern.

»Aber es hat sich doch gelohnt, sich deswegen die Hände wund zu klatschen«, sagte Alec lächelnd. »Vielen Dank, dass Sie mich eingeladen haben. Ich muss unbedingt noch ein Dankeskärtchen an Ihre Freundin Miss Westlea schicken.«

»Ich freue mich sehr, dass Sie kommen konnten.« Sie hakte sich bei ihm ein, was durchaus damit zu rechtfertigen war, dass die um sie herumdrängelnde Menge drohte, sie auseinanderzureißen. »Sie haben doch immer noch vor, mich zum Abendessen einzuladen, oder?«

»Ja, für den Yard bin ich jetzt nicht zu erreichen.«

»Das freut mich aber«, sagte Daisy.

»Hunger? Da drüben ist die Bar. Darf ich Sie auf einen Drink einladen?«, fragte Alec. »Vermutlich haben die gesalzene Mandeln oder sonst irgendetwas zum Knabbern.«

»Nein danke, ich habe keinen Durst, und den Appetit hebe ich mir für später auf.«

»Ist Ihnen aufgefallen, dass Bettina Westlea zwischendrin immer unter ihrem Stuhl ein Wasserglas hervorgeholt hat?«

»Ihr muss der Hals vom Singen ja auch schrecklich trocken werden.«

»Die anderen haben es ohne ausgehalten und der Chor auch. Vielleicht ist ihr ausbleibender Erfolg damit zu erklären, dass das die Dirigenten unglaublich ärgert. Denn sie hat ja eine wunderschöne Stimme.«

»Vermutlich ist es einfach schwierig, mit ihr zusammenzuarbeiten.« Daisy beschloss, nichts von Bettinas kleinlichem Benehmen zu erzählen. Womöglich würde ihm das die Freude an ihrem Gesang verderben.

Sie beendeten gerade ihren Rundgang durch das Konzerthaus, als die Klingel das Ende der Pause signalisierte. Die zweite Hälfte begann mit einem langen Stück für alle vier Solisten. Als sie sich wieder setzten, erhob sich der Chor. Daisy blickte auf ihr Programm: Als Nächstes war das *Sanctus* dran.

Als sie wieder aufblickte, sah sie, wie Bettina unter den Stuhl griff und sich das Glas nahm. Singen machte wohl wirklich durstig.

Bettina nahm einen großen Schluck, dann hustete sie. Ihr Gesicht wurde hochrot. Mit einem erstickten Ausruf sprang sie auf, und das Glas flog ihr aus der Hand, als sie sich an den Hals griff. Keuchend beugte sie sich vornüber, wirbelte in einer grotesken Parodie der Pirouette einer Balletttänzerin herum und fiel zu Boden.

Ihr ausgestreckter Körper wand sich in Krämpfen. Einen Moment lang zuckten ihre Hacken noch auf dem Bühnenboden. Dann lag die blaue Figur still da.

Kapitel 3

Alec sprang auf. »Polizei!«, rief er knapp und schob sich an den Knien in seiner Sitzreihe vorbei zum Gang.

Das Stakkato der Trompeten und die resoluten Chorbässe im einleitenden *Sanctus* erstarben. Eine Hälfte des Chors setzte sich wieder, der Rest blieb unsicher stehen. Nur Daisys Freundin Muriel Westlea eilte aus den Reihen hinunter und drängelte sich durch die Bläser und Streicher hindurch.

»Betsy!«, rief sie aus und fiel an der Seite ihrer Schwester auf die Knie.

Von irgendwo aus den oberen Zuschauerreihen ertönte ein verspätetes Kreischen. Die Menschen im Saal erhoben sich von den Plätzen. Obwohl immer noch relative Ruhe herrschte, würde es möglicherweise gleich Panik und ein wildes Gedränge an den Türen geben, und Alec hatte keine Möglichkeit, das zu verhindern.

Der Dirigent stand immer noch am Podium und starrte auf die vor ihm hingestreckte Solistin. »Polizei!«, wiederholte Alec, als er vorn in den ersten Reihen ankam, die sich schon rasch lichteten. »Mr. Cochran, machen Sie bitte eine Ansage. Niemand darf den Konzertsaal verlassen.«

Cochran schüttelte wie betäubt den Kopf. Es kostete ihn sichtbar Mühe, sich zusammenzureißen, doch dann wandte er sich zum Publikum. »Ich bitte um Ihre Aufmerksamkeit, meine Damen und Herren«, begann er mit kräftiger Stimme. »Es hat einen Unfall gegeben …«

Alec wandte sich Bettina Westlea zu. Er kam gerade noch rechtzeitig, um einen kleinen, stämmigen Mann daran zu hindern, in die Pfütze auf dem Boden zu treten, die mit Glasscherben übersät war.

»Ich bin Arzt«, erklärte der Mann und griff Bettinas Handgelenk, das schlaff über die Kante der Bühne herabhing. Ihre Augen starrten ins Leere, ihre Lippen waren blau, das Gesicht knallrot. »Kein Puls. Ich fürchte, sie ist tot.«

»Todesursache?«, wollte Alec wissen.

»Ich will mich nicht festlegen, aber mir sieht es sehr nach einer Blausäurevergiftung aus.«

Alec beugte sich hinab und schnupperte. Ein starker Geruch von Bittermandel. Er nickte.

Über sich hörte er es kreischen: »*Asesino!*«

Er blickte auf. Miss de la Costa, deren Gesicht eine einzige Maske des Entsetzens war, richtete einen zitternden, anklagenden Finger auf Gilbert Gower. Wusste sie etwas, oder gefiel sie sich nur im Temperament einer südländischen Opernprimadonna?

Im Publikum, im Orchestergraben und auch im Chor wuchs die Unruhe. Zwei weitere Männer eilten heran und taten kund, sie seien auch Ärzte.

»Verflucht!«, murmelte Alec. Da stand er nun, ein Beamter von Scotland Yard, war Zeuge eines Mordfalls – zumindest sah es doch sehr nach einem Mord aus, korrigierte er sich im Stillen –, und dann hatte er so viel zu tun, dass er die Reaktionen möglicher Tatverdächtiger auf der Bühne nicht beobachten konnte.

Während die drei Ärzte sich untereinander besprachen, blickte Alec auf die Schwester des Opfers. Muriel hatte das Gesicht in den Händen verborgen und schluchzte. Neben ihr kniete Daisy, die tröstend einen Arm um ihre Schulter gelegt hatte.

»Verflucht!«, wiederholte Alec leise, aber nachdrücklich. Er hätte es mittlerweile eigentlich gewöhnt sein müssen, dass Daisy sich unausweichlich in alles einmischte. Immerhin war sie sehr aufmerksam und konnte als sorgfältige Journalistin gut beobachten – das könnte ihm nutzen, wenn sie sich nicht aus irgendwelchen Gründen entschloss, ihm bestimmte Informationen vorzuenthalten. Er zuckte die Achseln und wandte sich wieder den Ärzten zu.

»Zyankali«, bestätigte der großgewachsene, schmale ältliche Herr. »Rötungen, Zusammenbruch, Cyanose, das sind alles typische Symptome.«

»Es könnte auch ein Anfall mit natürlicher Ursache sein«, merkte der dritte Arzt vorsichtig an, ein jüngerer Mann mit goldgeränderter Brille. Er war sehr blass, und auf seiner Stirn glänzte der Schweiß. Erstaunlich, dass so viele Ärzte einen plötzlichen, unvorhergesehenen Tod nicht verkraften konnten.

»Der Geruch, Herr Kollege!«, sagte der erste hochmütig. »Der Bittermandelgeruch ist nicht zu verkennen.«

»Ich rieche aber überhaupt nichts.«

»Manche Menschen können Blausäure nicht erkennen«, erklärte der ältere Arzt.

Der dicke Doktor nickte. »Es ist wahrscheinlich Cyanid«, sagte er.

Zwei Meinungen von drei und dazu die eigene olfaktorische Wahrnehmung reichten Alec. »Wenn Sie nichts mehr für sie tun können, meine Herren«, sagte er, »dann möchte ich Sie bitten, an Ihre Plätze zurückzukehren. Ich werde später eine offizielle Zeugenaussage aufnehmen. Ach, übrigens, ich bin Detective Chief Inspector Fletcher von Scotland Yard.«

»Scotland Yard!«, hörte er es hinter sich aufstöhnen. Alec gelang es gerade noch, den Stöhner davon abzuhalten, auf die Glasscherben zu treten. Ein tonnenförmig gebauter Mann mit strubbeligem Schnurrbart war hinzugekommen. Auch er hatte Schweißperlen auf der Stirn, und sein Teint war stark gerötet. »Liebe Zeit, ihr von Scotland Yard seid aber wirklich fix. Peter Browne, Major, Geschäftsführer der Royal Albert Hall.«

»Bitte ordnen Sie an, dass Ihre Platzanweiser sofort alle Ausgänge schließen und überwachen, Major. Und ich muss bitte telefonieren.«

»In meinem Büro.« Browne ging schon los.

»Einen Moment noch. Sie da drüben!« Alec winkte einem Cellisten zu, der in der Nähe stand. »Ich brauche zwei Notenständer.«

Verwirrt reichte ihm der Mann zwei Ständer. Alec legte sie gekreuzt über den Fleck und die Glasscherben. Fürs Erste musste das reichen.

Er erhaschte Daisys Blick und formte lautlos das Wort »Telefon«. Sie nickte. Dann eilte er dem Geschäftsführer hinterher. Während Bettina hingefallen war, hatte Daisy Muriel beobachtet. Sie hatte gesehen, wie ihre erwartungsvolle Freude auf die Musik Schrecken und Entsetzen gewichen war. Daisy rekapitulierte:

Der Konzertmeister Jakow Lewitsch sprang auf und stand ein wenig unschlüssig herum, die Geige noch in der Hand, während Alec sich mit Cochran unterhielt, rief Daisy leise hinauf: »Mr. Lewitsch, könnten Sie mir bitte hinaufhelfen? Ich bin eine Freundin Ihrer Schwester.«

Lewitsch legte Violine und Bogen auf seinen Stuhl und beugte sich herunter, um ihr seine schlanke Hand mit den wohlgeformten Fingern zu reichen. Er war kraftvoller, als er aussah. Mit seiner Hilfe kletterte Daisy auf die Bühne, wobei sie im Stillen kurze Röcke und die Abschaffung des Korsetts lobpries. Sie ging hinter das Dirigentenpult, von dem aus Cochran gerade das Publikum um Ruhe bat, und erreichte Muriel genau in dem Moment, als der kleine, dickliche Arzt Bettina für tot erklärte. Muriel brach in Tränen aus. Daisy legte ihr den Arm um die Schultern und blickte auf, als Consuela de la Costa ihr theatralisches Kreischen von sich gab: »*Asesino!*« Der zitternde Finger der kurvenreichen spanischen Sopranistin klagte Gilbert Gower der schrecklichen Tat an.

»Also, ich muss doch sehr bitten!«, stotterte der erschrockene Tenor verdutzt. Aus der Nähe wirkte er viel älter als vom Zuschauerraum aus. Er war um die fünfzig, sein spärliches Haar hatte eine sanfte Marcel-Welle, und die Falten in seinem Gesicht waren schon recht tief. Dabei sah er durchaus noch gut aus. »Es schickt sich nicht, solche Gerüchte zu verbreiten, meine Liebe.« Er ging näher zu ihr und sagte etwas, das Daisy wegen des anwachsenden Lärms der aufgeregten Menge nicht verstehen konnte.

Miss de la Costa warf sich ihm augenblicklich in die Arme und schluchzte hysterisch: »O, mi querido, mi amor, ich Fehler gemacht. Ich nicht so gemeint.«

Er umarmte sie enger, als es zum Trösten nötig war, und murmelte ihr beruhigend ins Ohr.

Daisy warf einen Blick auf den Bass. Dimitri Martschenko saß immer noch auf seinem Stuhl, die Hände in scheinbar unerschütterlicher Ruhe auf den Knien. Allerdings glitzerte in seinen Augen so etwas wie Zufriedenheit, und mit leiser, bösartiger Stimme sang er noch einmal das *Confutatis maledictis*: »Wird die Hölle ohne Schonung/Den Verdammten zur Belohnung.« Das war jedenfalls ein Mensch, der nicht bedauerte, dass Bettina tot dalag.

Eric Cochran hingegen raufte sich voller Entsetzen die Haare. Daisy erinnerte sich an die merkwürdige Szene im Flur der Abernathys, wie Bettina ihn verspottet hatte und Olivia Blaise offensichtlich alles andere als erfreut gewesen war, ihn zu sehen. Und später hatte Muriel erzählt, dass der Dirigent Bettina als Mezzosopranistin eingesetzt hatte, obwohl Miss Blaise erwartet hatte, diese Arien singen zu dürfen. Doch Cochran war damals ins Haus gekommen, um Miss Blaise abzuholen, und von Bettina schien er überhaupt nicht angetan zu sein. Außerdem wirkte er jetzt nicht besonders traurig über ihren Tod – eher entsetzt. Merkwürdig und merkwürdiger, dachte Daisy.

Während sie über die Reaktionen derer, die sie umringten, sinnierte, tröstete sie weiter Muriel und vermied dabei, Bettinas hochrotes Gesicht anzusehen. Gleichzeitig beobachtete Daisy, wie Alec sich mit verschiedenen Männern unterhielt. Einer davon murmelte irgendetwas von einem Anfall, aber die anderen bestanden darauf, es sei Blausäure. Damit war also der Mandelgeruch erklärt. Sie kannte ihn aus der Dunkelkammer von Lucy, die eine Lösung aus Blausäure und einer anderen dubiosen Substanz benutzte, um die Bilder zu fixieren.

Also war in Bettinas Glas ein tödliches Gift gewesen. Das Glas lag jetzt zerschmettert auf dem Boden vor der Bühne, und die Scherben waren über eine feuchte Stelle im Teppich verteilt, die in der warmen Luft des Konzertsaals jetzt schon anfing zu trocknen.

Daisy fragte sich, welche Menge einer Substanz das Labor von Scotland Yard für eine chemische Analyse brauchte. Glücklicherweise machte der Geruch die Bestimmung sehr leicht. Trotzdem hatte Alec die Stelle mit Notenständern verbarrikadiert; er hoffte wahrscheinlich, dass eine der größeren Glasscherben das bieten würde, was sein Sergeant Tom Tring liebevoll »Pröbchen« nannte.

Er hatte stumm das Wort »Telefon« mit den Lippen geformt und war mit einem rundlichen, rotgesichtigen Mann von dannen gegangen – womit er Daisy auf einer Bühne sitzenließ, die voll eher fragwürdiger Leute war, wie sie empört feststellte.

Jetzt trat Jakow Lewitsch heran, den sie eigentlich doch sympathisch fand, seit er eben so hilfsbereit gewesen war. Sein hageres Gesicht hatte einen empfindsamen Ausdruck, seine dunklen Augen waren freundlich, und als er jetzt Muriels gebeugten Kopf betrachtete, lag tiefe Sorge in ihnen.

Für Beileidsbekundungen war es noch ein bisschen früh. »Ich glaube, Mr. Lewitsch möchte mit Ihnen sprechen«, murmelte Daisy Muriel ins Ohr. »Soll ich ihm sagen, dass er später noch einmal wiederkommen soll?«

»Nein!« Muriel blickte auf, das Gesicht voller Tränen, und schenkte dem Violinisten ein zittriges Lächeln. Daisy half ihr aufzustehen, und Muriel streckte ihm die Hand entgegen.

Lewitsch nahm sie in seine beiden Hände. »Meine liebe Miss Westlea«, sagte er, und sein starker Akzent verdeckte seine Schüchternheit kaum, »mir tut das so leid.«

»Danke sehr, Mr. Lewitsch.« Muriel sagte die Worte mit großer Zurückhaltung, doch ihr Gesicht leuchtete, was es völlig veränderte.

Ach du liebes bisschen, noch eine Komplikation!

»Betsy!« Der verzweifelte Ausruf brachte die herumgehenden Mitglieder des Orchesters für einen Augenblick zum Schweigen. Durch ihre Mitte öffnete sich ein Pfad, und Roger Abernathy stolperte hindurch. Er blieb neben seiner toten Frau stehen und starrte auf sie hinab. »Betsy, nein!«, rief er mit erstickter Stimme. »Ach, mein liebstes Mädchen!«

Seine dicken Brillengläser beschlugen. Seine Lippen verfärbten sich in seinem plötzlich weißen Gesicht bläulich, und er fasste sich an die Brust in einer Geste, die auf schreckliche Weise an die Handbewegung erinnerte, mit der Bettina sich an den Hals gefahren war.

»Komm, setz dich, Roger.« Ruhig, sanft und doch entschlossen nahm Muriel ihn am Arm und zwang ihn, sich auf einen Stuhl zu setzen. Zu Lewitsch sagte sie: »Bitte bringen Sie ihm ein Glas Wasser.«

»Sofort.«

»Sollte er sich nicht lieber hinlegen?«, fragte Daisy, während Muriel in Abernathys innerer Jacketttasche herumtastete und das Fläschchen mit den Tabletten hervorholte.

»Nein, im Liegen kann er bei solchen Anfällen nicht atmen. Ach, verflixt! Nur noch eine übrig. Hier, lieber Roger, leg dir die unter die Zunge.«

Er gehorchte wie ein Kind und öffnete den Mund. Tränen liefen ihm über die Wangen.

»Hat er seine Tabletten?« Neben ihnen tauchte Olivia Blaise auf.

»Nur eine«, sagte Daisy, die sich nicht sicher war, wie viele man brauchte.

»Ich kenne ein paar Leute im Chor, die dasselbe Zeug nehmen. Einen Augenblick.«

Sowohl der Chor als auch das Orchester verließen gerade die Bühne, aber Miss Blaise fand die Menschen, die sie suchte, und kehrte mit einem halben Dutzend winziger Tabletten zurück.

»Gott segne Sie!«, sagte Muriel und ließ sie in das Fläschchen ihres Schwagers gleiten. Sie und Miss Blaise setzten sich rechts und links von ihm hin und beugten sich beschützend zu ihm.

Lewitsch kehrte mit einem Glas Wasser zurück.

Miss Blaise blickte sich um, und ihr Blick war plötzlich von so tiefer Verachtung, dass Daisy sich umwandte, um zu schauen, wem er galt.

Eric Cochran sprach gerade mit einer Frau, deren Silberfuchsmantel offen über einem schwer bestickten Seidenkleid lag. Der wahre Wasserfall an Diamanten, der an ihrem Hals glitzerte, war höchst übertrieben für eine Matinee-Aufführung. Trotz ihrer sorgfältig aufgetragenen Schminke war eindeutig zu erkennen, dass sie mehrere Jahre älter als der junge Dirigent war.

»Damit ist meine Karriere beendet, Ursula«, sagte er gerade verzweifelt. »Nach dieser Geschichte wird mich kein größeres Orchester mehr anstellen.«

»So ein Unsinn«, erwiderte sie aufmunternd. »Nur weil die kleine Schla… – eine unglückliche junge Frau zufällig gestorben ist, während du dirigiert hast, brauchst du doch nicht gleich aufzugeben.« Sie warf einen Blick giftiger Abneigung auf Bettinas Leiche.

Daisy fand es nachgerade unanständig, die tote Sängerin dort so würdelos ausgestreckt liegen zu lassen. Zu ihrer Erleichterung, denn ihre Augen glitten immer wieder zu diesem schrecklichen Anblick zurück, erschien einer der uniformierten Platzanweiser der Royal Albert Hall mit einem Tuch, um die Leiche zu bedecken.

Alec würde es allerdings nicht schätzen, wenn man die verkrampft daliegenden Glieder streckte, ehe die Polizei all das getan hatte, was sie in solchen Fällen tun musste. Daisy trat vor, um ihm dies zu sagen.

»Auf Anweisung vom Chief Inspector, Miss«, sagte der

Platzanweiser. »Ich werde sie nicht anfassen, will sie nur zudecken. Sie sind wohl Miss Dalrymple? Er hat gesagt, Sie sollen die Stellung halten, und er komme zurück, sobald es irgend geht.«

Daisy freute sich über dieses Signal, dass Alec ihre Anwesenheit guthieß, und half dem Platzanweiser dabei, den großen, merkwürdig zugeschnittenen Stoff aus grünem Bois auszubreiten.

»Ein Bezugsstoff für Flügel, Miss«, erklärte ihr der Mann. Im Tod wie im Leben von Musik umgeben, verschwand Bettina unter diesem merkwürdigen Leichentuch.

Als Daisy sich umwandte, um nach dem Witwer zu sehen, bemerkte sie, wie sich der jüngste der drei Ärzte über ihn beugte und sich mit Muriel beriet. »Ganz recht, Mr. Abernathy sollte sich nicht hinlegen«, sagte er, »aber wir können ihn auf einen bequemeren Stuhl setzen, wo er sich entspannen kann. Ich heiße übrigens Woodward.«

»Er kann unmöglich gehen, Dr. Woodward«, protestierte Muriel.

Jakow Lewitsch legte ihr die Hand auf den Arm. »Ich tragen helfen«, bot er an.

Der Arzt nickte. »Vielen Dank, Sir, das schaffen wir schon. Aber wohin sollen wir ihn denn bringen?«

»Ins Dirigentenzimmer«, schlug Miss Blaise vor, und in ihrer Stimme lag Boshaftigkeit. »Ich zeige Ihnen den Weg. Folgen Sie mir doch einfach.«

Muriel kam zu Daisy hinüber. »Würden Sie mitkommen?« fragte sie flehend. »Dem armen Roger geht es so schlecht, und ...«

»Das würde ich gerne«, sagte Daisy entschuldigend und umarmte sie, während sie gleichzeitig beobachtete, wie jemand Neues die Bühne betrat, »aber Al... Chief Inspector

Fletcher hat mich gebeten, die Dinge hier im Auge zu behalten. Verstehen Sie, ich bin mit ihm hergekommen. Aber sobald er zurück ist, werde ich zu Ihnen kommen.«

»Ach, bitte tun Sie das.« Muriel folgte den anderen.

Die eben auf die Bühne getretene Frau war mittleren Alters, unscheinbar und rundlich. Ihre Kleider waren von guter Qualität, wenn auch langweilig und abgetragen. Ihre Lippen wurden schmal, als sie Gilbert Gower sah, der die wunderschöne Consuela de la Costa immer noch in einer kaum sittsam zu nennenden Umarmung hielt.

Als Gower die Frau bemerkte, ließ er die Sopranistin los, als wäre sie eine heiße Kartoffel. Nervös strich er sich mit der Hand über das lockige Haar.

»Jennifer, meine Liebe.« Er ging zu der Frau hinüber, nahm ihre beiden Hände in seine und küsste sie auf die Wange. Es handelte sich offensichtlich um Mrs. Gower. »Miss de la Costa steht ziemlich unter Schock, sie ist geradezu hysterisch. Ich habe versucht, sie etwas zu beruhigen. So sind eben die Ausländer, verstehst du.«

»Die stecken voller Emotionen, nicht wahr?«, sagte Mrs. Gower trocken.

»Ich … ähm … ich wusste gar nicht, dass du kommen wolltest.«

»Die Kinder sind zum Tee und zum Tennis eingeladen worden, also habe ich beschlossen, die Karte zu nutzen, die du mir gegeben hast.«

»Das freut mich.« Unvermittelt umarmte der alternde Tenor seine Frau. »Es ist wirklich eine schreckliche Geschichte, mein Herz. Die Polizei ist schon da. Soweit ich das verstanden habe, hat man den Verdacht, dass Bet… – Miss Westlea vergiftet worden ist.«

Mrs. Gowers Antwort entging Daisy, weil in dem Moment

Alec zurückkehrte. Sie setzte sich an den Rand der Bühne, ließ die Beine herunterbaumeln und unterhielt sich kurz mit ihm.

»Gab es irgendwelchen Ärger?«, fragte er leise.

»Eigentlich nicht, außer dass Bettinas Mann eine kleine Herzattacke erlitten hat. Aber ich kann Ihnen trotzdem eine Menge erzählen.«

»Ich hab's geahnt«, sagte er resigniert. »Halten Sie mich nicht für undankbar, aber ich hoffe sehr, dass Sie nicht erwarten …«

»… dass ich mich in den Fall einmischen darf?«, fragte Daisy schuldbewusst. »Ich habe es nicht gerade erwartet, aber ich fürchte, Muriel möchte, dass ich sie begleite.«

Alec stöhnte auf. »Das war ja wohl auch klar. Vermutlich wird man mir vorwerfen, eine weibliche Zeugin schlecht behandelt zu haben, wenn ich Sie stante pede nach Hause schicke. Natürlich muss ich mit ihr sprechen und auch mit dem Ehemann der Verstorbenen. Er ist der Chorleiter, nicht wahr?«

»Ja. Sie sind beide schrecklich durcheinander, obwohl ich sagen muss, dass Muriel sich sofort wieder beruhigt hat, als Mr. Abernathy seinen Anfall hatte. Sie ist es wohl gewohnt, damit umzugehen. Einer von diesen Ärzten ist auch bei ihm, ein Dr. Woodward.«

»Dann muss ich mich wohl erst mal mit dem Arzt beraten, ob er überhaupt befragt werden kann.« Er ließ seine Finger durch die dunklen, lockigen Haare gleiten, die kein Anzeichen von Unordnung aufwiesen. »Vom nächsten Polizeirevier sind schon Bobbies auf dem Weg, um die Ausgänge zu bewachen. Die Leute hier müssen nur ihren Namen und ihre Adresse bei ihnen hinterlassen. Schwierig wird nur die Entscheidung, wen ich noch sprechen muss.«

»Ich würde mal mit den anderen Solisten anfangen.« Daisy blickte sich um, aber jetzt war die Bühne leer, wenn man von der Leiche unter dem grünen Boistuch absah. Der nächst der Bühne gelegene Teil des Zuschauerraums war ebenfalls menschenleer. Nur in den oberen Rängen waren noch viele Konzertbesucher geblieben, die es offenbar vermieden, sich in die vollgedrängten Korridore und den Eingangsbereich drängeln zu müssen.

»Ja, man hat mir gesagt, dass sich die Solisten einen Aufenthaltsraum teilen«, sagte Alec. »Der Organist hat sich auch dort aufgehalten. Der Geschäftsführer Major Browne vermutet, dass Mrs. Abernathys Glas während der Pause da drin gewesen sein könnte. Während dieser Zeit stand ein Platzanweiser an der Tür, um die Menschen fernzuhalten. Bislang hatte ich noch keine Gelegenheit, mit ihm zu sprechen, und das Zimmer hab ich auch noch nicht gesehen. Browne hat es abgeschlossen und mir den Schlüssel gegeben.«

»Während des Konzerts war der Raum nicht abgeschlossen?«

»Nein. Man geht ja auch eigentlich nicht davon aus, dass zu spät kommende Konzertbesucher die Handtaschen der Solistinnen mitgehen lassen, geschweige denn, die Damen vergiften.«

»Das stimmt.«

»Ich hoffe nur, dass ich nicht noch nachforschen muss, wer alles zu spät gekommen ist. Dieser Laden hier ist wirklich ein Alptraum. Alle möglichen Räume sind frei zugänglich. Weil das Gebäude eine runde Grundstruktur hat, gibt es keinen ordentlichen Bühnenraum. Die Garderoben – wenn man sie so nennen darf – liegen außen am Gebäude, und die Schauspieler und das Publikum begegnen sich im Rundgang. Ein einziges Chaos! Trotzdem muss ich mich auf die wahrscheinlichsten Tatverdächtigen konzentrieren.«

»Sie sollten sich mal mit dem Dirigenten unterhalten«, schlug Daisy vor. »Der hat sich etwas merkwürdig benommen. Er ...«

»Details bitte erst später. Sonst noch jemand?«

»Ich würde meinen, seine Frau, und Olivia Blaise, die eine Rivalin von Bettina ist oder, besser gesagt, war. Und vielleicht auch die Frau von Gilbert Gower, obwohl ich nicht wüsste, dass sie irgendetwas mit Bettina zu tun hatte. Sie steht jetzt da drüben bei ihm. Sonst fällt mir niemand ein.«

»Dann wären da noch der Organist, die drei Ärzte und Browne. Das reicht ja schon. Und das ist auch nicht die Art Leute, die ich Tom Tring überlassen kann. Alleine wird er mit denen kaum fertig.«

»Sergeant Tring kommt?« Das freute Daisy. Sie und der etwas behäbige Sergeant mochten sich sehr.

»Ich habe sowohl ihn als auch Ernie Piper zu Hause angerufen, und sie kommen beide so schnell wie möglich her. Ich denke, dass mir der Fall übertragen wird, nachdem ich nun einmal vor Ort bin, obwohl der Leiter des zuständigen Polizeireviers natürlich darauf bestehen kann, selbst die Ermittlungen zu führen.«

»Er wäre ein Idiot, wenn er das täte.« Sie dachte an Cochrans verzweifelte Trauer, an Martschenkos glitzernde Augen und an Consuelas de la Costas hysterische Anklage. »Mir scheint, Sie werden bis zum Hals in künstlerischem Temperament versinken.«

Kapitel 4

Daisy eilte fort, um Muriel Westlea zu suchen, und Major Browne erschien mit dem Glas, um das Alec gebeten hatte.

»Da waren vorher Oliven drin«, entschuldigte sich der dickliche Geschäftsführer, »an der Bar. Ich hab es auswaschen lassen.«

»Vielen Dank. Es wird schon gehen.« Alec kniete sich hin und sammelte die größeren Scherben auf, wobei er seine Hand mit einem Taschentuch schützte. Er legte sie in das Olivenglas und schraubte dann den Deckel fest zu. »Haben Sie ein gutes scharfes Messer auftreiben können?«

»Ja, aber ich muss wirklich protestieren, Chief Inspector. Es kann doch nicht wirklich nötig sein, ein Loch in den Teppich zu schneiden!«

»Es tut mir leid, Sir, aber unsere Jungs im Labor werden alles brauchen, was ich ihnen an Resten von Mrs. Abernathys Getränk geben kann.«

»Mrs. …? Ach so, Miss Westlea. Die verstorbene Miss Westlea«, korrigierte sich Browne und warf nervös einen Blick auf die mit dem Bois bedeckte Leiche auf der Bühne. »Na ja, tun Sie, was Sie tun müssen.«

Er rang die Hände, während er Alec dabei beobachtete, wie er ordentlich ein Stück aus dem feuchten Teppich schnitt und es zusammen mit den kleineren Glasscherben aufrollte. Der Mandelgeruch war immer noch sehr stark.

Der armen Bettina musste eine massive Dosis verabreicht worden sein, dachte Alec, während er so flach wie möglich atmete.

Wo zum Teufel blieben eigentlich die Polizisten vom Revier?

Schwere Schritte hinter ihm lieferten gleich die Antwort.

»Chief Inspector Fletcher?« Der uniformierte Sergeant salutierte, und der Constable, der ihm auf dem Fuß gefolgt war, tat es ihm nach. Alec nickte den beiden zu. »Sir, alle Ausgänge sind bewacht, wie Sie am Telefon angeordnet haben.«

»Vielen Dank, Sergeant. Die Leute wissen auch Bescheid, dass niemand gehen darf, ohne seine Platznummer oder wenigstens die Nummer der Reihe anzugeben, und seinen Namen und die Adresse?«

»Da werden Sie nicht die geringsten Probleme haben«, sagte Browne ironisch. »Die werden nur zu gerne kundtun, wo man sie findet. Über siebentausend Reklamationen von Leuten, die ihr Geld zurückhaben wollen, stehen mir jetzt bevor. Das ist alles andere als lustig für mein Budget.«

Mit seiner recht pragmatischen Sorge um seinen Teppich und sein Budget wirkte Browne kaum, als wäre er eines Giftmordes fähig. Dennoch würde Alec wahrscheinlich seine Kenntnisse über die internen Zusammenhänge der Royal Albert Hall benötigen.

»Ich werde Sie jetzt nicht aufhalten, Major«, sagte er, »aber ich muss Sie bitten, fürs Erste im Gebäude zu bleiben. Wären Sie so freundlich, den Platzanweiser, der während der Pause dort an der Tür Dienst hatte, ins Solistenzimmer zu schicken?«

»Mache ich sofort, Chief Inspector.« Der Geschäftsführer ging von dannen, irritiert, aber nicht wirklich nervös.

Alec wandte sich wieder dem Sergeant zu und nannte ihm die Namen der anderen, die ebenfalls auf ihn warten sollten.

»Sie sollen sich alle in den Chorraum begeben«, sagte er, während der Mann die Anweisung umständlich notierte. »Das ist neben dem Büro von Browne, wo ich die Befragungen durchführen werde. Und dann sagen Sie bitte den anderen Bescheid, dass sie gehen können. Ich gehe jetzt in den Aufenthaltsraum der Solisten. Wenn Detective Sergeant Tring ankommt, schicken Sie ihn bitte zu mir.«

»Jawohl, Sir.«

»Und Sie« – Alec wandte sich zum Constable – »Sie bleiben bitte hier und passen auf, dass sich niemand an der Leiche oder an den Beweisstücken zu schaffen macht. Ein Gerichtsmediziner und ein Photograph werden demnächst da sein.«

Während er sich durch die Menschenmenge auf dem Flur vor dem Konzertsaal drängte, wurde er mehrere Male von ängstlichen oder wütenden Konzertbesuchern aufgehalten, die ihn als den Mann erkannten, der vorhin die Dinge in die Hand genommen hatte. Alec beruhigte sie und versprach, dass sie bald gehen könnten. Endlich erreichte er den Aufenthaltsraum der Solisten, wo ihn ein schmaler Jüngling in Uniform nervös erwartete.

»Sie waren während der Pause hier?«

»J-ja, Sir«, sagte der Platzanweiser mit weinerlicher Stimme. »Ich h-hab' nichts gesehen, ehrlich.«

»Ich werde Sie schon nicht beißen. Ich will Ihnen nur ein paar Fragen stellen.« Alec schloss die Tür auf und öffnete sie. »Kommen Sie doch bitte einen Augenblick herein.«

Er sah sich rasch in dem kleinen Raum um. Mehrere Sessel, mit einem besonders scheußlichen, dunkelorange und olivgrün karierten Tweed bezogen, fielen ihm sofort auf.

Das hier war ja noch schlimmer als die hässlichsten Anzüge von Tring, entschied er. Links von ihm befand sich in der Ecke ein Tisch, auf dem kleine Kaffee- und Teekannen standen, ein silberner Samowar, ein halbvoller Wasserkrug, ein rundes Silbertablett mit einer geschliffenen Karaffe, dazu Tassen, Untertassen und Gläser, manche benutzt, manche noch sauber – eine Tasse mit Tee, auf der oben ein Film schwamm, schien noch unberührt zu sein –, schließlich ein Teller mit Vollkornkeksen sowie ein leerer Aschenbecher.

Es wäre ein Leichtes gewesen, sich mit dem Rücken vor den Tisch zu stellen und unbemerkt etwas darauf zu verändern.

»Fassen Sie nichts an«, sagte Alec sofort, als ihm der Platzanweiser in den Raum folgte. Er schloss die Tür und zeigte auf zwei weitere Türen an beiden Seiten des Raumes. »Wo führen die hin?«

»Die rechte geht zur Damengarderobe und zur Toilette, Sir, und links ist der Herrentrakt. Da sind Spiegel und Schminksachen drin, und bei den Damen sind noch ein paar Chaiselongues, falls sie sich einmal hinlegen wollen.«

»Wer ist alles hier hereingekommen, während Sie heute Abend Dienst hatten?«

»Na ja, alle Solisten, Sir. Also Miss Costa, Miss Westlea, die jetzt tot ist – eigentlich hieß sie ja Mrs. Abernathy, und ihre Schwester ist Miss Westlea, aber so sind sie eben, die Künstler –, und Mr. Gower und Mr. Martschenko.«

»Und der Organist?«

»Mr. Finch? Bei dem bemerkt man gar nicht, ob er da ist oder nicht. Ein netter Herr, sehr ruhig.«

»Alle sind sie also dazu berechtigt, sich hier aufzuhalten. Haben Sie sonst noch jemanden hereingelassen?«

»Mr. Abernathy, wobei er nur für ein oder zwei Minuten hier war. Die meiste Zeit hält er sich im Chorraum nebenan auf. Dann war da noch Miss Muriel Westlea, sie war die ganze Zeit hier und hat alle möglichen Sachen für ihre Schwester erledigt. Sie singt im Chor. Major Browne ist einmal vorbeigekommen, wie er das immer tut, um zu sehen, ob auch alles da ist, was die Herrschaften brauchen, und das hat auch der Dirigent gemacht, Cookham, heißt er nicht so?«

»Cochran.«

»Genau, der. Dann kam eine Frau, die behauptet hat, seine Ehefrau zu sein.«

»Haben Sie die hereingelassen?«

»Jawohl, Sir. Ich hatte ja keinen Grund, ihr das nicht zu glauben, oder? War richtig schick gekleidet, mit Diamanten und so weiter. Und dann war da noch eine andere, die sah richtig schäbig aus, hat behauptet, sie sei Mr. Gowers Gattin.«

»Sie ist auch dahinein gegangen?«

»Irgendjemand hat mich was gefragt, und da muss sie wohl an mir vorbeigeschlüpft sein, denn ein paar Minuten später ist sie wieder herausgekommen. Meinte, Mr. Gower sei hinten in der Garderobe, aber sie könne nicht warten. Ich habe gefragt, ob sie eine Nachricht hinterlassen will, aber sie meinte nein.«

»Mrs. Cochran. Mrs. Gower.« Alec musste zugeben, dass Daisy wieder einmal den richtigen Instinkt gehabt hatte, als sie ihm riet, sich diese beiden Damen vorzunehmen.

»Dann war da noch Miss Blaise. Auch eine Sängerin. Die hat irgendwas zu Hause bei Mr. Abernathy vergessen, bei ihrer Unterrichtsstunde, und Miss Muriel hat versprochen, es ihr heute mitzubringen. Und dann fällt mir nur noch Mr. Lewitsch ein.«

»Jakow Lewitsch? Der Geiger? Der Konzertmeister?« Der stand nicht auf Daisys Liste.

»Genau. Das ist auch so ein netter, ruhiger Kerl, obwohl er ein Ausländer ist. Hat immer ein freundliches Wort übrig, obwohl man kaum versteht, was er sagt. Ganz anders als so manche andere, die ich Ihnen noch nennen könnte.«

»Was wollte er in diesem Raum?«

»Das habe ich nicht gefragt. Der Konzertmeister ist normalerweise mit den Orchestermitgliedern in deren Zimmer, also gehört er eigentlich nicht wirklich hierher. Aber warum hätte ich ihm den Eintritt verwehren sollen? Ich habe ihn ja schon öfter gesehen. Ich weiß, wer er ist.«

»Das leuchtet ein«, gab Alec zu. »Ich hoffe, er ist nicht schon weggegangen, aber vermutlich kann ich ihn auch immer noch später finden. In Ordnung, mein Bester. Sie ...« Er hielt inne, als jemand an der Tür klopfte.

»Chief?« In der Öffnung erschien ein großer, kahler Kopf und ein rundes Gesicht, das von einem prachtvollen grauen Walrossschnurrbart geziert wurde. »Ach, da sind Sie ja.« Sergeant Tring, dessen massige Figur heute in seinem Lieblingsanzug mit den ockerfarbenen und gelben Karos steckte, trat ein.

»Das ging aber schnell, Tom«, sagte Alec.

»Ein Freund und seine Frau waren zum Tee bei uns. Er hat mich schnell mit seinem Motorrad hergebracht.«

Alec stellte sich voller Staunen vor, wie Toms riesige Gestalt sich in einen Sozius quetschte oder, noch schlimmer, hinten auf dem Beifahrersitz eines Motorrads balancierte. »Mutig, Ihr Freund. Sagen Sie ihm meinen Dank, wenn Sie ihn wiedersehen. Tom, finden Sie doch bitte gleich als Erstes den Verantwortlichen beim Polizeirevier, und sagen Sie ihm, er solle Jakow Lewitsch, den Konzertmeister, auf die

Liste der Leute setzen, die ich noch sprechen möchte. Und dann kommen Sie bitte wieder her.«

»In Ordnung, Chief.« Der Sergeant ging mit seinem merkwürdig sanften Schritt wieder hinaus.

Alec wandte sich dem Platzanweiser zu: »Möglicherweise muss ich Ihnen später noch ein paar Fragen stellen, aber Major Browne hat ja wohl Ihre Adresse, also können Sie jetzt gehen. Sie haben mir sehr weitergeholfen. Vielen Dank.«

»Es war mir ein Vergnügen, Sir«, antwortete der junge Mann mit einer leichten Verbeugung. Er hatte die Fassung wiedergewonnen, und man merkte, dass er den Umgang mit Menschen durchaus gewohnt war.

Hinter ihm schloss sich mit einem Klicken die Tür. Alec betrachtete den Tisch. Die Getränke und Kekse darauf erinnerten ihn daran, dass jetzt eigentlich Teezeit war, dass ihm jetzt aber wohl kaum jemand einen anbieten würde. Und das Abendessen mit Daisy – sie würden nicht einmal eine Suppe, geschweige denn ein Dessert schaffen. Immerhin war es ihr mal wieder gelungen, sich in die Untersuchung einzumischen, also konnte sie ihm das wohl kaum übelnehmen. Dem Himmel sei Dank für diese kleine Gnade.

Während er nachdenklich an einem faden Keks knabberte, begutachtete er die verschiedenen Gegenstände vor sich.

Die Tür öffnete sich wieder. »Sie leben aber gefährlich, Chief«, sagte Tom Tring.

»Sie wurde mit einem Getränk vergiftet, nicht mit einem Keks. Sehen Sie mal, hier steht ihr Name drauf.«

An der geschliffenen Karaffe war ein silbernes Schildchen, auf dem »Bettina Westlea« eingraviert war. Am Boden der Flasche waren nur noch einige wenige Tropfen. Alec wickelte sich ein Taschentuch um die Finger, hob vorsichtig den Stopfen ab, roch am Hals und winkte Tom heran.

»Eindeutig Blausäure, Chief. Aber der Geruch nach Bittermandel ist ja unglaublich stark, wo doch nur noch ein, zwei Tropfen in der Flasche sind. Man würde meinen, dass sie das gemerkt hätte, ehe sie einen so riesigen Schluck nimmt.«

»Nicht jeder kann es riechen, wie mir gerade klargeworden ist, als meine selbsternannten medizinischen Berater auftraten.«

»Ach so.« Der Sergeant nahm sich einen Keks und kaute nachdenklich darauf. »Soll ich Fingerabdrücke nehmen?«

»Ja. Haben Sie Ihre Utensilien dabei? Gut. Untersuchen Sie doch bitte diesen und auch die beiden angrenzenden Räume nach Fingerabdrücken, und halten Sie die Augen offen nach Gefäßen, in denen sich die Blausäure befunden haben könnte, ehe sie in die Karaffe gefüllt wurde. Ein Photograph und ein Gerichtsmediziner dürften demnächst ankommen. Ich weiß nicht, wer heute Dienst hat.«

»Abgesehen von uns beiden, die wir eigentlich freihatten.«

»Wie das Leben so spielt. – Bitte sagen Sie Mrs. Tring, dass ich mich sehr bei ihr entschuldige. Jedenfalls sind Sie jetzt hier der Verantwortliche, während ich mit meiner Befragung anfange. Ich werde einen der örtlichen Polizisten Protokoll führen lassen, bis Piper da ist.«

»Werden Sie alle nach Säure durchsuchen?«

»Das habe ich auch schon überlegt, aber die einfachste Form, in der man Blausäure kaufen kann, ist als Kalium- oder als Natriumsalz, als Schädlingsbekämpfungsmittel oder als Fixiermittel für Photographien. Man kann die Kristalle in einem kleinen Papiertütchen bei sich tragen, das man dann im Klosett hinunterspült. Unser Mörder hatte also Dutzende von Gelegenheiten, sich des Zeugs zu entledigen.«

»Ja.«

»Achten Sie trotzdem darauf, ob Ihnen irgendein suspektes Gefäß unterkommt. Es ist immer noch möglich, dass der Mörder Cyanwasserstoff benutzt hat, und das kann man nur in einem Glasfläschchen transportieren. So, ich bin jetzt weg.« Er hielt inne. »Ach so, übrigens, Tom, ich ... ähm ... ich weiß nicht, ob ich es am Telefon erwähnt habe. Ich war zufällig mit Miss Dalrymple im Konzert.«

Tom grinste. »Aha.«

»Ich fürchte, sie ... na ja, sie hat es mal wieder geschafft, zur richtigen Zeit am richtigen Ort zu sein ... Eine unserer Tatverdächtigen ist eine Freundin von ihr.«

»Ich möchte wirklich wissen, wie sie das immer wieder schafft«, sagte der Sergeant bewundernd.

»Lassen Sie also um Gottes willen nicht zu, dass sie sich einmischt!«

Mit diesen eindringlichen Worten trat Alec hinaus in den Flur. Die Menschenmenge war deutlich kleiner geworden. An den beiden nächstgelegenen Ausgängen notierten Constables die Adressen der Zuschauer, der Orchestermitglieder und der Chorsänger, die sich in langsam kürzer werdenden Schlangen nach vorne bewegten.

Während Alec sich zum Büro des Geschäftsführers aufmachte, eilte Ernie Piper auf ihn zu. Der drahtige junge Detective Constable war ganz außer Atem, die Schultern seines braunen Anzugs aus Serge waren feucht, und die Krawatte hing auf Halbmast.

»Ich bin so schnell gekommen, wie ich nur konnte, Chief«, keuchte er, »bin die ganze Strecke von der U-Bahn hergelaufen.«

»Sie kommen genau richtig. Ich wollte gerade die ersten Befragungen machen.«

»Bin schon bereit, Chief.« Wie aus dem Nichts tauchten Pipers Notizblock und drei gespitzte Bleistifte auf. Alec fragte sich wie schon so oft, ob er wohl auch in seiner Pyjamatasche ein Notizset aufbewahrte.

Browne brütete in seinem Büro über den Büchern. »Möchten Sie mein Zimmer, Chief Inspector?«, fragte er. »Das können Sie gerne haben und auch den verdammten Job. So ein Schlamassel! Ich kann nur hoffen, dass ich die Leute davon überzeugen kann, dass sie nach der Hälfte des Konzerts nur Anspruch auf die Rückerstattung des halben Preises haben.«

»Können Sie nicht das Konzert noch einmal ansetzen und Ersatzkarten ausgeben?«

»Schon, aber das würde auch eine Menge zusätzlicher Kosten mit sich bringen, und ob die Leute noch einmal kommen wollen, nachdem die blöde Kuh – ähem – die arme Frau vor Publikum ermordet worden ist …« Plötzlich hellte sich seine Miene auf. »Obwohl, so wie man unser großartiges britisches Publikum kennt, würde das die Leute womöglich sogar anlocken. Wer weiß?«

»Sie mochten Mrs. Abernathy nicht besonders?«, fragte Alec.

Browne blickte ihn entsetzt an. »Bitte keine voreiligen Schlüsse!«, sagte er. »Ich habe sie mal bei ein paar Proben erlebt und kannte sie ansonsten nur vom Hörensagen. Man hatte mir schon erzählt, dass sie schwierig ist, und du lieber Himmel, das war sie wirklich. Mal war es ihr zu heiß, mal zu kalt – als könnte ich das Heizungssystem der Halle einfach umschmeißen, wie es ihr beliebt! Ich kann Ihnen sagen, wenn es nicht das eine war, dann war es irgendetwas anderes. Aber deswegen musste ich sie noch lange nicht über den Jordan schicken.«

»Wer hat sie denn für das Requiem ausgesucht? Wer wählt überhaupt die Solisten aus?«

»Na ja, man berät sich mit mir, und der Dirigent hat dann das letzte Wort. Bei Werken wie dem Verdi wird meistens der Chorleiter gefragt, wen er vorschlagen möchte. Roger Abernathy, dessen ProMusica häufig bei uns auftritt, hat schon oft versucht, einen Dirigenten zu überreden, seiner Frau eine Chance zu geben. Meine Güte, war der in sie verliebt … Er ist schwer in Ordnung, sollten Sie wissen. Und meistens habe ich ihn etwas bremsen können, um den Frieden und die Harmonie hier zu wahren.«

»Diesmal haben Sie versagt.«

»Das hat mich auch ziemlich entsetzt. Ich hatte mich mit Cochran diskret dahingehend verständigt, dass Bettina Westlea mehr Ärger brachte, als ihre Stimme wert war. Und kurz danach macht er eine Wendung um hundertachtzig Grad und will um nichts in der Welt eine andere Mezzosopranistin einsetzen.«

Das bestätigte Daisys Bemerkung, Cochran habe sich merkwürdig benommen, dachte Alec. »Hat er Ihnen irgendeinen Grund genannt?«

»Nein. Er sagte einfach, ihre Stimme sei für die Rolle großartig, und ihre negativen Eigenschaften fielen nicht ins Gewicht.« Der Major klang resigniert. »Diese Künstlertypen, auf die ist einfach kein Verlass, verstehen Sie. Lieber habe ich mit Boxern und deren Impresarios zu tun. Die haben zwar auch ihre Zicken, aber man weiß trotzdem immer, woran man ist. Sagen Sie, darf ich Ihnen einen Whiskey anbieten, Chief Inspector?« Er öffnete eine Schublade in seinem Schreibtisch.

»Nein, danke, nicht im Dienst.« Alec musste annehmen, dass er sich gerade im Dienst befand. Er hatte noch nichts vom Superintendent gehört und auch noch nichts vom Superintendent des zuständigen Polizeireviers, obwohl der diensthabende Beamte bewundernswert rasch auf seine Bitte um Verstärkung reagiert hatte. Wenn ihm der Fall später aus den Händen genommen würde, könnte er jetzt wenigstens eine solide Grundlage für seinen Nachfolger schaffen.

Er stellte dem Geschäftsführer noch einige weitere Fragen über die Organisation der Royal Albert Hall im Allgemeinen und über das Verdi-Konzert im Besonderen und ließ ihn dann gehen.

»War mir ein Vergnügen, Ihnen behilflich zu sein«, sagte Major Browne und deutete ein militärisches Salutieren an. Er zeigte auf Alecs Krawatte. »Sie waren also im Royal Flying Corps? Mich haben sie in das Army Service Corps gesteckt. Pech, aber ich habe trotzdem noch einiges mitbekommen.« Er schloss seine Bücher und streckte die Hand nach einem Kalender aus. »Ich bleibe noch ein bisschen. Diese Sachen nehme ich mit in das Zimmer meiner Sekretärin, um mir noch einmal diese verflixten Zahlen anzuschauen und ein paar Daten zu überprüfen. Sie brauchen also nur zu rufen, wenn ich noch irgendetwas für Sie tun kann.«

»Lieber nicht nach nebenan, wenn es Ihnen nichts ausmacht, Sir.«

»Ach so? In Ordnung! Der Lauscher an der Wand, was? Na, dann werde ich mich mal in das Vorverkaufsbüro verziehen, das wird wohl das Beste sein für einen geplanten Nachverkauf.« Über seinen eigenen Witz lachend, ging er von dannen.

»Als Nächstes die drei Ärzte, denke ich«, sagte Alec zu Piper. »Es ist immer misslich, wenn man Männer dieser Profession warten lässt.«

»Alle miteinander, Chief?«

»Ja. Das sind keine Tatverdächtigen, ich brauche nur einen schriftlichen Bericht über ihre Diagnose. Die dürften mit den anderen nebenan im Aufenthaltsraum des Chors sitzen.« Er machte eine Kopfbewegung zur Wand gegenüber der Tür zu Brownes Sekretariat. »Ach so, einer von denen kümmert sich gerade um Abernathy, glaube ich.« So hatte es Daisy gesagt. »Ähm … ich sollte Sie noch darauf hinweisen, Ernie, dass Miss Dalrymple auch in dieser Geschichte wieder mitmischen wird.«

»Unsere Miss Dalrymple ist doch schwer in Ordnung!«, sagte Piper begeistert.

Alec seufzte und schickte ihn los, die Ärzte hereinzuholen.

Das darauffolgende Gespräch über Hyperpnoe, Dyspnoe, Hypopnoe, Vertigo, Konvulsionen, Cyanose, Nausea, Hypotension, Asphyxie und Synkope beanspruchte Pipers Kurzschriftfertigkeiten auf das äußerste. Alle drei Ärzte gaben zu, noch nie einen mit Blausäure Vergifteten gesehen zu haben, doch entsprächen die Symptome dem, was sie sich angelesen hätten. Wenn man den Bittermandelgeruch hinzunehme, sei die Schlussfolgerung naheliegend.

»Ich werde Ihre Zeugenaussagen tippen lassen, die Sie dann bitte unterschreiben, meine Herren«, sagte Alec schließlich, »aber im Augenblick habe ich keine weiteren Fragen. Ach, Dr. Woodward, wenn Sie bitte noch einen Moment bleiben würden. Ich würde Sie gerne um Ihren Rat bezüglich Mr. Abernathy bitten.«

Irgendetwas an Woodwards Reaktion war merkwürdig, wenn auch nur ein bisschen, registrierte Alec kurz. Er dankte den anderen beiden und dachte dann aber nicht weiter darüber nach.

»Mr. Abernathy ist nicht offiziell mein Patient, Chief Inspector«, sagte Dr. Woodward, nachdem seine Kollegen gegangen waren, »aber ich kann Ihnen sagen, dass er ein sehr kranker Mann ist. Der Schock über den plötzlichen Verlust seiner Frau hat eine akute Angina verursacht, vielleicht sogar einen kleineren Herzinfarkt. Es wäre äußerst fahrlässig, wenn ich Ihnen eine Befragung gestatten würde.«

»Soll ich einen Krankenwagen rufen lassen?«

»Nein, er ruht sich gerade etwas aus und hat es einigermaßen bequem. Es wäre das Beste, ihn erst einmal in Ruhe zu lassen.«

»Wären Sie so freundlich und würden schauen, ob ich mich in einigen Minuten ganz kurz mit ihm unterhalten könnte? Falls nicht, werde ich erst ganz zuletzt mit ihm sprechen oder die Unterhaltung mit ihm aufschieben und ihn an einem anderen Tag befragen, wenn Sie das für absolut notwendig halten.«

»Möglicherweise. Natürlich kann sich sein Zustand innerhalb der nächsten Stunde auch wesentlich verbessern. Ich werde bei ihm bleiben.«

»Vielen Dank, Doktor.«

Die Goldränder der Brille des Mannes glitzerten. Er nickte. Piper hielt ihm die Tür auf.

»Wer ist als Nächstes dran, Chief?«

»Die Schwester des Opfers, Miss Westlea. Die hat Miss Dalrymple diesmal unter ihre Fittiche genommen. Vermutlich werden Sie die beiden nicht trennen können, aber Sie können ja mal versuchen, Miss Dalrymple nahezulegen, dass ihre Gegenwart nicht benötigt wird.«

Piper grinste. »Ich werd's mal versuchen, Chief.«

Alec war mitnichten überrascht, als Daisy hinter Miss Westlea ins Büro trat. Wie er schon vermutet hatte, waren ihre Beschützerinstinkte mal wieder geweckt. Er ignorierte sie fürs Erste und konzentrierte sich auf Muriel Westlea, eine schmale Frau mit braunen Haaren, die wirkte, als hätte sie im Leben schon viel Leid erfahren. Ihre Augen waren vom Weinen rot und geschwollen.

Dennoch machte sie einen gefassten Eindruck. Sie hatte sofort die Dinge in die Hand genommen, als ihr Schwager seinen Anfall erlitten hatte, so hatte Daisy es ihm erzählt. Manchmal fragte er sich wirklich, wie zum Teufel er in den vergangenen Jahren ohne ihre Hilfe so viele Fälle gelöst hatte! Allerdings hatte er sich damals auch nicht mit ihren ewigen naseweisen Kommentaren herumschlagen müssen.

»Sie haben doch nichts dagegen, wenn Miss Dalrymple bei mir bleibt, Chief Inspector?«, fragte Miss Westlea ängstlich.

»Aber überhaupt nicht«, sagte er stoisch und runzelte die Stirn, als er Daisy lächeln sah. »Nehmen Sie doch bitte Platz, meine Damen.«

Sie setzten sich auf zwei Stühle gegenüber vom Schreibtisch des Geschäftsführers, und Alec nahm dahinter Platz. Piper hatte seinen Notizblock schon gezückt und bezog neben der Tür Stellung, etwas hinter Miss Westlea. Daisy lächelte ihn an – mehr als einmal hatte sie Alec als Stenographin gedient, wenn er einen Tatverdächtigen befragte.

»Darf ich Ihnen zunächst mein Beileid aussprechen, Miss Westlea«, sagte Alec.

»Vielen Dank. Es war ein ziemlicher Schock.« Ihre Stimme bebte, doch dann riss sie sich zusammen.

»Sie standen Ihrer Schwester sicherlich sehr nahe. Man hat mir gesagt, dass Sie bei den Abernathys gewohnt haben.«

»Ja, ich habe seit ihrer Heirat mit Betsy und Roger gewohnt.«

Eifersucht?, fragte sich Alec. Es wäre nicht das erste Mal gewesen, dass sich eine unscheinbare alte Jungfer in den Mann ihrer wunderschönen Schwester verliebt. Dazu Neid auf die Gesangskünste und die Karriere der Schwester, außerdem der komplizierte Charakter des Opfers – das ergab eine entschieden gefährliche Mischung.

Nichts jedoch hätte ungefährlicher aussehen können als die ruhige Frau vor ihm, deren ernste Augen jetzt auf sein Gesicht gerichtet waren.

Wie so oft brachte Alecs nachdenkliches Schweigen sein Gegenüber dazu, Erklärungen zu machen. »Es war für alle Beteiligten sehr praktisch«, versicherte ihm Miss Westlea. »Unsere Eltern hätten nie zugelassen, dass Betsy Roger heiratet und von zu Hause wegzieht, wenn ich nicht versprochen hätte, mich um sie zu kümmern. Ich wollte genauso sehr nach London gehen wie sie auch, aber ich hätte es mir nicht leisten können, allein zu leben. Und Betsy hat sich nie dafür interessiert, wie man einen Haushalt führt, was ich aber wiederum ganz gut kann. Und dann hat sie mich … hatte sie mich gerne bei ihren Konzerten dabei. Sie ließ sich lieber von mir helfen als von ihren Dienstmädchen, wenn ich selbst keine Proben oder Aufführungen hatte.«

»Wie ich hörte, haben Sie Mrs. Abernathy auch heute im Solistenzimmer assistiert, obwohl Sie selbst aufgetreten sind.«

»Na ja, ich hatte in der Pause sonst nichts zu tun.«

»Was haben Sie für sie getan?«

»Nichts Besonderes. Sie hat es einfach nur gerne, wenn ich da bin. Ich habe ihr die Haare gebürstet, einen losen Knopf angenäht, habe ihr ein Glas – oh!« Plötzlich schlug sie sich die Hand vor den Mund und blickte ihn entsetzt an.

»Sie haben ihr ein Glas zu trinken gebracht?«, hakte Alec nach. »Aus der Karaffe?«

Sie nickte stumm.

»Es scheint aber, als sei alles, was sie in der Pause zu sich genommen hat, in Ordnung gewesen – sie hat doch während der Pause etwas getrunken?«

»Ja, mindestens ein halbes Glas.«

»Und da ist aber nichts passiert? Nein. Wahrscheinlich hat das Gift im Glas auf der Bühne gereicht, um sie auf der Stelle zu töten.«

»Das habe ich ihr auch eingegossen«, platzte Muriel hervor. Daisy nahm ihre Hand. Alec wartete. »Betsy hat immer darauf bestanden, dass während der Aufführungen ein Glas neben ihr auf der Bühne steht, für ihre Stimme und um zwischendurch Kraft zu schöpfen. Sie hatte ihr eigenes Glas, das zur Karaffe passte. Niemand sonst hätte es benutzt. Außerdem hätte sich niemand etwas aus der Karaffe eingegossen. Alle wussten, dass sie gerne Ratafia trinkt, und den meisten Menschen ist das viel zu süß.«

Ratafia? Das Wort weckte in Alec Vorstellungen von eleganten Damen aus dem frühen neunzehnten Jahrhundert, die geziert an Gläsern nippten, während die Herren eimerweise Portwein und Bordeaux hinunterkippten. »Ein Likör?«

»Ja.«

»Ziemlich altmodisch«, sagte Daisy, die sich jetzt nicht mehr zurückhalten konnte. »Ich weiß noch, dass meine Großmutter immer Ratafiakekse zum Tee aß. Die schmeckten nach Mandeln, genau wie Makronen.«

»Soweit ich weiß, wird der Likör aus Pfirsich- oder Aprikosenkernen hergestellt«, sagte Miss Westlea, »aber stimmt, das Aroma ähnelt dem von Mandeln.«

»Mein Gott, dann ist es ja auch kein Wunder, dass Mrs. Abernathy nicht aufgefallen ist, wie sehr das Zeug nach Blausäure roch!«, rief Alec aus. »Damit ist wohl auch jede Überlegung, ob das Gift vielleicht für jemand anders gedacht war, hinfällig geworden. Wer auch immer es in die Karaffe getan hat, wusste genau, was er da tat. Miss Westlea, Sie sagen, ›alle‹ wussten darüber Bescheid. Wen meinen Sie damit?«

»Ach, Dirigenten, andere Solisten, Leute, die mit ihr zusammengearbeitet hatten. Ich fürchte, dass es immer wieder Ärger gab, weil sie auf der Bühne trank.«

»Können Sie mir Namen nennen, vor allen Dingen von den heute anwesenden Menschen, die einen Grund hatten, Ihre Schwester zu hassen?«

»Zu hassen?« Muriel Westlea brach in Tränen aus. »Betsy hatte nie irgendwelche Feinde!«

Daisy sprang auf, legte den Arm um die Schultern ihrer Freundin und blickte Alec wütend an. Er zuckte mit den Achseln.

Wenn er eine weinende Frau befragte, kam er sich immer wie ein Grobian vor. In der Regel war es auch nicht sehr ergiebig, schon gar nicht, wenn die Frau eine resolute Beschützerin an ihrer Seite hatte.

Und Daisy war als Beschützerin so resolut, wie man es sich nur vorstellen konnte.

Kapitel 5

Detective Constable Piper nahm Daisy und Muriel mit zum Aufenthaltsraum der Chormitglieder, wo er nachfragen wollte, ob Mr. Abernathy schon vernehmungsfähig war. Alec hatte gesagt, Muriel dürfe die Royal Albert Hall jederzeit verlassen, solange sie der Polizei Bescheid sagte, falls sie irgendwo anders hinging als nach Hause.

»Aber ich gehe nicht weg, ehe es Roger nicht wieder so weit gutgeht, dass er auch gehen kann«, sagte sie zu Daisy und trocknete sich die Augen. »Ach, Daisy, es ist wirklich ein riesengroßer Gefallen, um den ich Sie bitte, aber wäre es Ihnen möglich, die Nacht bei uns zu verbringen? Ich … ich glaube nicht, dass ich es aushalten könnte, mit Roger allein zu sein, wo er doch jetzt so völlig am Boden zerstört ist. Und außerdem werden sich die Leute bestimmt das Maul darüber zerreißen.«

»Natürlich komme ich mit. Ich brauche nur noch ein paar Minuten, um meine Sachen von nebenan zu holen.«

»Sie sind ein Engel. Ich habe wirklich das Gefühl, dass Sie über Nacht von einer angenehmen Nachbarin zu einer sehr lieben Freundin geworden sind.«

Darauf wusste Daisy keine Antwort. Glücklicherweise musste sie auch keine haben. Piper öffnete ihnen die Tür zum Chorraum und wechselte ein paar Worte mit dem uniformierten Constable, der dort Wache schob.

Das lange, leicht gerundete Zimmer, in dem sich einhundert Sänger versammeln konnten, ehe sie auf die Bühne gingen, beherbergte jetzt weniger als ein Dutzend Menschen. An einem Ende saßen die Gowers auf unbequemen Klappstühlen, am anderen die Cochrans. In der Mitte saß Olivia Blaise und unterhielt sich mit Jakow Lewitsch, während etwas weiter entfernt Dimitri Martschenko ungerührt allein dasaß. Consuela de la Costa schritt auf und ab und deklamierte theatralisch gestikulierend irgendetwas vor sich hin. Was für eine Diva, dachte Daisy.

Auch der Organist John Finch war dort, ein mickriger Mann, der seinem Instrument auf wundersame Weise großartige Laute entlockte. Während seine langen, dünnen Finger zuckten, verriet sein in die Ferne gerichteter Blick keine Unruhe. Er schien in einer Art musikalischem Tagtraum gefangen zu sein.

Als Daisy und Muriel den Raum betraten, eilte Mr. Lewitsch mit tief beunruhigter Miene auf sie zu. Er streckte Muriel beide Hände entgegen. »Miss Westlea, man hat Ihnen nichts getan?«

»Keine Sorge!«, sagte Daisy empört. »Mr. Fletcher würde keiner Fliege etwas zuleide tun.«

»Entschuldigen Sie, bitte«, sagte er und hielt Muriels Hände fest in seinen, während er sich Daisy zuwandte. »In Russland, Polizei ist sehr schlechte Männer, grausam, wild. Bolschewisten, Okhrana – das ist Polizei vom Zar – alle gleich. Vor allem für Juden.«

»Na ja, jetzt sind Sie aber in England. Unsere Polizei behandelt alle Menschen gleich, ob man nun Engländer ist, Chinese oder Hindu. Jedenfalls sind die meisten so«, fügte sie ehrlichkeitshalber hinzu, denn plötzlich erinnerte sie sich an einen gewissen Inspector, dessen Vorurteile sie einmal gezwungen hatten, Scotland Yard (in Gestalt von Alec) herbeizurufen.

Mr. Lewitsch schien nicht ganz von ihren Worten überzeugt zu sein. »Sie sind Freundin von diesem Chief Inspector, Miss Dalrymple«, sagte er nachsichtig.

»Das heißt noch lange nicht, dass ich zusehen würde, wie er Muriel schlecht behandelt.«

»Daisy ist auch meine Freundin«, versicherte ihm Muriel. »Sie kommt heute mit mir nach Hause, sobald es Roger wieder bessergeht, und wird bei uns übernachten.«

»Choroscho.« Er nickte. »Sie immer sich kümmern um andere, müssen manchmal andere auch um Sie kümmern lassen.«

Muriel wurde rot und entzog ihm ihre Hände.

Piper kehrte zurück. »Dr. Woodward sagt, Mr. Abernathy muss sich noch ein bisschen länger ausruhen, Miss«, sagte der junge Detective zu Muriel. »Er würde Sie gern sprechen.«

»Der arme Roger. Ich werde mal zu ihm gehen.«

»Sie sind Mr. Lewitsch, Sir? Wenn es Ihnen nichts ausmacht, Sir, Chief Inspector Fletcher möchte Sie jetzt sprechen. Hier entlang, bitte.«

So viel Höflichkeit müsste den verunsicherten Juden aus Russland doch versöhnlich stimmen, dachte Daisy und lächelte Ernie zu. Nicht, dass sie Mr. Lewitsch sein Misstrauen verübelte. Obwohl sie die Auslandsnachrichten nicht genau verfolgte, hatte sie schon von der bolschewistischen Tscheka und der GPU gehört – und von der Tatsache, dass diese Organisationen der brutalen und antisemitischen Geheimpolizei des Zaren in nichts nachstanden.

Piper führte den widerstrebenden Violinisten fort.

»Soll ich mit Ihnen kommen?«, fragte Daisy Muriel.

»Nein, danke sehr, aber Sie gehen doch nicht weg, oder?«

»Liebe Zeit, nein.« Solange sie in einem Zimmer mit lauter Tatverdächtigen war, die womöglich darauf brannten, ihr alles zu gestehen, war das nicht sehr wahrscheinlich!

Sie ging hinüber zu Olivia Blaise.

»Haben Sie eine Zigarette?«, fragte die Mezzosopranistin und Rivalin des Opfers, als Daisy näherkam. Daisy schüttelteden Kopf und setzte sich neben sie. »Nun denn. Eigentlich rauche ich auch gar nicht, es ist so furchtbar schlecht für die Stimme, aber es gibt eben Augenblicke im Leben ... Sie sind Daisy Dalrymple, nicht wahr? Wir sind uns noch gar nicht richtig vorgestellt worden, aber vermutlich haben Sie schon mitbekommen, dass ich Olivia Blaise bin.«

»Ja. Ich habe neulich bei den Abernathys gehört, wie Sie ein Stück aus der Carmen gesungen haben. Es klang wundervoll.«

»Danke sehr. Roger – Mr. Abernathy verdanke ich unglaublich viel. Es nützt einem gar nichts, eine schöne Stimme zu haben, wenn man sie nicht ausbildet, und ich konnte mir Gesangsunterricht nicht leisten. Aber er hat mit mir einen Sonderpreis vereinbart. Er ist ein erstklassiger Lehrer, verstehen Sie, und außerdem ein unglaublich freundlicher Mensch.«

»Wie haben Sie ihn kennengelernt?«

»Ich war in der ProMusica. Ich musste eben einfach singen, obwohl ich abends immer ziemlich müde war. Damals habe ich noch als Stenographin gearbeitet.«

»Ich habe die Stenographie auch verabscheut«, sagte Daisy mit echtem Mitgefühl.

»Ab und zu mache ich das immer noch, aber mittlerweile verdiene ich so viel an Gagen, dass ich weniger arbeiten kann. Das Ärgerliche ist nur, wenn man bei den großen Häusern eine Chance bekommen will, braucht man jemanden mit Einfluss, der für einen kämpft. Und Roger ist zwar ein herzensguter Mensch, aber besonders durchsetzungsfähig ist er nicht. Jedenfalls hätte diese blöde Ziege von Bettina jeden Versuch von ihm sabotiert, sich für mich starkzumachen.«

Daisy platzte fast vor Neugier, sagte aber nur vorsichtig: »Sie scheint ja wirklich eine ziemlich schwierige Person gewesen zu sein.«

»Schwierig! Ich war lange genug in diesem Haus, um mitzubekommen, dass sie Roger und Muriel wie die Fußabtreter behandelte. Vielleicht hatte Muriel keine andere Wahl, aber Roger hätte sich freischwimmen können. Nur war er viel zu sehr in Bettina verguckt, um überhaupt den Versuch zu unternehmen. Der arme alte Roger, er sah vorhin wirklich ziemlich schlecht aus, nicht wahr? Ich hoffe, die Tatsache, dass die dumme Kuh sich hat ermorden lassen, bringt ihn nicht auch noch um.«

»Dr. Woodward sagte, er sei bestimmt bald wieder auf dem Damm und könne spätestens morgen mit Mr. Fletcher sprechen.«

»Mr. Fletcher? Der Polizist? Das ist doch ein Freund von Ihnen, nicht wahr? Wissen Sie, ich bin noch nie von der Polizei befragt worden.« Olivia rutschte unruhig hin und her, und ihr lebhaftes, koboldhaftes Gesicht wirkte unschlüssig. »Verflixt, wenn ich nur eine Zigarette hätte.«

»Mr. Cochran raucht. Bestimmt gibt er Ihnen eine.«

»Von Eric Cochran würde ich niemals eine Zigarette annehmen, und wenn es meine letzte wäre!«

»Ich dachte, er sei ganz begeistert von Ihnen.«

»Ich auch, bis Bettina gedroht hat, seiner Frau alles über uns beide zu erzählen, wenn er sie nicht als Mezzosopranistin im Verdi einsetzt. Ursula Cochran hat nämlich das Geld in dieser Ehe, verstehen Sie, und die Karriere des lieben Eric wäre ohne ihre finanzielle Unterstützung am Ende. Aber aus seinem Geld habe ich mir nie sonderlich viel gemacht, für mich war nur sein Einfluss wichtig. Was ich für eine Zeit auf diesen Kerl verschwendet habe!«

»Sie meinen, Sie … ach, herrjeh!«

»Ein Mädchen ohne Geld und ohne Familie tut eben, was sie tun muss, um über die Runden zu kommen.« Olivia verzog das Gesicht. »Es tut mir leid, wenn ich Sie schockiert haben sollte.«

»Eigentlich gar nicht«, log Daisy tapfer. Was sollte sie auch schon dazu sagen? Sie behauptete zwar, finanziell auf eigenen Füßen zu stehen, aber sie lebte größtenteils von dem kleinen Vermögen, das ihr eine Tante vererbt hatte. Und wenn die Dinge gar zu schrecklich würden, könnte sie sich immer noch zu ihrer Mutter ins Dower House flüchten oder zu ihrer verheirateten Schwester oder sogar zu dem Vetter, der Fairacres und den Titel ihres Vaters geerbt hatte. »Es … es tut mir leid, dass es nicht geklappt hat.«

»Ich behaupte ja gar nicht, das alles sei nur mühsam gewesen und überhaupt kein Vergnügen. Ich war von Eric durchaus angetan. Aber er hatte mir die Rolle gerade versprochen, und was kann man schon mit einem Mann anfangen, auf den man sich nicht verlassen kann? Er hat Bettinas Erpressung nachgegeben, ohne sich auch nur mit einem Wort dagegen zu wehren. Und es ist keineswegs so, als könnte Bettina kein Wässerchen trüben.«

»Ach?«

»O nein, ich werde nicht in der Öffentlichkeit die schmutzige Wäsche anderer Leute waschen. Das könnte ich mit meinem Gewissen nicht vereinbaren.« Sie zögert. »Vermutlich werden Sie diese ganze Geschichte Ihrem Chief Inspector erzählen.«

»Ja, das kann ich ihm im Rahmen einer Morduntersuchung wahrhaftig nicht verheimlichen.«

Olivia schauderte. »Ist ja auch egal. Irgendjemand wird es ohnehin erzählen, und da sind Sie mir lieber als Eric oder ich selbst, ehrlich gesagt. Da ist ja schon wieder dieser an sich ganz nette kleine Detective zurückgekommen. Wer wird wohl als Nächstes ins Verhör genommen?«

»Miss Blaise?«, fragte Piper. »Dürfte ich Sie einen Moment stören?«

Olivia warf Daisy einen ironischen Blick zu und ging von dannen. Daisy mochte sie irgendwie – trotz ihres schockierenden Benehmens. Sie blickte hinüber zu Mr. Cochran. Der schaute Olivia schmachtend und gleichzeitig ein wenig ängstlich hinterher. Dass er sie begehrte, war offensichtlich – und auch, dass er sich Sorgen machte, was sie der Polizei erzählen würde.

Im nächsten Augenblick, als er sich wieder seiner aufgetakelten Frau zuwandte, verschwand seine besorgte Miene. Unter der Maske ihrer Schminke konnte man ihren Gesichtsausdruck nicht deuten. Ob sie bemerkt hatte, dass irgendetwas nicht in Ordnung war? Daisy konnte es nicht erkennen.

»Señorita!« Miss de la Costa ließ sich mit dramatischer Eleganz auf den Klappstuhl neben Daisy fallen, dem sie damit den Anstrich eines königlichen Throns verlieh. Ihr scharlachrotes Samtkleid entsprach in seiner Auffälligkeit ihrer lebhaften Persönlichkeit. Sie blickte kurz die Gowers an – Gilbert Gower gab sich größte Mühe, nicht hinzusehen – und sagte mit leiser, aber leidenschaftlicher Stimme: »Ihnen werde ich alles erklären!«

»Alles?«, fragte Daisy misstrauisch. Sollte es jetzt zu einem Geständnis kommen?

»Alles! *Todo!* Ich war verrückt vor Eifersucht, unglaublich! *Mi querido Gilberto*, er hat diese Bettina mit dem goldenen Haar oft getroffen. Verstehen Sie, wie ich sie verabscheue! Mit Freude ich ihr hätte die Augen ausgekratzt! Als sie tot hinfiel, war ich froh, sehr froh!«

»Aber wenn Sie froh waren, weil Sie ihn dann für sich allein haben würden …«

»*Perdóneme?*«

»Jetzt, wo Bettina tot ist … ist doch Mr. Gower … ganz der Ihre« – wenn man einmal von seiner Frau absah – »warum haben Sie ihn also des Mordes bezichtigt?«

»Aber das ich doch erkläre. Als ich ihm zurufe ›*Asesino!*‹ waren Sie anwesend, und ich weiß, dass Sie mich gehört haben.«

Wie alle anderen, die irgendwo in der Nähe der stimmgewaltigen Sopranistin gewesen waren. »Ja, das habe ich gehört«, gab Daisy zu.

»Zuerst dachte ich, Gilberto sie umgebracht, weil er nicht mehr ihr Liebhaber sein will. Er will ganz mir gehören, wie Sie sagen. *Bien entendido*, da bin ich glücklich, gebe mein Leben für ihn, niemals würde ich ihm zurufen: ›*Asesino!*‹ Ich sehe ihn an, um ihn zu bewundern, und er sieht, dass ich es weiß. Er hat Angst; er erklärt es mir. Lange her, dass er Bettinas Liebhaber. Er hat sich oft mit ihr getroffen, weil er ein Versprechen gegeben hat, das er unmöglich halten kann. Immer fragte sie ihn: ›Wann tust du es? Wann? Wann?‹«

»Wann tust du was?«

»Mir egal.« Miss de la Costa zuckte theatralisch die Schultern. »Aber jetzt weiß ich es. Er hat sie umgebracht, weil sie ihn gestört hat, nicht meinetwegen. Deswegen habe ich ihm zugerufen: ›*Asesino!*‹«

Diese sehr gewundene Logik brachte Daisy vollkommen durcheinander. Sie hielt sich entschlossen an die Frage, die sie interessierte: »Sie glauben also, dass Mr. Gower Bettina umgebracht hat, aus welchem Grund auch immer?«

»Ich?« Von der Bühne aus wäre die erstaunte Rückfrage der Sopranistin selbst hoch oben auf den allerbilligsten Plätzen deutlich zu hören gewesen. »Gilberto hat Bettina nicht umgebracht, das er mir sagen. So, jetzt das habe ich erklärt, und jetzt können Sie das Ihrem Freund sagen, *el jefe de policia.*«

»Miss de la Costa.« Piper war wieder erschienen. »Der Chief Inspector würde sich gern kurz mit Ihnen unterhalten, wenn Sie so freundlich wären, Ma'am.«

Miss de la Costa schritt hinaus wie eine Heldin auf dem Weg zum Schafott. Daisy blieb völlig verwirrt zurück. Vielleicht ließ es der Stolz eines spanischen Hidalgo – wenn das das richtige Wort war – nicht zu, dass er einen Mord leugnete, und die spanische Sopranistin projizierte dieses Ehrgefühl auf den walisischen Tenor. Gower hatte geleugnet, Bettina umgebracht zu haben, also hatte er es in den Augen von Señorita de la Costa auch nicht getan.

Natürlich würde Alec darauf nicht hereinfallen, und das erwartete Gilbert Gower auch nicht. Jedenfalls warf der Tenor seiner gegenwärtigen Geliebten einen ausgesprochen nervösen Blick zu.

Die Gowers wechselten ein paar Worte und standen dann auf. Mr. Gower ging durch die ganze Länge des Raumes zu den Cochrans, während seine dickliche, langweilig aussehende Frau zu Daisy herüberkam.

»Ich hoffe, Sie haben nichts dagegen«, sagte sie entschuldigend. »Wir sind nicht … Ich meine, Sie müssen sich doch fragen … Sie wissen ja gar nicht, wer ich bin …«

»Doch, ich weiß Bescheid. Sie sind Mrs. Gower, oder? Das Solo von Mr. Gower hat mich zu Tränen gerührt.«

»Das *Ingemisco*? Er hat wirklich gut gesungen, nicht wahr?«

Der Eifer, mit dem sie das Kompliment für ihren flatterhaften Mann aufgriff, rührte Daisy fast noch einmal zu Tränen.

»Wollen Sie sich nicht setzen?«, sagte sie eilig. »Ich bin Daisy Dalrymple. Die Abernathys und Muriel Westlea sind meine Nachbarn.«

»Ach so, dann wohnen Sie wohl mit Miss Fotheringay zusammen, mit der Photographin? Mr. Abernathy hat sie Gilbert empfohlen, als er Pressephotographien brauchte, und die waren so gut, dass wir auch mit den Kindern zu ihr gegangen sind, um ein Familienporträt machen zu lassen.«

»Lucy ist ziemlich gut, und Mr. Abernathy war so freundlich und hat sie einer ganzen Reihe seiner Freunde empfohlen.«

»Der arme Mann! Es tut mir ja wirklich so leid für ihn. Welch ein Glück, dass er keine Kinder hat. Gilbert sagt, dass er seine Frau sehr geliebt hat.«

Umso schlimmer, dass er eine Affäre mit Bettina begonnen hatte, dachte Daisy empört – wenn man davon ausging, dass Miss de la Costa das richtig verstanden hatte. »Das habe ich auch so mitbekommen«, sagte sie trocken.

»Es geht ihm gar nicht gut, nicht wahr? Wissen Sie, wie es um ihn steht?«

»Besser, heißt es.«

»Es sah aus wie eine Angina Pectoris. Ich arbeite als freiwillige Helferin in einer Klinik in East End – ich habe am liebsten mit den Kindern zu tun, den armen, kleinen Dingern, aber bei den Erwachsenen treten häufiger Fälle von Angina Pectoris auf. Eine Tablette Trinitrin lindert den Schmerz meistens sofort.«

»Ach so, ja, ich erinnere mich. Während des Großen Krieges habe ich eine Weile in einem Krankenhausbüro gearbeitet, und da habe ich auch das eine oder andere gelernt. Mr. Abernathy hat eine Tablette genommen, aber es geht ihm noch nicht wieder so gut, dass er mit der Polizei sprechen könnte.«

»Was für eine grässliche Geschichte! Vermutlich will die Polizei Gilbert sprechen, weil ... aufgrund der Dinge, die Miss de la Costa gesagt hat.«

»Chief Inspector Fletcher erklärt mir nicht alles, was er tut, Mrs. Gower, obwohl wir gute Freunde sind.«

»Ich habe gesehen, wie Sie beide sich unterhalten haben.« Sie errötete und hielt die Augen fest auf die Hände gerichtet, die sie in ihrem Schoß rang, und fuhr fort: »Sie müssen sich ... Sie fragen sich wohl, warum ich keinen Aufstand gemacht habe, als Gilbert diese ... dieses spanische Flittchen in aller Öffentlichkeit umarmt hat. Man muss den Künstlern mit ihrem Temperament einiges zubilligen.«

»Das scheint so zu sein«, sagte Daisy zweifelnd.

»Tatsächlich sind seine Seitensprünge kein Geheimnis, und ich habe mich schon daran gewöhnt. Diese ausländischen Diven – die jungen, schönen – haben irgendetwas, dem er nicht widerstehen kann. Aber am Ende der Opernsaison gehen sie dorthin zurück, wo sie hergekommen sind, und Gilbert kommt zu mir und den Kindern nach Hause. Er ist ein guter Vater. Es wäre nicht rechtens, wenn die Kinder für die Sünden der Eltern leiden müssten. Es hat keinen Sinn, sich darüber aufzuregen.«

Das war ja eine geduldige Grizel, wie sie leibte und lebte. Mit solch rückgratloser Toleranz konnte sich Daisy überhaupt nicht abfinden. Sie wusste noch genau, wie grässlich sie diese Geschichte gefunden hatte, als sie sie in der Schule durchgenommen hatten. Dabei hatte Chaucers Grizel von ihren Kindern getrennt gelebt, oder nicht?

Also war Gower ein guter Vater und kehrte immer zu seiner Frau und seinen Kindern zurück. Das entschuldigte aber noch lange nicht die Tatsache, dass er Roger Abernathy verletzte, indem er eine Affäre mit Bettina anfing. Davon schien Mrs. Gower nichts zu wissen. Wusste es Abernathy? Wusste es Muriel? Wozu hatte Bettina Gower gedrängt? War ihm ihre Beharrlichkeit Grund genug gewesen, sie umzubringen? Oder hatte die zu melodramatischen Auftritten neigende Consuela de la Costa die ganze Geschichte einfach nur erfunden?

»Ich biete ihm ein gemütliches Heim und mache ihm keine Szenen«, sagte Mrs. Gower erschöpft, »und er kommt zurück. Ich weiß, dass ihr modernen Mädchen den Ehegatten nicht mehr als das Familienoberhaupt betrachtet, ich jedenfalls wurde so erzogen. Ob euer Leben leichter ist, kann ich nicht beurteilen. Man tut einfach nur, was man kann.«

»Ja, natürlich. Ich … Ach, da ist ja schon wieder Detective Constable Piper.«

»Mrs. Gower, wären Sie so freundlich, dem Chief Inspector ein paar Minuten Ihrer Zeit zu schenken?«

»Aber ich war doch gar nicht in ihrer Nähe! Ich habe doch noch nicht einmal mit ihr gesprochen!«

»Das ist schon in Ordnung, Jennie«, sagte Mr. Gower und ging auf sie zu.

»Es wird auch nicht lange dauern, Ma'am.«

Daisy erwartete, dass Gower jetzt darauf bestehen würde, seine Frau zu begleiten. Sie wusste, dass Alec ihm das auch erlauben würde. Doch kam ihm dieser Gedanke anscheinend gar nicht in den Sinn. Während Mrs. Gower, die völlig entsetzt dreinsah, hinauszuckelte, setzte sich der Tenor zu Daisy.

»Das wird doch alles in Ordnung gehen, oder?« Seine leicht blutunterlaufenen Augen flackerten, und er glättete sich nervös das Haar. »Ich meine, der Bursche wird sie doch nicht einschüchtern oder so was?«

»Mr. Fletcher ist durch und durch ein Gentleman«, sagte Daisy kühl.

»Ja, ja, selbstverständlich. Ich habe ja gesehen, wie Sie sich mit dem Herrn im Konzertsaal unterhalten haben. Ähm … hat meine Frau irgendetwas gesagt?«

»Sie hat sogar eine ganze Menge gesagt.«

»Ah, aha. Hat sie Miss de la Costa erwähnt?«

»Mrs. Gower scheint sich keinerlei Illusionen über Ihren … Umgang mit Miss de la Costa zu machen.« Daisy, die vor Neugier fast starb, beschloss, den Stier an den Hörnern zu packen. »Über Bettina weiß sie aber nicht Bescheid.«

»Gut, das ist sehr gut. Hören Sie, Sie glauben doch nicht etwa, dass ich Bettina ins Jenseits befördert habe, oder? Es war aus zwischen uns. Wenn Sie mich fragen, dann war es dieser Iwan, dieser Bass, Martschenko.«

»Martschenko? Warum hätte der denn Bettina umbringen sollen?«

»Hat Ihnen das noch niemand gesagt? Das ist doch kein Geheimnis. Martschenko war in sie verliebt, und sie hat damit kokettiert, ihn an der Nase herumgeführt, Sie wissen schon. Er hat ihr Schmuck geschenkt, schöne Stücke, die er aus Russland herausgeschmuggelt hat. Aber dann hat er ihr bei einer Probe vor allen anderen etwas ins Ohr geflüstert, und sie hat ihn geohrfeigt und ihn ein widerliches russisches Schwein genannt. Und dann folgten weitere Beleidigungen, aber ich kann mich nicht mehr so genau erinnern.« Er sah verstohlen zu Martschenko hin, der wütend zurückschaute, den schwarzen Bart gesträubt.

Daisy erinnerte sich, wie der Bass ganz leise das *Confutatis maledictis* gesummt hatte, als Bettina tot vor seinen Füßen lag. »Dann hätte er ja allen Grund, sie nicht besonders zu mögen«, stimmte sie zu.

»Sie nicht zu mögen? Er hat sie verabscheut! Und in seinen Breiten ist man ja sehr gefühlsbetont. Russen kann man sehr leicht aufregen, die meisten sind ja geradezu labil. Glauben Sie mir. Ich weiß, wovon ich rede.« Wieder strich er sich über die Haare, diesmal mit einem selbstzufriedenen Grinsen. Diese Angewohnheit musste der Kasse des Frisörs, der ihm seine leichte Marcel-Dauerwelle aufrechterhielt, sehr zuträglich sein. »Sie werden der Polizei doch von Martschenko erzählen, nicht wahr?«

»Warum tun Sie es denn nicht?«

»Oh. Na ja. Schließlich ist es reine Spekulation. Ich habe keine stichhaltigen Beweise. Ich will nicht, dass die glauben, ich wolle nur Ärger machen.«

Oder versuchen, sich aus der Affäre zu stehlen. »Ich werde Ihre Überlegungen dem Chief Inspector mitteilen«, versprach Daisy. Aber auch die Affäre mit Bettina und ihre dauernde Quengelei, er solle sein Versprechen einhalten.

»Anstrengend sind diese Ausländer«, sagte Gower in einem plötzlichen Gefühlsausbruch. »Schlussendlich gefällt mir die gute alte englische Zurückhaltung doch viel besser.« Er blickte liebevoll zur Tür, durch die seine unscheinbare, langweilige Frau hinausgegangen war.

Wie zur Antwort auf sein Starren öffnete sich die Tür, und Jennifer Gower trat wieder ein. Die Begrüßung wurde von Piper unterbrochen.

»Mr. Gower. Sie sind dran, Sir.«

Er küsste sie leicht auf die Wange. Sie wirkte jetzt viel ruhiger. Ohne Zweifel war sie durch Alecs besänftigende Art wieder zuversichtlich geworden. Sie ging auf Daisy zu, wandte sich aber ab, um sich mit den Cochrans zu unterhalten, weil Dimitri Martschenko schon an Daisys Seite war.

Der massige Mann blickte böse auf Daisy hinab. »Sie Polizeispionin«, knurrte er.

»Das bin ich nicht!«

»*Tak*, nicht Spionin – Informantin, *net*?«

»Ich bin auch keine Informantin. Ich habe zufälligerweise einen Bekannten, der Polizist ist. Daraus mache ich kein Geheimnis, und wenn die Leute mir etwas erzählen wollen, dann ist das ihr eigenes Risiko.«

»*Schto* Risiko?« Er setzte sich schwerfällig neben sie, und der Stuhl quietschte unter seinem Gewicht. »Risiko bedeutet Spionage.«

»Ich meine«, sagte Daisy betont langsam und nachdrücklich, »wenn Menschen, die wissen, dass der Chief Inspector mein Bekannter ist, mir Dinge erzählen, dann sollten sie sich nicht wundern, wenn ich ihm diese Dinge weitererzähle.«

Martschenko überlegte einen Augenblick. »Informantin. Was ich sage Ihnen, Sie sagen zu Polizist.«

Sie gab auf. »Ja.«

»Ich sage Ihnen, Jakow Lewitsch hat Bettina umgebracht.«

»Mr. Lewitsch?« Daisy war entsetzt. Zwar kannte sie den Violinisten erst kurz, aber sie fand ihn doch sehr sympathisch. »Woher wollen Sie das wissen?«

»Ist dreckiger Jude. Alle Juden Mörder. Haben *Christos* umgebracht, bringen *christianskije deti* um – Kinder. Für Juden ist Umbringen von Christianin nichts. Und außerdem ist Lewitsch *Russe*.«

»Das sind Sie doch auch.«

»*Net. Ja Ukrainez.* Wohne in Russland, spreche Russisch, aber ukrainski Blut. Russen spucken auf Ukraine, und ich spucken auf Russen.«

Er wirkte, als wolle er seine Worte gleich in die Tat umsetzen, doch glücklicherweise fasste er sich gerade noch rechtzeitig. »Außerdem«, sagte er mit einem leisen, bedrohlichen Grummeln, »Lewitsch bolschewistischer Spion!«

Daisy war empört. Der war ja geradezu besessen! »Er hatte doch keinen Grund, Bettina umzubringen«, sagte sie.

»Es gibt Grund! Guten Grund. Lewitsch mag Bettinas Schwester. Bettina nennt ihn geldgierigen Jid, sagt, sie will Eltern erzählen, dass Schwester einen Ketzer mag. Hat sie versucht, alle Treffen zu verhindern.«

»Sie hat versucht, Begegnungen zwischen Muriel und Mr. Lewitsch zu vereiteln?«

»*Da*. Sie unterhalten sich, da kommt sie immer schon: ›Tu dies, tu das. Hol dies, hol das.‹ Ist doch Grund, *net*?«

»Ein ziemlich schwacher Grund«, sagte Daisy, die sich äußerst unwohl fühlte. Aber immerhin war es ein besserer als die Tatsache, dass Jakow Lewitsch ein russischer Jude und ein bolschewistischer Spion war. Ob Bettina wirklich versucht hatte, die Romanze ihrer Schwester zu unterbinden?

»Ziemlicher Grund, *da*! Finde ich sehr guten Grund. Sagen Sie das dem großen Polizisten. Ihnen er glaubt besser. Ich rede nicht mit Polizeimännern.«

»Mr. Martschenko?« Piper war wieder zurückgekehrt. »Wenn ich Sie bitten dürfte, Sir?«

Martschenko blickte ihn verständnislos an.

»Bitte, kommen Sie ... Sir.« Piper teilte offensichtlich das weitverbreitete Vorurteil, Ausländer würden einen auf jeden Fall verstehen, wenn man nur laut genug mit ihnen spricht. Für den Fall, dass seine Stimme nicht laut genug war, um in das Bewusstsein seines Gegenübers zu dringen, winkte er noch.

Martschenko erhob sich schwerfällig und ging davon, wobei er leise irgendetwas in seinen Bart murmelte.

Alec würde vermutlich große Schwierigkeiten haben, aus dem etwas herauszubekommen. So hoffte Daisy jedenfalls, denn sie sah ihren Verdacht bestätigt. Die ersten zwei oder drei mochten ja noch Zufall gewesen sein, aber Martschenko war das letzte Mosaiksteinchen. Jedes Mal, wenn Piper eintrat, rief er – vermutlich auf Anweisung von Alec – genau denjenigen heraus, der gerade neben ihr saß.

Dieser Mistkerl versuchte doch tatsächlich zu verhindern, dass sie sich mit den Leuten unterhielt!

Kapitel 6

Als Martschenko hinter Ernie ins Büro gestampft kam, telefonierte Alec gerade. Endlich hatte sein Superintendent angerufen, um ihm zu sagen, dass mit dem örtlichen Polizeirevier alles geklärt und dieser Fall jetzt von ihm zu betreuen sei.

Er war sich gar nicht mehr sicher, ob er das überhaupt wollte.

Daisys Einmischung war Grund genug, sich Sorgen zu machen. Aber immerhin war er vor Ort, so dass er sie vor sich selbst schützen konnte.

Was seine Tatverdächtigen anging, so hätte er genauso gut eine Herde Schafe befragen können. Und die hätten ihm wahrscheinlich mehr sagen können. Das künstlerische Temperament, das Daisy ihm angekündigt hatte, fehlte hier völlig – außer bei der auffallenden Spanierin –, es sei denn, es gab unter Bohemiens einen Kodex, nach dem man bei der Polizei vorsichtig zu sein hatte.

Er konnte noch nicht einmal behaupten, sie hätten alle gelogen, da keiner von ihnen irgendetwas Brauchbares gesagt hatte.

Niemandem war irgendein Grund bekannt, warum irgendjemand Bettina Abernathy hätte vergiften wollen. Niemand hatte je irgendetwas mit Blausäure zu tun gehabt. Niemand hatte irgendjemanden dabei beobachtet, der sich an der Karaffe oder am Glas zu schaffen machte. Alle außer

Mrs. Gower waren viel zu sehr damit beschäftigt gewesen, sich vorzubereiten und die Energie auf die zweite Hälfte des Konzerts zu richten, als dass sie sich mit irgendjemand anderem hätten befassen können.

Und diejenigen, die eigentlich nicht in den Aufenthaltsraum der Solisten gehörten, hatten alle einen guten Grund gehabt, dort zu sein, auch Mrs. Gower, die ihrem Mann zu seinem Solo gratulieren wollte. Miss Blaise bestätigte die Aussage des Platzanweisers, Muriel habe versprochen, ihr die Noten mitzubringen, die sie bei den Abernathys liegengelassen hatte. Lewitsch hatte Cochran nicht im Dirigentenraum angetroffen und war auf der Suche nach ihm gewesen, um eine technische Frage über den zweiten Teil des Requiems mit ihm zu besprechen. Alec war überzeugt, dass Cochran eine ähnliche Erklärung haben würde. Seine Frau wiederum hatte natürlich ihn gesucht, während Abernathy seine Frau hatte treffen wollen.

Alles ganz normal und alles völlig unbrauchbar.

Martschenko sah auch nicht gerade vielversprechend aus. Er verzog keine Miene, soweit man das durch den üppigen schwarzen Bart erkennen konnte, und er stand breitbeinig vor dem Schreibtisch, den Blick starr auf die Wand hinter Alec gerichtet. Fast hätte Alec sich umgedreht, um zu sehen, was ihn so faszinierte, doch wusste er, dass dort nur eine schlichte Bürouhr hing, die unmöglich irgendetwas Interessantes an sich haben konnte.

»Setzen Sie sich doch bitte.«

Die einzige Erwiderung war ein leeres Starren. Alec deutete auf den Stuhl. Der russische Bär setzte sich.

Alec schaute Ernie Piper an, der mit den Achseln zuckte. Er hatte Anweisung, all diejenigen hereinzuholen, mit denen Daisy sich unterhielt, also hatte es Martschenko vermutlich irgendwie geschafft, mit ihr zu kommunizieren.

»Ich muss Ihnen ein paar Fragen stellen, Sir.«

»Ne ponimaju«, knurrte der Bär.

»Parlez-vous français?« Er wusste, dass viele der Exilrussen Französisch sprachen, wie auch jedes anständig gebildete Mädchen aus Daisys Kreisen.

»Goworju tolko po-russki.« Seine tiefe Bassstimme verlieh jedem seiner Worte besonderes Gewicht.

»Mir scheint, wir brauchen einen Dolmetscher. Piper, schauen Sie doch mal, ob Mr. Lewitsch noch da ist, wären Sie so freundlich?«

»Net!« Martschenko sprang auf und stützte sich mit den Fäusten auf den Schreibtisch, so dass er drohend über Alec lehnte. Piper trat einen Schritt vor, doch Alec winkte ihn unbeeindruckt wieder auf seinen Platz.

»Lewitsch net! Shid net!«

Shid – hieß das also Jude? Wenn der Mann Antisemit war, dann würde man natürlich nichts aus ihm herausbekommen, wenn man einen Juden als Dolmetscher einsetzte. Sollte er doch über Nacht in seinem eigenen Saft schmoren, und morgen würde man ihn dann zusammen mit einem beeidigten Dolmetscher befragen. Wer weiß, vielleicht stellte er dann ja plötzlich fest, dass er doch englisch verstand.

An der Wand rechts von Alec hing ein Kalender. Er gab Martschenko ein Zeichen, sich davor zu stellen, zeigte auf ihn, dann auf sich selbst und schließlich auf das Datum des nächsten Tages. »Morgen, Montag, unterhalten wir uns mit einem Dolmetscher. Jetzt können Sie gehen.«

Er begleitete den aufgebrachten Russen zur Tür und verabschiedete sich von ihm.

»Ich könnte beschwören, dass er sich mit Miss Dalrymple unterhalten hat, Chief.«

»Das ist auch sehr wahrscheinlich, aber es hat keinen Sinn, hier den ganzen Abend zu sitzen und darauf zu warten, dass er sich dazu bequemt, mit uns zu reden. Ich habe noch andere zu befragen. Wie zum Beispiel Cochran, Finch und, wenn es möglich ist, Abernathy. Auf geht's, auf in die nächste Runde bitte, Ernie.«

Nachdem Piper Daisy den interessanten, wenn auch etwas beunruhigenden Martschenko geraubt hatte, kamen die Gowers herüber, um sich von ihr zu verabschieden. Gilbert Gower spielte sich zwar ziemlich auf, doch hing er am Arm seiner Frau wie an einem Rettungsring.

Sie gingen weiter, um noch ein paar Worte mit den Cochrans zu wechseln, und verließen dann den Raum. Cochran ging zu Finch hinüber, um sich mit ihm zu unterhalten. Der arme kleine Organist erschrak zutiefst, als er aus seinen Träumereien gerissen wurde. Im selben Moment kam Mrs. Cochran auf Daisy zu.

»Darf ich mich kurz vorstellen?« Ihr Tonfall ließ keinen Widerspruch zu. »Ich bin Ursula Cochran. Und Sie sind Miss Dalrymple?«

Daisy war versucht, darauf hinzuweisen, dass sie adlig war, nur um zu sehen, ob das Mrs. Cochrans arrogante Haltung verändern würde. Aber damit würde sie wahrscheinlich auch den zu erwartenden Strom von Geständnissen bremsen. »Ja«, sagte sie, »ich bin Daisy Dalrymple.«

»Sehr erfreut.« Mrs. Cochran setzte sich. Sie war makellos geschminkt, auch wenn dadurch ihr Alter nicht ganz vertuscht wurde, und ihr Fuchspelz war einfach umwerfend. Die Diamanten allein waren bestimmt ein Vermögen wert. Vielleicht trug sie sie ja auch, um die Aufmerksamkeit von ihrem Gesicht abzulenken, dachte Daisy. Es musste sehr schwer sein, mit einem so viel jüngeren und so gutaussehenden Ehemann mitzuhalten, ob sie nun von seiner Verehrung für Olivia wusste oder nicht.

»Das ist ja eine furchtbare Geschichte«, fuhr die Dirigentengattin fort.

»Schrecklich. Die arme Muriel und Mr. Abernathy sind am Boden zerstört.«

»Oh. Ja, natürlich. Sie können einem in ihrer Trauer wirklich leidtun. Aber es kann unmöglich Gift gewesen sein, wie die Polizei anscheinend glaubt. Das ist undenkbar! Wenn Miss Westlea nur einen Anfall erlitten hat, dann wird der Skandal nicht ganz so groß sein. In die Morgenzeitungen dürfte die Geschichte nicht gelangen, also können wir uns noch in Ruhe überlegen, was wir sagen wollen.«

»Es würde mich sehr wundern, wenn die Zeitungen die Geschichte morgen früh nicht bringen«, sagte Daisy. »Ich meine gesehen zu haben, wie der Musikkritiker der *Times* losrannte, um ein Telefon zu suchen. Selbst ein so feinsinniger Gentleman wird wohl erkannt haben, welchen Nachrichtenwert eine auf der Bühne verstorbene Solistin hat.«

»Eine Schande! So etwas dürfte man nicht zulassen. Die Presse hat kein Gefühl für Moral und Anstand. Ich wage gar nicht daran zu denken, welche Auswirkungen das auf die Karriere meines Mannes haben wird.«

»Meinen Sie, dass es ihm schaden wird? Und was ist mit den anderen Solisten?«

»Die Ausländer müssen sich da keine Sorgen machen. Sie können immer noch dorthin zurückkehren, wo sie hergekommen sind …, und zwar je eher, desto besser, wie die arme Jennifer Gower zweifelsohne sagen würde«, fügte Mrs. Cochran herablassend hinzu. »Was diese arme Frau alles durchmachen muss! Und was Gilbert Gower angeht, mit dem ist es ohnehin bald vorbei. Seine Stimme ist einfach nicht mehr das, was sie mal war. Das kommt vom lockeren Leben, fürchte ich. Wohingegen Eric auf dem aufsteigenden Ast ist, und es wäre einfach zu schade, wenn Miss Westleas Hinscheiden seine Chancen auf einen Ritterschlag zunichtemachen würde.«

»Einen Ritterschlag?«

»Warum nicht? Viele Dirigenten werden mit dem Ritterschlag geehrt. Schauen Sie sich doch nur einmal um: Hallé, Wood, Cowen, Henschel, Costa. Sir Thomas Beecham ist zum Ritter geschlagen worden, obwohl er ein Jahr später den Titel eines Baronet von seinem Vater geerbt hat. Mein Vater, Sir Denzil Vernon, war auch ein Baronet, wissen Sie.«

»Wie unfair, dass Sie seinen Titel nicht haben erben können«, warf Daisy ein. Obwohl sie sich aus Adelstiteln nicht viel machte, überlegte sie manchmal, wie anders ihr Leben doch verlaufen wäre, hätte sie Fairacres erben können.

»Ganz genauso.« Mrs. Cochran nickte dankbar; es tat ihr gut, dass Daisy sie so genau verstanden hatte. »Ein Ritterschlag für Eric wird ein gewisser Trost sein.«

»Es sei denn, dieser Skandal würde allen seinen Hoffnungen ein Ende bereiten. Vielleicht haben Sie recht, und Bettina hatte tatsächlich einen Anfall. Doch wenn nicht, wer könnte sie dann umgebracht haben, was meinen Sie?«

»Ach, die Schwester, vermute ich mal. Bettina hat ihr alles vermacht, und sie besitzt ja keinen Pfennig.«

»Woher in aller Welt wissen Sie das denn?«

Mrs. Cochran winkte ins Leere. »So was hört man eben einfach. Außerdem geht es doch meistens ums Geld, nicht wahr? Ach, da kommt ja wieder dieser kleine Mann. Vermutlich hat ihn der Inspector geschickt, um meinen Mann zu holen. Dabei kann ich mir überhaupt nicht vorstellen, warum er darauf bestanden hat, dass Eric hierbleibt. Er wird unmöglich irgendetwas Nützliches zu berichten haben.«

»Mrs. Cochran, Chief Inspector Fletcher würde sich gern mit Ihnen unterhalten.«

»Mit mir!« Sie klang empört, doch hatte Daisy das Gefühl, dass sie in ihrem harten Blick auch einen Schreck aufblitzen sah.

»Bitte sehr, Ma'am.«

»Na, dann meinetwegen. Ich muss schon sagen, die Polizei scheint mir ja von Tag zu Tag eigenmächtiger zu werden.«

Cochran traf sie auf halbem Wege zur Tür und murmelte ihr irgendetwas zu. Dann wandte er sich Daisy zu und überließ damit Mr. Finch wieder seiner eigenen inneren Musik.

»Miss Dalrymple, nehme ich an?« Der gutaussehende Dirigent verbeugte sich leicht. Offenbar hatte er vergessen, dass Muriel sie schon bekanntgemacht hatte, als sie beide im Flur der Abernathys standen. »Es wäre wohl der Gipfel falscher Bescheidenheit, mich Ihnen vorzustellen. Darf ich mich zu Ihnen setzen?«

»Aber bitte, Mr. Cochran. Natürlich weiß ich, wer Sie sind. Ich habe Ihr Konzert sehr genossen, bis ...« Daisy ließ den Satz unvollendet.

»Ein höchst unglücklicher Zwischenfall. Der arme Abernathy ist natürlich ganz durcheinander.« Er sagte alles, was in dieser Situation angebracht war, doch irgendwie wirkte es zu glatt, als würde er es nur sagen, eben weil es das Richtige war. »Bettina hat ihm alles auf der Welt bedeutet. Nach dieser Tragödie wird er wohl mit dem Gesangsunterricht aufhören und die Leitung von ProMusica niederlegen. Ein großer Verlust für den Berufsstand.«

»Ich sehe eigentlich keinen Grund, warum er aufhören

sollte. Er wird seine Arbeit doch brauchen, um sich von dem Verlust abzulenken.«

»Wenn es nur der Tod seiner Frau wäre! Aber er verliert langsam das Augenlicht. Der arme Kerl kann kaum noch weiter als bis an seine Nasenspitze sehen. Noten kann er nicht mehr lesen, also muss er sich an die Stücke halten, die er auswendig kennt. Er hätte den Chor sowieso bald aufgeben müssen, weil er ihnen nichts Neues mehr beibringen kann.«

»Wie furchtbar für ihn!«

»Es ist wirklich sehr traurig. Ich werde wohl anbieten, ein Benefizkonzert für ihn zu dirigieren. In unserem Geschäft gibt es leider keine Altersvorsorge. Gower ist auch auf dem absteigenden Ast, und man muss hoffen, dass er genügend angespart hat. Zugegeben: Das bezweifle ich eher. Was Frauen angeht, hat er einen recht teuren Geschmack.«

Anders als Cochran selbst, dachte Daisy. Olivia hatte von ihm nur etwas Hilfe bei ihrem Aufstieg auf der Karriereleiter gewollt.

»Aber derartige Dinge sollte ich gegenüber einer wohlerzogenen jungen Dame wohl nicht erwähnen.«

»Ich bin doch nicht naiv, Mr. Cochran!«, sagte Daisy spitz, die sich sicher war, dass er unbedingt über Gilbert Gower reden wollte. »Ich habe ihn mit Miss de la Costa gesehen.«

»Tatsächlich. Sie ist genau sein Typ, eine schwüle südländische Schönheit. Wir waren alle ein wenig erstaunt, als er etwas mit Bettina Westlea angefangen hat. Also mit Bettina Abernathy. Überhaupt nicht sein Typ.«

»Sie wissen davon?«

»Die Welt der klassischen Musik ist ziemlich klein und die der Oper und der Sänger noch kleiner. Man kann darin nur wenige Geheimnisse bewahren.«

Ohne Zweifel war seine Bitterkeit echt, schließlich hatte Bettina ihr Wissen um seine Verbindung mit Olivia ausgenutzt. »Gilbert hätte es besser wissen müssen. Mrs. Abernathys Ruf hätte ihm Warnung sein sollen.«

»Ich habe schon gehört, dass sie nicht besonders einfach war.«

»Und das ist wunderbar untertrieben!«

»Warum, was hat sie Mr. Gower denn angetan?«

»Ach, sie … ähm … sie ist seinem Charme verfallen, allerdings immer unter der Prämisse, dass er es ihr ermöglichen soll, im Covent Garden aufzutreten, was sie sich heiß ersehnte. Sie hat wahrscheinlich nicht begriffen, dass sein Stern im Sinken war – er hat bei der Geschäftsführung dort überhaupt keinen Einfluss mehr. Er ist zwar seit Ewigkeiten da, und als er noch wirklich erfolgreich war, hätte er vielleicht etwas für sie tun können, obwohl er keine Hauptrollen gesungen hat.«

»Also war Bettina wütend, als sie herausfand, dass er sein Versprechen nicht einhalten konnte?«

»Nach allem, was ich gehört habe, hat sie das nie ganz herausgefunden. Selbst nachdem ihre Affäre vorbei war, hat er ihr noch Versprechungen gemacht – die Opernsaison hatte natürlich noch nicht angefangen. Er muss befürchtet haben, dass sie ihm noch einen üblen Streich spielen würde, indem sie sich an die wendet, die an den Schalthebeln der Macht sitzen. Die hätten es bestimmt nicht gerne gesehen, dass er gegenüber anderen mit seinem Einfluss bei ihnen prahlte, und es hätte in jedem Fall ein rasches Ende für den letzten kümmerlichen Rest seiner Karriere bedeutet. Zu schlimm, dass ihn das zu einem Mord treiben musste.«

»Sie glauben, Mr. Gower hat Bettina ermordet?« Daisy

hatte schon geahnt, dass dieser Satz fallen würde. Sie konnte Cochran immer weniger leiden.

»Immerhin wird er sich dann wegen seiner Rente keine Sorgen machen müssen.«

»Aber natürlich nur, wenn die Polizei das herausfindet.« Er blickte sie bedeutungsschwer an.

»Das wird sie schon – wenn es denn wahr ist.« Zum ersten Mal an dem Abend war Daisy froh, Piper eintreten zu sehen.

»Mr. Cochran?«

Erleichtert seufzte sie auf. Der Dirigent war fast so schlimm wie Martschenko mit seinen wilden Verdächtigungen, dabei aber nur halb so interessant.

Mrs. Cochran war von ihrer Befragung zurückgekehrt und schien äußerst zufrieden mit sich zu sein. »Ich habe eine Idee«, sagte sie zu Daisy. »Nach der Beerdigung von Miss Westlea – Mrs. Abernathy – werde ich einen Umtrunk bei uns zu Hause veranstalten. Bestimmt werden eine Menge Trauergäste zusammenkommen, und ich kann mir nicht vorstellen, dass diese graue Maus von kleiner Schwester in der Lage ist, so etwas anständig auszurichten.«

Das Angebot hätte Daisy noch mehr beeindruckt, wenn sie hätte glauben können, dass es aus Freundlichkeit gemacht wurde. Mrs. Cochrans selbstzufriedener Gesichtsausdruck legte hingegen nahe, dass sie die Gelegenheit genoss, ihre Großzügigkeit zu zeigen, und gleichzeitig ihr Talent vorführen wollte, eine große Gesellschaft elegant zu bewirten.

»Es stimmt, das Haus der Abernathys ist nicht groß genug für große Gesellschaften«, sagte Daisy, »also werden Muriel und Mr. Abernathy Ihre Hilfe möglicherweise dankend annehmen. Aber soweit ich weiß, sind da ja auch noch die Eltern der Verstorbenen. Die haben vielleicht auch eigene Vorstellungen.«

»Ich bin überzeugt, dass sie sich freuen werden, wenn man ihnen die Mühe abnimmt«, sagte Mrs. Cochran entschlossen.

Daisy musste feststellen, dass sie keinen der beiden Cochrans besonders mochte.

Major Browne kam in den Aufenthaltsraum der Chormitglieder. »Ach, da sind Sie ja noch, meine Damen«, sagte er fröhlich. »Ich habe einen Abend gefunden, an dem ich eine Wiederholung des Konzerts anbieten kann, wenn man die Termine ein bisschen anders legt. Wenn man den Leuten Freikarten anbietet, können sie ihr Geld nicht zurückverlangen. Ich hoffe, Ihr Mann steht morgen in einer Woche zur Verfügung, Mrs. Cochran?«

»Mein Bester, ich habe nicht die geringste Ahnung. Er hat eine Sekretärin, die für seine Termine zuständig ist.«

»In Ordnung, dann rufe ich morgen früh gleich dort an«, sagte der Major keineswegs beleidigt. »Wie steht es mit Ihnen, Miss Dalrymple? Sie und der Chief Inspector werden doch hoffentlich kommen können, wenn es klappt?«

»Ich werde bestimmt kommen können. Aber für Mr. Fletcher kann ich nicht sprechen.« Sie dachte wehmütig an das Abendessen, das sie eigentlich gerade mit Alec einnehmen wollte. »Er ist immer unglaublich beschäftigt. Und Kriminalfälle treten höchst unerwartet auf.«

»Verflixt in Ordnung der Mann. Wird alles innerhalb kürzester Zeit geklärt haben, da gehe ich jede Wette ein. Abernathy ist noch nicht aufgetaucht, was? Na ja, ich glaube kaum, dass die ProMusica so bald schon wieder einen Auftritt hat, und montags ist immer Probenabend. Mit dem Chor dürfte es also keine Schwierigkeiten geben. Ich werde eben mal nachfragen, wie Finch dazu steht. Bitte entschuldigen Sie mich einen Augenblick, meine Damen.«

Daisy beobachtete, wie er den kleinen Organisten aus seiner gespenstischen Übungssitzung herausholte, die jetzt mit zwei lautlosen, aber vor Ärger über die Unterbrechung offensichtlich donnernd gemeinten Akkorden endete.

Mrs. Cochran saß eine Weile schweigend neben Daisy und tippte ungeduldig mit der Schuhspitze auf den Boden. Schließlich brach es aus ihr heraus: »Ich kann mir einfach nicht vorstellen, warum dieser Mann Eric so lange sprechen muss!«

»Er ist doch erst ein paar Minuten weg.«

»Das reicht doch wohl. Eric hat ihm bestimmt nicht mehr zu erzählen als ich. Also wirklich, die Polizei überschreitet dieser Tage zunehmend ihre Kompetenzen.«

»Chief Inspector Fletcher hat einen Mord aufzuklären«, erinnerte Daisy sie.

»Lächerlich! Je mehr ich darüber nachdenke, desto sicherer bin ich mir, dass Mrs. Abernathy einfach einen Infarkt erlitten hat. Ach, da kommt Eric ja endlich.«

Cochran besprach sich kurz mit Browne und Finch, und dann ging Mrs. Cochran mit ihrem Mann. Piper verließ mit Finch den Raum, und der Major setzte sich neben Daisy.

»Es sieht ganz so aus, als ob der neue Termin klappt«, sagte er jubilierend. »Ich wünschte, ich könnte mit Ihnen darauf anstoßen, aber der Alkohol steht im Büro beim Chief Inspector.«

»Vielen Dank, aber selbst wenn Sie da rankämen, würde ich nicht so gern auf leeren Magen trinken.«

»Verehrteste, Sie müssen ja vor Hunger sterben. Meine Sekretärin hat eine Schachtel Kekse in ihrem Schreibtisch. Warten Sie doch bitte einen Augenblick.«

Er lief geschäftig fort und kehrte kurz darauf mit einer Peek Frean's-Keksdose zurück. Während sie Maries und Ingwerplätzchen aßen, unterhielten sich die beiden, wobei sie das Thema Mord sorgsam umschifften. Dann öffnete sich wieder einmal die Tür zum Chorraum, und Muriel und Mr. Lewitsch traten ein.

Muriel eilte zu Daisy hinüber. »Ihr Chief Inspector ist jetzt bei Roger«, sagte sie. »Dr. Woodward ist bei ihm geblieben.«

»Alec wird Mr. Abernathy nicht mehr zumuten, als er verkraften kann«, versicherte ihr Daisy und zog sie auf den Stuhl neben sich herab, »und Ihnen wird es viel besser gehen – na ja, wenigstens etwas –, wenn Sie wenigstens mal einen Keks essen. Davon bin ich überzeugt. Ganz bestimmt.«

»Ach, nein, ich mag nicht.«

»Greifen Sie zu, meine Liebe«, sagte Lewitsch, der dem Major die Dose aus der Hand nahm und sie Muriel hinhielt. »Es wird Mr. Abernathy nicht helfen, wenn Sie auch krank werden.« Muriel schenkte ihm ein zittriges Lächeln und nahm einen Keks, von dem sie abbiss, während er dem Major die Dose zurückgab.

»Nehmen Sie sich auch einen Keks, Mr. Lewitsch«, sagte Browne. »Die Dose muss ich meiner Sekretärin sowieso ersetzen, nachdem Miss Dalrymple und ich schon so zugeschlagen haben.«

Lewitsch zögerte kurz, nickte dann jedoch und zog sich einen Stuhl heran. So bildeten sie eine kleine Teegesellschaft ohne Tee. Daisy gab sich redliche Mühe, nicht an den armen Roger Abernathy zu denken, der bestimmt unter Verdacht stand, seine so innig geliebte Frau umgebracht zu haben.

Im Dirigentenzimmer, nur wenige Türen vom Chorraum entfernt, setzte sich Alec in einen der Sessel, der wie die im

Solistenzimmer mit einem grässlichen orange-grün karierten Tweed bezogen war. Roger Abernathy saß ihm in einem ähnlichen Stuhl gegenüber. Er sah fünfundzwanzig oder dreißig Jahre älter aus als seine verstorbene Frau, aber wenn man seinen schlechten Gesundheitszustand berücksichtigte, dachte Alec, war er wahrscheinlich nicht mehr als fünfzehn Jahre älter als sie.

Obwohl er an dem Nachmittag gar nicht hatte auftreten sollen, trug er wie die Sänger und Musiker einen Frack. Er war sehr stämmig, jeder Anzug saß wohl schlecht bei ihm. Eine französische Bemerkung kam Alec in den Sinn: »Il n'est pas chez soi dans sa peau.« Roger Abernathy war ein Mensch, der sich ganz offensichtlich nicht wohl in seiner Haut fühlte, und nach allem, was Alec gehört hatte, hatte die Ehe mit Bettina auch nicht zu seinem Wohlbefinden beigetragen.

Jedenfalls war es nicht sehr wahrscheinlich, dass Daisys Freundin fürchterlich in ihren Schwager verliebt war.

»Mr. Abernathy ist krank, Chief Inspector«, erinnerte ihn Dr. Woodward überflüssigerweise. Obwohl er ebenfalls saß, erweckte er dennoch den Eindruck, als beuge er sich sorgenvoll über seinen Patienten.

Alec nickte. »Erzählen Sie mir von Ihrer Frau, Sir«, sagte er sanft.

»Ich habe Bettina geliebt«, sagte Abernathy leise und zögerlich. Er weinte, und die Gläser seiner Brille beschlugen. »Ich weiß, dass sie kein Engel war, aber es war immer eine Freude, sie anzuschauen, sie zu hören und zu wissen, dass sie mein war. Mir war es vergönnt, ihre wunderbare Stimme zu entdecken. Als sie mir ihr Jawort gab, konnte ich mein Glück kaum fassen. Wie ich ohne sie weiterleben soll, kann ich nicht … kann ich nicht …«

»Es reicht«, zischte der Arzt. »Ich kann das wirklich nicht zulassen, Chief Inspector. Wenn Mr. Abernathy sich heute Nacht ausgeruht hat, können Sie sich mit seinem Hausarzt absprechen, ob eine weitere Befragung möglich ist.«

Alec gab es auf. »Soll ich ein Taximobil rufen lassen?«, fragte er. »Ich werde meinen Sergeant mit Mr. Abernathy und Miss Westlea fahren lassen, damit er ihnen helfen kann und zusieht, dass es auf dem Weg keine Schwierigkeiten gibt.« Dass dort außerdem mit ihrem Personal gesprochen werden sollte, erwähnte er natürlich lieber nicht. Tom Tring hatte, obwohl er seiner riesig breiten Frau äußerst zugetan war, einen guten Draht zur weiblichen Dienerschaft. Er konnte aus Dienstmädchen und Köchinnen Dinge herausbekommen, von denen sie noch nicht einmal geahnt hätten, dass sie sie wussten.

Kapitel 7

Daisy konnte Tom Trings Gesichtsausdruck sofort deuten, als er in den Chorraum trat. »Teezeit heute ausgefallen, Sergeant?«, fragte sie und streckte ihm die Keksdose des Majors entgegen.

»Wir hatten uns gerade zu einer schönen Schweinepastete hingesetzt, Miss, meine Gattin und ein paar Freunde und ich, als der Chief angerufen hat. Da greife ich gern mal rein.« Mit einem Haps vertilgte er ein Shortbread. Er wandte sich Muriel zu. »Sind Sie Miss Westlea, Ma'am? Da wartet ein Taximobil für Sie und Mr. Abernathy. Ich soll Sie nach Hause begleiten und zusehen, dass alles in Ordnung ist.«

»Geht es meinem Schwager wieder gut?«

»Das wäre übertrieben, Miss, aber der Arzt sagt, es wird schon gehen. Falls er noch etwas kränklich aussieht, wenn wir bei Ihnen ankommen, rufen wir seinen Hausarzt an, ansonsten reicht es auch, wenn er sich am nächsten Morgen untersuchen lässt. Können wir dann los, Miss? Dr. Woodward und Detective Constable Piper helfen Mr. Abernathy schon ins Taximobil.«

»Ich komme mit, Sergeant«, sagte Daisy und stand zusammen mit den anderen auf. »Miss Westlea hat mich gebeten, die Nacht in ihrem Haus zu verbringen.«

»Sehr vernünftig, Miss. Sie wird ohne Zweifel eine Dame bei sich haben wollen.« In Toms Augen lag ein Zwinkern. Er wusste sehr wohl, dass Daisy nicht nur aus purer Freundlichkeit half, sondern auch, weil sie sich bei diesem Fall nicht abwimmeln lassen wollte.

Daisy indes war sich sicher, dass Alec ihn nicht nur mitgeschickt hatte, damit er Roger Abernathy half. Sie sollte Mrs. Cochran nicht so kritisch gegenüberstehen; möglicherweise hatte sie wirklich ihre Hilfe anbieten wollen und nur nebenbei die Chance genutzt, ein bisschen anzugeben.

Im Eingangsbereich traf sie auf Alec. »Wir sind jetzt im Abmarsch, Major«, sagte er. »Sie können also gerne die Halle schließen. Für ein oder zwei Tage werde ich die Schlüssel zu den Räumen der Solisten aber noch behalten müssen.«

»Geht in Ordnung, Chief Inspector.«

Alec beobachtete interessiert, wie Muriel und Lewitsch die Köpfe zusammensteckten und sich verabschiedeten, und wandte sich dann Daisy zu. »Ich muss jetzt zum Yard. Ich würde Sie ja nach Hause fahren, aber es ist einfacher, wenn Tom Sie zurückbringt. Ich hoffe, das macht Ihnen nichts aus.«

»Keine Sorge, Chief, ich werde sowieso bei Muriel übernachten.«

Er runzelte die Stirn. »Das ist nicht ...«

Daisy unterbrach ihn, ehe er auch nur den Versuch unternehmen konnte, es ihr zu verbieten. »Ich habe Ihnen jede Menge zu erzählen.« Fast hätte sie hinzugefügt: »Obwohl Sie sich größte Mühe gegeben haben, mich von den Tatverdächtigen fernzuhalten«, aber er wirkte so müde, dass sie sich das lieber verkniff.

»Wollen wir morgen zusammen Mittag essen? Es tut mir sehr leid wegen des verpatzten Abendessens, Daisy.«

»Na ja, Sie hatten ja auch nur versprochen, nicht mittendrin zu verschwinden und mich mit der Rechnung sitzen zu lassen. In gewisser Hinsicht haben Sie Ihr Versprechen also eingehalten. Soll ich morgen einen Bus nehmen und Sie im Scotland Yard abholen?«

Alec grinste. »Irgendwie habe ich das Gefühl, dass Sie diesen Vorschlag nicht nur aus reiner Nächstenliebe machen. Eines Tages werde ich Sie noch herumführen, aber morgen hoffe ich, am Vormittag meinen Schreibtisch aufzuräumen und am Nachmittag dann unter anderem Ihre Freunde zu sehen. Also hole ich Sie lieber ab.«

»Prachtvoll.«

»Tom, wir sehen uns dann morgen früh im Yard.«

»Bis dann, Chief. Sind Sie so weit, Miss Westlea?«

Muriel blickte entsetzt zu Jakow Lewitsch auf. »Ich muss telefonieren«, platzte es aus ihr heraus. »Ich muss meine Eltern anrufen, um ihnen das mit Betsy zu erzählen.«

Ernst bot Alec an: »Wenn Sie möchten, Miss Westlea, kann ich das übernehmen. Ich brauche nur den Namen und die Telefonnummer. Sollten sie ausgegangen sein, dann versuche ich es einfach so lange, bis ich durchkomme. Ich werde sie dann bitten, Sie anzurufen. So kann es nicht passieren, dass Sie zufällig doch mit ihnen sprechen müssen, bevor ich es ihnen gesagt habe.«

»Würden Sie das wirklich tun, Mr. Fletcher?« Muriels Miene hellte sich auf. »Die Nummer ist Bury St. Edmunds, 653. Der Reverend Albert Westlea.«

Ein Pastor! Kein Wunder, dass Bettinas Drohung, ihren Eltern von Mr. Lewitsch zu erzählen, Muriel große Sorgen bereitet hatte. Die üblichen Vorurteile gegen Juden waren schon schlimm genug, aber was mochte erst ein Pastor von einer solchen Liebesgeschichte seiner Tochter halten?

Während Alec Muriel noch versicherte, dass er wirklich sofort anrufen werde, versuchte Daisy sich zu erinnern, wer ihr von Bettinas Einmischung erzählt hatte. Martschenko, dachte sie. Sie hatte den Worten des Ukrainers nicht wirklich geglaubt, aber in diesem Punkt hatte er wohl die Wahrheit gesagt.

»Ich hole Sie morgen um ein Uhr ab«, sagte Alec zu Daisy, als sie in den dunklen, verregneten Abend hinaustraten.

Auf dem Weg nach Chelsea saß Sergeant Tring im Taximobil entgegen der Fahrtrichtung auf dem kleinen Notsitz. Seine massige Gestalt verdeckte den Klappsitz völlig. Er unterhielt die kleine Gesellschaft mit einem beruhigenden Strom von Gemeinplätzen über das Wetter und die stetig wachsende Zahl von Automobilen auf den Londoner Straßen.

Als sie am Mulberry Place ankamen, half Tring Daisy und Muriel aus dem Auto und reichte dann Roger Abernathy den Arm. Daisy sah im Fenster des kleinen Nachbarhauses ein Licht brennen.

»Ich sause nur eben rein und erzähle Lucy, was los ist«, sagte sie zu Muriel, »und dann hole ich meinen Schlafanzug und die Zahnbürste. Ich bin sofort wieder bei Ihnen.«

Lucy saß mit Lord Gerald Bincombe, mit dem sie häufig ausging, in der Küche. Dies war ein eindeutiges Zeichen dafür, dass Binkie mal wieder in einer pekuniär diffizilen Phase steckte. Wie der Honourable Phillip Petrie machte auch Binkie in London irgendwelche undurchschaubaren Geschäfte. Allerdings hatte er mehr Erfolg mit seinen wie auch immer gearteten Unternehmungen als der arme Phil. Er fuhr immerhin einen ziemlich neuen Alvis, während Phillip nur einen altersschwachen Swift hatte, und meistens konnte er Lucy zum Abendessen und ins Theater ausführen, anstatt ihr nach einem Käse-Omelette zu Hause beim Geschirrspülen zu helfen.

»Sei gegrüßt, Daisy«, sagte Binkie. Er war ungefähr dreißig Jahre alt, rundlich und schweigsam, ehemals ein Rugbyspieler in der Mannschaft von Cambridge. Er betrachtete das Leben immer ein wenig sorgenvoll. Jetzt hatte er über seinen eleganten Straßenanzug eine Schürze gebunden.

»Hallo.« Daisy setzte sich an den Küchentisch und streckte die Hand nach einer Scheibe Lyons-Kuchen aus. Die Kekse von Major Browne hatten ihr Appetit gemacht.

»Ich dachte, dein Polizist wollte dich zum Abendessen einladen«, sagte Lucy und fügte hoffnungsvoll hinzu: »Oder habt ihr euch etwa gestritten?«

»Nein! Ich helfe ihm bei einem neuen Fall.«

»Schon wieder ein Mord? Liebes, das kann doch nicht sein.«

Lucy ließ ihr Taschentuch auf die Geschirrablage fallen und setzte sich. »Was ist denn passiert?«

»Mitten im Konzert ist Bettina, die Sängerin von nebenan, einfach tot umgefallen. Mit einer Blausäurevergiftung. Ehrlich gesagt, war das Ganze ziemlich grässlich.«

Sie war erst zu erschrocken gewesen und dann zu beschäftigt, um zu bemerken, wie grässlich. Jetzt jedoch kamen ihr Bettinas gerötetes Gesicht, ihre verkrampften Hände und ihr zuckender Körper wieder in den Sinn. Ihr wurde übel. »Es war einfach fürchterlich.«

Binkie sah sie mitleidig an und goss ihr schweigend ein Glas billigen südafrikanischen Sherry ein.

»Wenn du noch nichts gegessen hast«, sagte die praktisch veranlagte Lucy, »dann solltest du das jetzt lieber nicht trinken. Ist da nicht noch ein Ei übrig, altes Haus?«

»Zwei sogar. Ich mache schnell ein Rührei. Ein Toast dazu?«

»Nein, nicht kochen, Binkie, vielen Dank. Ich habe Muriel versprochen, bei ihr zu übernachten. Ich werde mich wohl auch darum kümmern müssen, dass sie und Mr. Abernathy versorgt sind und vermutlich mit ihnen zu Abend essen. Ich erzähle dir alles morgen, Lucy.« Daisy erhob sich mühsam. Sie war erschöpft. »Ich sollte mal lieber hochgehen und meine Sachen zusammenpacken.«

»Bleib einfach nur sitzen, Liebes. Ich packe dir die Tasche.«

Wenige Minuten später wurde Daisy von dem Hausmädchen hineingelassen. In dem Mondgesicht des Mädchens war eher Aufregung als Trauer zu lesen.

»Oooh, Miss, ist das nicht schrecklich!« begrüßte sie Daisy. Während sie sie in den Salon führte, plapperte sie los: »Miss Westlea hat gesagt, Sie sollten sich bitte hier ganz wie zu Hause fühlen und sich schon einen Sherry eingießen. Sie ist mit dem Polizisten oben und hilft Mr. Abernathy. In zwei Minuten ist sie wieder da. Wenn Sie mich entschuldigen wollen, Miss, ich muss nämlich noch Ihr Bett beziehen.«

Sie eilte schon wieder hinaus. Daisy war etwas enttäuscht, dass sie sich nicht mit ihr unterhalten konnte. Aber vielleicht war es auch besser so, dachte sie. Es war ja schön und gut, dass Polizisten trauernde Verwandte und Hausangestellte immer gleich nach einem Todesfall befragten, aber es war wohl nicht ganz angemessen, wenn eine Freundin es ihnen als Gast im Hause gleichtat. Es sei denn, dass die Betroffenen gerade ein offenes Ohr für ihre Sorgen bräuchten.

Alles in allem war das Wohnzimmer steif und formell eingerichtet, modern zwar, aber eher bescheiden. Unter den konventionellen Gegenständen stach einer hervor: ein Stutzflügel, der fast ein Drittel des Raumes beanspruchte. Daisy ging zu ihm hinüber und spielte ein paar Töne. Gedankenverloren stand sie da und erinnerte sich an die Zeiten, als sie sich zum Klavierüben hatte zwingen müssen.

Sie legte den Deckel über die Tasten, als Muriel eintrat. Sie wirkte blass und angestrengt.

»Er sitzt einfach nur da«, sagte sie ohne Einleitung. »Als ich ihn gefragt habe, ob er etwas essen will, hat er mich überhaupt nicht gehört. Sergeant Tring bringt ihn gerade zu Bett. Er meint, wenn ich Roger ein Tablett vorsetze, wird er schon etwas essen. Was für ein netter Mensch Sergeant Tring doch ist.«

»Ja, er ist wirklich schwer in Ordnung. Muriel, ich möchte Ihnen nicht zur Last fallen. Wenn Sie lieber bei Mr. Abernathy sein wollen, dann gehen Sie nur. Machen Sie sich um mich keine Sorgen.«

Muriel zuckte hilflos mit den Achseln. »Er merkt ja gar nicht, ob ich dabei bin oder nicht. Ich habe Beryl gesagt, sie soll ihm ein Tablett hochbringen, und ich werde später noch einmal hinaufgehen, um nach ihm zu schauen, aber ... Wollen Sie nicht ein Glas Sherry oder einen Cocktail trinken?«

»Nein, danke.« Sah sie wirklich so aus, als bräuchte sie dringend ein alkoholisches Getränk? Muriel jedenfalls sah so aus, als könnte ihr ein Drink guttun. »Aber warum trinken Sie nicht ein Glas?«

»O nein, das könnte ich nicht«, sagte Muriel mit einem Schaudern. »Nicht, nachdem ich ... Betsy gesehen habe. Ich glaube nicht, dass ich je in meinem Leben wieder einen Tropfen Alkohol anrühren kann.«

»Das kann ich gut nachfühlen. Aber essen müssen Sie. Wie Mr. Lewitsch schon sagte, es ist niemandem geholfen, wenn Sie auch noch krank werden. Und ein paar Kekse reichen einfach nicht aus, um Sie bei Kräften zu halten.«

»Sie brauchen aber auch noch etwas Ordentliches, Daisy. Auch wenn ich überhaupt keinen Appetit habe, habe ich doch nicht vor, Sie verhungern zu lassen, fest versprochen. Für nach dem Konzert hatte ich ein kaltes Abendbrot herrichten lassen, also lassen Sie uns mal ins Esszimmer gehen.« Sie führte sie durch den Korridor. »Ich habe Sergeant Tring eingeladen, sich zu uns zu gesellen, aber er möchte lieber in der Küche essen.«

»Davon bin ich überzeugt«, sagte Daisy trocken. Mehr als einmal hatte sie Alec ein Loblied auf Tom Tring singen hören, weil er so gut mit der weiblichen Dienerschaft umgehen konnte. Wenn die Köchin, das Hausmädchen oder die Zofe von Bettina irgendetwas Nützliches wüssten, dann würde er das bald herausgefunden haben.

Als sie im Esszimmer ankamen, räumte Muriel hastig das dritte Gedeck vom Tisch. Dann setzten sie sich und aßen Schinken, Salat und Butterbrote, dazu Chutney. Während sie ihren riesigen Hunger stillte, bemühte sich Daisy, Muriel zum Essen zu nötigen. Gelegentlich verfiel sie in ein düsteres Schweigen. Doch schien sie nicht ausschließlich unglücklichen Gedanken nachzuhängen. Vielleicht dachte sie auch an Jakow Lewitsch und nicht nur an ihre verstorbene Schwester.

Beryl kam herein, um das Geschirr abzuräumen, und kehrte dann mit einem Milchreis zurück, auf dessen bleicher Oberfläche wie Katzenaugen blassgelbe Sultaninen lagen.

Muriel starrte den Pudding mit einem merkwürdigen Gesichtsausdruck an. Kaum hatte sich die Tür hinter dem Dienstmädchen geschlossen, sagte sie mit belegter Stimme: »Im Pastorat gab es sehr häufig Milchreis. Betsy musste ihn einfach immer nach einem Konzert essen.«

»Vielleicht hat sie das an ihre Kindheit erinnert, als das Leben noch unkomplizierter war.«

»Vielleicht.« Sie fing an zu weinen und schlug die Hände vor das Gesicht. »Entschuldigen Sie bitte«, schluchzte sie.

»Dafür müssen Sie sich nicht entschuldigen. Ich kann mir gar nicht vorstellen, wie es mir ginge, wenn das mit meiner Schwester passiert wäre.«

»Nein, das können Sie sich ganz bestimmt nicht vorstellen, weil Sie Ihre Schwester liebhaben. Ich habe Betsy nicht geliebt. Als wir Kinder waren, da natürlich schon. Ich dachte auch, ich würde sie immer noch lieben. Aber als ich sie da tot liegen sah, fiel mir eine zentnerschwere Last von den Schultern. Da wusste ich, dass das Einzige, was ich in all den Jahren für sie empfunden habe, Verantwortungsgefühl war. Deswegen habe ich geweint: weil mir klarwurde, dass ich sie nicht geliebt habe. Ich kann gar nicht richtig trauern, ich bin nur wegen Rogers Trauer und der meiner Eltern so mitgenommen. Und Milchreis verabscheue ich einfach!«

»Ich übrigens auch«, sagte Daisy unverblümt und schob die Schüssel an das andere Ende des Tisches, wo die Sultaninen sie nicht mehr so anstarren konnten. »Sie haben sich für Bettina verantwortlich gefühlt? Sie können doch nicht viel älter gewesen sein als sie, und sie war schließlich erwachsen.«

»Sie war immer noch ein verwöhntes Kind. Unsere Eltern haben sie unglaublich geliebt. Ich kann mich genau erinnern, wie mir seit ihrer Geburt, damals war ich vier, eingebläut wurde, ich müsse auf meine Schwester achtgeben. Sie hatte goldene Locken, und ich hatte glattes, mittelblondes Haar. Sie hatte runde, rosige Apfelbäckchen, und meine waren schmal und blass. Sie hüpfte herum und plapperte, und ich war still und … eher ein zurückhaltendes Kind.

Aber ich habe sie einmal wirklich geliebt.« Sie schaute Daisy hilfesuchend an.

»Davon bin ich überzeugt. Auch ein verwöhntes kleines Mädchen kann liebenswert sein. Eine verwöhnte Erwachsene hingegen ist da eine ganz andere Sache.«

»Ja«, sagte Muriel nachdenklich. »Ich glaube, mit dem Umzug nach London hat sich alles verändert. Zu Hause schien es immer ganz natürlich, dass ich die Dinge für Betsy machte und um ihretwillen meine eigenen Wünsche aufgab.«

»Weil Ihre Eltern das wohl so für richtig hielten, nehme ich an. Hatten Sie nicht erzählt, dass sie gegen die Heirat Ihrer Schwester und den Umzug in die Stadt waren? Wie in aller Welt hat sie eigentlich Mr. Abernathy kennengelernt?«

»Er war damals bei uns in der Gegend wandern. Vor zehn Jahren war sein Herz noch nicht so schwach, und leichter Sport sollte es stärken. Eines Sonntags kam er zum Gottesdienst zu meinem Vater in die Kirche, wahrscheinlich nur, um etwas Musik zu hören. Betsy und ich haben beide im Chor gesungen, und sie hat immer die Soloeinlagen übernommen, obwohl der Organist immer gesagt hat, meine Stimme sei genauso gut. Vater dachte, es würden mehr Gemeindemitglieder zum Gottesdienst kommen, wenn sie eine Sängerin erleben, die wie ein Engel aussieht.«

»Männer!«, sagte Daisy voller Verachtung. »Bettina – Betsy – hat also bei Mr. Abernathys Kirchenbesuch ein Solo gesungen?«

»Einen Teil von Mozarts *Exultate Jubilate*. Kennen Sie das? Roger hat sich sofort in sie verliebt. Nicht, dass er damals irgendetwas darüber gesagt hätte. Er meinte nur, sie solle ordentlichen Gesangsunterricht erhalten. Und wenn sie nach

London zöge, dann würde er ihr gerne kostenlosen Unterricht erteilen.«

»Und Ihre Eltern waren natürlich absolut dagegen, dass sie ihr Zuhause verließ und in den Sündenpfuhl der Großstadt zog.«

»Und da hat Roger ihr natürlich einen Heiratsantrag gemacht. Betsy hat sofort ja gesagt. Schließlich war das der einzige Weg, um in der Opernwelt zu Ruhm zu gelangen. Damals verdiente er schon als Lehrer und Chorleiter seinen Unterhalt, und außerdem hatte er auch etwas eigenes Geld. Also hat unser Vater am Ende nachgegeben, wie immer. Er hat es ihr aber nur unter der Bedingung erlaubt, dass ich mit ihr ging. Er wollte sicher sein, dass Roger Betsy auch anständig behandelte. Als hätte er sie jemals schlecht behandeln können! Er hat den Boden angebetet, auf dem sie ging, genau wie Vater und Mutter.«

»Obwohl sie auf ihm herumgetrampelt ist«, entfuhr es Daisy. »Ach, das tut mir schrecklich leid, Muriel, das hätte ich nicht sagen dürfen.«

»Es ist aber wahr, leider allzu wahr. Ich sollte mal lieber hochgehen und nachsehen, ob bei ihm alles in Ordnung ist. Beryl wird den Mokka im Salon servieren. Da steht auch ein Grammophon, wenn Sie eine Platte auflegen wollen, und ein paar Zeitschriften liegen aus. Ich fürchte, es wird ein sehr langweiliger Abend bei uns.«

»Ich habe für heute durchaus genug Aufregung gehabt«, versicherte ihr Daisy. »Eine Zeitschrift und ein bisschen schöne, beruhigende Musik sind jetzt genau das Richtige.«

Es war nicht überraschend, dass der Schwerpunkt der Schallplattensammlung auf Gesang lag. Doch fand Daisy auch einige Klaviersonaten von Beethoven in der Einspielung von Schnabel. Sie zog das Grammophon auf und tauschte die Nadel aus, für den Fall, dass die alte abgenutzt war. Dann lauschte sie den Klängen der »Mondscheinsonate«, nahm sich die aktuelle Ausgabe von *Town and Country* und setzte sich in einen Sessel, um noch einmal die prachtvollen Bilder von Occles Hall zu bewundern, die sie gemacht hatte. Dieser Artikel hatte zu dem Auftrag geführt, mit dem sie im Moment beschäftigt war: ein Artikel über das Victoria and Albert Museum, das praktischerweise nur etwas weiter die Straße hinauf gelegen war.

Beryl trug ein Tablett mit einer Thermoskanne Kaffee herein. »Das hielt die Köchin für die beste Idee, Miss, nachdem alles so durcheinander ist im Moment. Soll ich Ihnen etwas einschenken?«

»Nein, danke, ich warte noch auf Miss Westlea.«

Das Dienstmädchen war gerade gegangen, als Sergeant Tring klopfte und mit seinen merkwürdig leisen Schritten eintrat.

»Sind Sie allein, Miss?«

»Ja, Miss Westlea ist gerade hinaufgegangen, um nach Mr. Abernathy zu sehen. Sind Sie hier fertig? Haben Sie von den Hausangestellten irgendetwas Nützliches erfahren?«

»Na na, Miss, ich habe nur auf Einladung von Miss Westlea in der Küche noch einen Happen zu essen bekommen.« Der Sergeant klang zwar beleidigt, doch seine kleinen blauen Augen zwinkerten.

»So ein Quatsch«, sagte Daisy. »Jetzt setzen Sie sich mal hin und erzählen mir alles.«

»Der Chief wird mich vierteilen.« Dennoch ließ er sich behutsam auf einem der Sessel nieder. »Nun denn, die Köchin hat Mrs. Abernathy nie zu Gesicht bekommen, so scheint's. Außer Beschwerden hat sie nichts zu hören bekommen, und sie geht davon aus, dass Miss Westlea die

Hälfte gar nicht erst weitergeleitet und die andere Hälfte abgeschwächt hat.«

»Das würde mich nicht überraschen.«

»Das Dienstmädchen – Dienst- und Serviermädchen, bitte um Verzeihung – sagt, man habe von Mrs. Abernathy ausschließlich Beschwerden zu hören bekommen, und da schließt sie auch die Familie ein. Wenn nicht Miss Westlea gewesen wäre, die den Haushalt führt, dann hätte die junge Beryl schon längst gekündigt.«

»Und was ist mit der Zofe von Mrs. Abernathy?«, fragte Daisy ungeduldig.

»Ah.« Tring überlegte. »Nun, es schickt sich wohl nicht, das einer jungen Dame zu erzählen, aber Miss Elsie Pitt hat durchblicken lassen, dass Mrs. Abernathy durchaus mal über die Stränge schlug. Das hat Beryl auch bestätigt. Aber mehr erzähle ich Ihnen nicht, Miss.« Er hievte sich aus dem Stuhl. »Den Rest soll Ihnen dann lieber der Chief sagen – wobei ich so das Gefühl habe, dass Sie das ohnehin auch selbst herausfinden werden. Jetzt gehe ich aber nach Hause. Gute Nacht, Miss.«

»Gute Nacht, Sergeant.«

Sie begleitete ihn zur Haustür und sagte ihm, in welcher Richtung die nächste Bushaltestelle war. Endlich hatte der Regen aufgehört. Die Nacht war mild, und eine Brise von Westen brachte frische Luft in die dunstige Stadt. Daisy blieb noch auf der Türschwelle stehen. Sie hatte keine Lust, in die düstere Atmosphäre des Hauses zurückzukehren. Nebenan traten Binkie und Lucy aus der Tür und gaben sich einen flüchtigen Gutenachtkuss. Lucy ging hinein. Beim Fortgehen sah Binkie Daisy, winkte ihr verlegen zu und brauste dann in seinem sportlichen kleinen Alvis Cabriolet von dannen.

Daisy ging wieder ins Haus. Als sie die Tür hinter sich schloss, kam Muriel gerade die Treppe herunter.

»Ich habe eben Sergeant Tring zur Tür gebracht«, erklärte Daisy. »Wie geht es Mr. Abernathy?«

»Er hat ein bisschen gegessen. Er meint, er könne jetzt schlafen. Haben Sie schon einen Mokka getrunken?«

»Nein, ich wollte noch auf Sie warten.« Daisy ging Muriel voraus ins Wohnzimmer.

»Das ist gut. Ich brauche jetzt dringend eine Tasse.« Während sie aus der Thermoskanne Kaffee in zwei zierliche Mokkatässchen goss, fragte Muriel: »Daisy, wie um alles in der Welt haben Sie eigentlich einen Detective Chief Inspector kennengelernt?«

»Irgendwie bin ich in zwei seiner Fälle verwickelt worden. Er sagt, ich hätte mich eingemischt, aber er muss auch zugeben, dass ich ihm bei der Lösung geholfen habe.« Daisy nippte an ihrem Kaffee und zögerte. »Dimitri Martschenko hat mich beschuldigt, eine Polizeiinformantin zu sein. Das bin ich bestimmt nicht, aber ich werde Alec auch nichts vorenthalten, was dazu beitragen kann, Bettinas Mörder zu fassen. Wenn es Ihnen also lieber ist, dass ich jetzt gehe …«

»Nein, bitte bleiben Sie. Schließlich haben weder Roger noch ich sie umgebracht. Betsy war … schwierig, aber einen solchen Tod hat sie nicht verdient. Sie … war immerhin meine Schwester.« Im Flur klingelte das Telefon. Muriels Tasse klirrte gegen die Untertasse, und der Kaffee schwappte über. »Ach herrjeh. Das wird wohl Vater sein.«

Sie ging hinaus und ließ die Tür offen. Daisy hörte, wie das Dienstmädchen fragte: »Soll ich drangehen, Miss?«

»Nein, ist schon in Ordnung, Beryl.« Das Klingeln hörte auf. »Chelsea 2261. Hallo. Ja, hier spricht Miss Westlea. Oh, aber … nein!« Muriels Stimme war plötzlich schrill und empört. »Mr. Abernathy mag ja krank sein, aber er liegt mitnichten auf dem Sterbebett. Und ich habe nichts weiter zu sagen. Auf Wiederhören.«

Mit rotem Gesicht kam sie zurück in den Salon marschiert.

»Die Presse«, erriet Daisy.

»Ausgerechnet die *Times*, die nur noch ein paar Nachfragen hatte! Von denen würde man doch erwarten, dass sie etwas rücksichtsvoller mit einem umgehen!«

»Es ist allerdings wirklich eine Bombennachricht. Dachte ich mir doch, dass ich den Musikkritiker der *Times* gesehen habe – ich habe ihn einmal bei einem Abendessen kennengelernt. Ich denke nicht, dass eine andere Zeitung die Nachricht schon bringen kann, aber vielleicht sollten Sie doch lieber über Nacht den Hörer danebenlegen.«

»Ich muss abwarten, bis Vater angerufen hat. Die sind wohl zum Abendessen eingeladen. Es sei denn … Mr. Fletcher wird doch nicht vergessen haben, sie anzurufen?«

»Nein, aber er hat auch noch andere Dinge zu tun, das dürfen Sie nicht vergessen. Ach, da klingelt es ja schon wieder. Ich glaube zwar nicht, dass es ein Journalist ist, aber soll ich trotzdem lieber rangehen?«

Muriel nickte. »Ja, bitte.« Sie folgte Daisy in den Korridor.

Diesmal war es der Reverend Westlea. Daisy reichte Muriel den Hörer und kehrte in den Salon zurück. So schwer es ihr auch fiel, sie schloss die Tür dennoch ordentlich hinter sich. Sie legte sogar eine Schallplatte auf, um gar nicht erst in Versuchung zu kommen, zu lauschen.

Zehn Minuten gingen vorüber, bis Muriel mit hängenden Schultern zurückkam. Sie war vollkommen am Boden zerstört. In der Tür hielt sie inne und sagte verwirrt: »Die geben mir die Schuld. Wie können die mir denn die Schuld geben?«

»Sie meinen, Ihre Eltern glauben, Sie haben es getan?« Daisy führte sie zu einem Sessel und stützte sie am Ellbogen, während sie sich setzte.

»O nein, so weit gehen sie nicht … nein, ich hätte besser auf sie achtgeben sollen, ich hätte sie beschützen sollen, vor … Daisy, was hätte ich denn tun können?«, rief sie verzweifelt.

»Nichts. Sie konnten doch nicht ahnen, dass jemand ihre Schwester vergiften wollte. Obwohl, wenn Sie mich fragen, hat sie das geradezu herausgefordert.«

»Aber das wissen meine Eltern ja nicht«, flüsterte Muriel. »Ich habe ihnen nie etwas von den Liebhabern erzählt, habe nie gesagt, wie taktlos sie sein konnte – nein, nicht taktlos, gehässig! Sie hielten sie für einen Engel, und ich habe es nie fertiggebracht, ihnen diese Illusion zu rauben. Also ist es meine Schuld, dass sie jetzt einen solchen Schock erlitten haben.«

»So ein Quatsch! Sie konnten doch Ihre Schwester nicht verpetzen. Und wenn Sie es getan hätten – ich würde fast wetten, dass sie Ihnen nicht geglaubt hätten. Manche Menschen sehen eben nur, was sie sehen wollen«, sagte Daisy ernst.

»Wie soll ich ihnen je wieder unter die Augen treten?«

»Kommen Ihre Eltern in die Stadt?«

»Ja, sie nehmen morgen früh den Zug.«

»Dann sollten Sie sich heute Nacht lieber gut ausschlafen. Kommen Sie schon, meine Liebe, ab ins Bett. Ich muss sagen, ich habe jetzt auch die nötige Bettschwere.«

»Ach, Daisy, bitte entschuldigen Sie.« Muriel erinnerte sich an ihre Pflichten als Gastgeberin und sprang auf, um Daisy hinaufzubringen. »Ich habe das Bett im Gästezimmer für Sie beziehen lassen«, sagte sie. »Es ist ein wenig klein, aber Sie wollen ja sicher nicht unbedingt in Betsys Zimmer schlafen.«

»Liebe Zeit, nein!«, sagte Daisy schaudernd.

Kapitel 8

Als Daisy am nächsten Morgen zum Frühstück hinunterging, war Roger Abernathy schon im Esszimmer. Er saß am Kopf des Tisches und blickte von seinem Teller mit zwei unangerührten Kippered Herrings auf. Er schob den Teller von sich und stand auf.

»Bitte bleiben Sie sitzen.« Daisy setzte sich neben ihn. »Dürfen Sie überhaupt schon aufstehen, Mr. Abernathy?«

»Miss Dalrymple, nicht wahr?« Er lächelte sie schüchtern an. »Heute Morgen geht es mir ja schon viel besser, und um neun Uhr kommt ein Schüler. Ich kann ihn doch nicht enttäuschen.«

»Es sieht nicht so aus, als hätten Sie schon wieder Appetit.«

»Ich werde einen Toast essen«, sagte er entschuldigend. Seine Lippen zitterten. »Bettina musste morgens immer unbedingt Kippers zum Frühstück essen. Ich esse sie leider überhaupt nicht gern.«

Daisy verstand zwar nicht, warum alle im Hause Kippers essen mussten, nur weil Bettina sie gerne gegessen hatte, sie selbst aß sie sehr gern. Also sagte sie: »Wenn sie noch warm sind, nehme ich sie gerne.« Sie nahm sich den Teller und schob ihrem Gastgeber den silbernen Toastständer und die Schälchen mit Butter und Marmelade zu.

Diese Geste war unmissverständlich, und so nahm er sich ein dreieckiges Stück Toast. Er beschmierte es mit Butter und Marmelade, doch dann saß er da und starrte es an, als hätte er keine Ahnung, was man jetzt eigentlich damit anstellte.

Daisy, die ihre Kippers sezierte, sagte sanft: »Muriel wird ganz beunruhigt sein, wenn Sie nichts essen.«

»Ja. Verzeihen Sie, Miss Dalrymple, ich vernachlässige meine Pflichten. Darf ich Ihnen eine Tasse Kaffee einschenken? Oder soll ich nach Tee klingeln?«

»Ich nehme gern einen Kaffee, vielen Dank.« Sie reichte ihm ihre Tasse.

Mr. Abernathy schenkte Kaffee ein und gab ihr die Tasse zurück, dann reichte er ihr Sahne und Zucker. »Verzeihung«, sagte er wieder. »Man kann sich unmöglich mit Essen beschäftigen, wenn die Welt um einen herum zusammenbricht, finden Sie nicht auch?«

Daisy konnte sich noch zu genau an den Tag erinnern, an dem ihr die Nachricht überbracht worden war, dass Michaels Ambulanz von einer Mine in die Luft gejagt worden war.

Er wandte sich ihr zu und schien sie zum ersten Mal wirklich zu sehen. »Sie haben jemanden im Großen Krieg verloren?«

»Mein Bruder ist in den Schützengräben gefallen.« Sie zögerte. Hinter den entstellenden Brillengläsern leuchteten sie freundliche Augen an. »Das war schon schlimm genug, aber dann starb auch noch mein Verlobter – er war Kriegsdienstverweigerer und fuhr deswegen eine Ambulanz. Obwohl er nicht an vorderster Front kämpfte, wusste ich, dass er in Gefahr war, aber dennoch, dieser Schock …« Der Kloß in ihrem Hals brachte sie für einen Moment zum Schweigen. Roger Abernathy tätschelte ihr die Hand. »Für Sie muss der Schock ja zehnmal schlimmer gewesen sein«, fuhr Daisy fort. »Bettinas Tod kam so völlig unerwartet.«

»Ich dachte, ich würde sterben«, sagte er leise. »Ich habe erwartet zu sterben, ja, ich wollte es sogar. Bettina war mein Leben. Die Leute haben unsere Ehe nie verstanden. Wie eine junge, schöne, talentierte Frau es mit einem Langweiler wie mir aushalten konnte. Öde, schlicht, so viel älter und dann noch nicht einmal reich. Aber sie brauchte mich. Sie war fast noch ein Kind, als ich sie heiratete, und sie brauchte jemanden, der sie versorgt. Ich konnte ihr helfen, und das habe ich auch getan. Ich habe ihre Stimme zu einem wunderschönen Instrument gemacht, es wäre aller Opernhäuser dieser Welt würdig gewesen.«

Daisy sagte nichts. Nach einem Augenblick des Schweigens seufzte Abernathy und fuhr fort: »Meine arme Liebste hat sich selbst im Weg gestanden und damit ihre eigene Karriere sabotiert. Sie wusste, was sie wert war, und sie war ungeduldig, wenn sich ihr etwas in den Weg stellte. Ich hatte Angst, sie könnte sich gegen mich wenden, also gab ich ihr die Freiheit, die sie so dringend brauchte. Vielleicht hätte ich versuchen sollen, sie zu zügeln?«

»Wer weiß? Möglicherweise wäre das auch genau das Falsche gewesen, und Sie hätten sie dann ganz verloren.« Plötzlich verlegen, versuchte Daisy sich zu verbessern: »Ich meine …«

»Sie meinen, sie hätte mich ansonsten wegen eines ihrer Liebhaber verlassen«, sagte er trocken, »statt meine Ehefrau zu spielen. Glauben Sie denn, das wusste ich nicht? Schon früh in unserer Ehe war mir klar, dass sie mir über kurz oder lang untreu werden würde. Sie war jung und schön; sie war immer schon verwöhnt worden, hatte immer schon alles bekommen, was sie wollte. Und ich war im Grunde nicht das, was sie wollte. Ich liebte sie, aber sie wollte meine Liebe nicht. Ich hätte ihr die Sterne vom Himmel geholt, aber alles, was ich ihr anbieten konnte, war Nachsicht, also habe ich ihr die geschenkt.«

Unter anderen Umständen hätte Daisy ihm vielleicht geradeheraus gesagt, dass er genauso lau war wie Mrs. Gower. Dafür war es jedoch zu spät. Bettina war tot, und alle strengen Worte dieser Welt würden sie nicht wieder ins Leben rufen können.

An diesem schwierigen Punkt ihrer Unterhaltung kam Muriel herein. Daisy begrüßte sie mit einem herzlichen guten Morgen.

»Guten Morgen, Daisy.« Jetzt, da sie sich ausgeruht hatte, sah Muriel viel besser aus. Sie trug Schwarz, was ihr sehr gut stand, wie Daisy schon am Vortag bemerkt hatte. In ihren Schritten lag sogar ein gewisser Schwung, als sie um den Tisch herum kam, um sich Abernathy gegenüberzusetzen. »Roger, wie geht es dir heute Morgen?«

Er rang sich ein müdes Lächeln ab. »Durchaus gut genug, um ein oder zwei Stunden zu unterrichten, meine Liebe.«

»Aber dann im Salon. Du musst ja wirklich nicht die ganze Treppe hinunter in den Musikraum gehen. Aber ich hätte auch anrufen können, um deine Stunden abzusagen. Du hättest mich nicht so lange schlafen lassen sollen.«

»Das war meine Schuld«, sagte Daisy. »Ich habe das Dienstmädchen gebeten, Sie ausschlafen zu lassen. Ihre Eltern kommen aus Norfolk angereist, wenn ich das richtig mitbekommen habe. Selbst wenn sie den allerersten Zug erwischen, werden sie erst in ein paar Stunden hier sein.«

»Das stimmt.« Muriel errötete. »Aber Mr. Lewitsch meinte, er wollte heute Morgen zu Besuch kommen, um zu sehen, ob er uns irgendwie helfen kann.«

»Jakow Lewitsch?« Abernathy wirkte auf stille Weise zufrieden, fast erleichtert, dachte Daisy. Er musste auch froh sein, wenn man ihn als einzigen Herrn in dem Trauerhaus etwas entlastete. »Das ist ja schön. Lewitsch ist ein anständiger Kerl. Nun denn, wenn die Damen mich entschuldigen wollen, dann gehe ich mal los und bereite mich auf meine erste Stunde vor.«

Erst als sich hinter ihm die Tür schloss, sah Daisy, dass er seinen Toast immer noch nicht gegessen hatte. Beryl brachte einen Teller mit Kippers, eine Kanne Tee für Muriel und noch etwas Toast herein. Muriel beugte sich über den grätigen Fisch und sagte mit gesenktem Kopf zu Daisy: »Ich hoffe, es stört Sie nicht, dass Mr. Lewitsch kommt.«

»Du liebe Zeit, nein. Wieso sollte es?«

»Weil er Jude ist. Viele Menschen unterhalten sich gern mit ihm, gratulieren ihm, schütteln ihm sogar im Konzertsaal die Hand, aber niemals würden sie ihn zu sich nach Hause einladen.«

»Viele Menschen sind außerdem richtige Volltrottel«, schnaufte Daisy. »Sie werden es kaum glauben: Lucy, meine liebste Freundin, hat mehr oder minder dasselbe Gefühl gegenüber Mr. Fletcher, nur weil er Polizist ist. Sie mögen Mr. Lewitsch sehr gern, nicht wahr?«

»Nicht nur das! Ich ... Er ist nur ein Freund. Man sieht sich bei den Proben, und manchmal unterhalten wir uns auch. Und ein- oder zweimal hat er mir eine Karte geschenkt, wenn er ein Solokonzert hatte oder wenn er mit seinem Kammerorchester auftrat. Das ist alles.«

»Das ist doch schon mal ein guter Anfang«, sagte Daisy ermutigend. Muriel wurde noch röter und schien sich ihre Kippers plötzlich sehr genau anschauen zu wollen.

Es klingelte an der Tür. Muriel gab sofort jeden Anschein

eines Interesses an ihrem Frühstück auf. Aufmerksam lauschte sie, was Beryl an der Tür sagte. Die Stimme eines Mannes ertönte. Auf seine unverständlichen Worte sagte das Dienstmädchen: »Miss Westlea erwartet Sie bereits, Sir. Bitte kommen Sie doch herein.«

»Ach herrje«, sagte Muriel plötzlich voller Schreck, »es gibt ja eigentlich gar nichts, wobei er uns helfen könnte.«

»Uns wird schon noch etwas einfallen«, versprach Daisy.

In dem Moment klingelte das Telefon. Muriel nutzte die Gelegenheit, um hinaus in den Korridor zu gehen. Daisy folgte ihr an die Esszimmertür. Beryl hielt den etwas abgetragenen Hut von Mr. Lewitsch in der einen Hand, in der anderen den Telefonhörer. »Es ist die *Daily Sketch*, Miss«, tat sie aufgeregt kund.

»Eine Zeitung?«, fragte Mr. Lewitsch. »Wollen Sie denn mit denen sprechen, Miss Westlea?«

»Nein!«

»Dann geben Sie mal her.« Er nahm dem Dienstmädchen den Hörer aus der Hand. »'allo? Äntschuldigän, bittäh, ich nicht värstehän«, sagte er mit einem ungeheuerlich übertriebenen Akzent und legte auf.

Daisy applaudierte. Er grinste sie an. Als kurz danach der erste von einer später folgenden Meute von Journalisten an der Tür klingelte, machte Lewitsch mit ihm ähnlich kurzen Prozess. Den ganzen Vormittag über öffnete er mit gleichbleibendem Selbstbewusstsein und gespielter Verständnislosigkeit die Tür und ging ans Telefon. Das sprach sich herum, und der Ansturm ließ nach.

Zwischendurch saßen sie im Esszimmer herum, da Abernathy im Salon Unterricht erteilte. An einem Ende des Tisches unterhielten sich leise Muriel und Lewitsch. Am anderen Ende notierte Daisy die interessanten Unterhaltungen, die sie am Vortag im Chorraum der Royal Albert Hall geführt hatte. Sie wollte nichts vergessen und Alec alles berichten. Vom anderen Ende des Korridors wehten erst in einer Tenor- und dann in einer Altstimme Tonleitern herüber, gefolgt von Koloraturen, langgedehnten »Oohs« und »Aahs« in verschiedenen Tonlagen und gelegentlich dem Fragment einer Melodie.

Als Abernathys Unterrichtsstunden vorüber waren, überließen Muriel und Daisy die beiden Männer ihrer Unterhaltung und gingen hinauf in Bettinas Schlafzimmer.

»Ich habe Elsie gesagt, sie soll Betsys Kleider zusammenpacken«, sagte Muriel unglücklich. »Das erscheint vielleicht ein bisschen übereilt, aber Mutter und Vater werden in ihrem Zimmer schlafen müssen. Wir können sie nirgends sonst unterbringen. Ich hoffe nur, das macht ihnen nichts aus.«

»Wenn doch, können sie immer noch in ein Hotel ziehen«, bemerkte Daisy. Das Gästezimmer, in dem sie gestern übernachtet hatte, reichte auf keinen Fall für zwei Personen, und so, wie sie die Einteilung des Hauses einschätzte, waren Muriels und Abernathys Schlafzimmer sicher nicht wesentlich größer.

Sie trafen auf Bettinas Zofe, die gerade mit einem riesigen Haufen Schuhen in den Armen aus dem Schlafzimmer kam. Sie war eine schmale, grimmig aussehende Frau und wirkte, als hätte sie mit der ganzen Welt ein Hühnchen zu rupfen. Daisy fragte sich, was Tom Tring wohl aus ihr herausbekommen hatte. Gestern Abend hatte er ihr ja nur sehr wenig erzählt.

»Ich tu die Schuhe erst mal so lose in die Rumpelkammer, Miss«, sagte die Zofe. »Die Koffer reichen nicht. Und dann würde ich mich gerne mit Ihnen unterhalten, zu wann ich kündigen kann.«

»In Ordnung, Elsie, das machen wir nachher. Ist das die letzte Ladung?«

»Ich komm an den Sekretär von Madam nicht heran, Miss. Dieser Sergeant hat den Schlüssel aus ihrer Handtasche genommen. Aber er hat nur nachgeschaut, ob er abgeschlossen war und ob es einen Zweitschlüssel gibt, und hat ihn dann wieder mitgenommen.«

»Er hat den Sekretär nicht durchsucht?«

»Das würde Sergeant Tring nie tun«, sagte Daisy, »nicht ohne eine Erlaubnis oder einen Durchsuchungsbefehl.«

»Und dann ist da noch der Schmuck, Miss«, sagte die Zofe wichtigtuerisch. »Sie haben nicht gesagt ...«

»Das mache ich schon. Bitte sagen Sie Beryl, sie kann jetzt das Bett hier beziehen.«

Daisy folgte Muriel in das ganz in Blau und Weiß gehaltene Schlafzimmer. Die Türen des Kleiderschranks standen offen, und der leere Schrank glich auf beklemmende Weise einem riesigen leeren Sarg. Muriel wandte sich hastig ab und ging zum Schminktischchen. In der ordentlichen Reihe von Bürsten und Kämmen und Kosmetikdöschen standen drei lederne Schmuckkästchen.

»Hat sie ihren Schmuck nicht in einem Safe aufbewahrt oder wenigstens weggeschlossen?«

»Nein. Sie hat Stunden damit verbracht, sich die Schatullen anzuschauen und sich an ihrem Inhalt zu erfreuen. Alle ihre ... ihre Verehrer schenkten ihr Schmuck. Sie freute sich weniger an ihrem Wert, der Schmuck war eher eine ...« Muriel zögerte.

»Trophäe? Jetzt gehört er Ihnen, nicht wahr?«

»Ich glaube schon, aber woher wissen Sie das?«

»Irgendjemand hat mir erzählt, es sei allgemein bekannt, dass Bettina Ihnen alles vererbt hat.«

»Sie hat früher immer gedroht, auch vor anderen, dass sie ihr Testament ändern würde, wenn ich nicht täte, was sie sagte.«

Muriel ließ sich auf den Stuhl am Schminktisch sinken und vergrub das Gesicht in den Händen.

»Das war aber nicht der Grund, warum ich bei ihr geblieben bin. Ich habe Ihnen doch erzählt, dass ich meinen Eltern versprochen hatte, mich um sie zu kümmern. Ich konnte ja sonst nirgendwohin, außer wieder zurück ins Pastorat. Und Betsy glaubte, damit hätte sie mich in der Hand und könnte gleichzeitig dem armen Roger eins auswischen. Sie meinte immer, er habe sie ausgenutzt. Er habe sie geheiratet, als sie noch zu jung war, um zu wissen, was sie wollte, und wenigstens von ihrem Tod solle er nicht profitieren. Als hätte es auch nur die geringste Chance gegeben, dass sie vor ihm sterben würde!«

»Ist sie aber«, erinnerte sie Daisy schüchtern.

»Ja, das stimmt.« Muriel hob den Kopf. Ihre Augen waren trocken. »Und wenn sich herausstellt, dass ich wirklich die Einzige bin, die davon profitiert, dann werde ich Mr. Martschenko seine verflixten russischen Juwelen zurückgeben und den Rest verkaufen und das Geld Mr. Lewitsch schenken, damit er seine Eltern aus Polen herbringen kann!«

Daisy war über dieses Vorhaben viel zu erstaunt, um auf die praktische Umsetzung einzugehen. Auch die Tatsache, dass diese Erbschaft in den Augen der Polizei ein ausgezeichnetes Motiv wäre, um sich ihrer Schwester zu entledigen, kam ihr nicht in den Sinn. Vielmehr rief sie aus: »Seine Eltern?«

»Die sitzen in Polen fest und haben keine Papiere und auch nicht das Geld, um da wegzukommen. Jascha – ich meine, Mr. Lewitsch – spart jeden Penny, um sie herzubringen.«

»Jascha?«

»Er hat mich gebeten, ihn Jascha zu nennen.« In Muriels Augen tanzten Sternchen. »Das ist ein Kosename für Jakow.«

»Ich habe doch gesagt, ein guter Anfang ist bereits gemacht«, sagte Daisy lächelnd, doch innerlich war ihr kalt. Bettinas Testament war allgemein bekannt. Jakow Lewitsch brauchte dringend Geld. Er hatte sich an Bettinas eher unscheinbare Erbin herangemacht, und Bettina war jetzt tot.

Keinen Augenblick glaubte Daisy, dass Muriel oder Lewitsch Bettina umgebracht hätten, aber Alec hätte allen Grund, beide zu verdächtigen.

Bettinas Versuche, die beiden zu trennen, machten die Dinge nur noch schlimmer. Aber das war etwas, was Martschenko in seinem Monolog erwähnt hatte, erinnerte sich Daisy. Der aufgebrachte ukrainische Bass hatte eine Menge Unsinn von sich gegeben, der es nicht wert war, wiederholt zu werden. Außerdem gab es noch zig andere Leute mit genügend Gründen, Bettina zu verabscheuen.

Muriel war zum Sekretär hinübergegangen und hatte versucht, die Schreibfläche herunterzuklappen. »Abgeschlossen«, sagte sie und seufzte. »Betsy hat jeden Liebesbrief aufbewahrt, den sie je in ihrem Leben bekommen hat. Bestimmt wird die Polizei sie sehen wollen. Ich weiß wirklich nicht, wie ich das meinen Eltern noch verbergen soll.«

»Es kann ihnen ja auch jemand anders sagen. Warum sprechen Sie nicht mit Mr. Abernathy darüber? Vielleicht hat er eine gute Idee, was man machen kann. Er hat mir gesagt, er wisse über Bettinas Liebhaber Bescheid.«

»O ja, der arme Roger hat es immer gewusst. Sie hat nie versucht, es vor ihm geheimzuhalten, nur vor unseren Eltern. Ja, ich werde ihn mal fragen«, sagte Muriel erleichtert.

»Werden Sie Mr. Lewitsch Ihren Eltern vorstellen?«

»Ja«, sagte Muriel mit ernster Miene.

»Gut. Sosehr man auch seine Eltern lieben und respektieren mag, man kann sein eigenes Leben nicht in allen Details nach ihnen richten.« Daisy hob eine Hand an ihre Bubikopffrisur: Alec gefiel sie, und Mutter würde sich einfach damit abfinden müssen.

»Aber Sie werden doch noch eine Nacht bei uns bleiben, nicht wahr? Wenigstens noch eine? Wenn Sie hier sind, werden meine Eltern mich nicht ... nicht ...«

»Sie werden Sie nicht so ungeniert wie sonst herunterputzen«, sagte Daisy trocken. »Ja, ich bleibe gerne noch da, aber ich muss etwas Arbeit von drüben herüberholen. Bis zur nächsten Woche muss ich noch einen Artikel über das Victoria and Albert Museum fertigschreiben.«

»Sie können sich doch in den Musikraum setzen. Da unten steht ein Schreibtisch. Und Roger darf in den nächsten Tagen keinesfalls da hinunter.«

Beryl erschien mit einem Staubwedel und einem Stapel sauberem Bettzeug. Daisy half Muriel, die Schmuckkästchen und andere Kleinigkeiten in ihr Schlafzimmer zu tragen, und dann gingen sie zusammen hinunter.

Während Muriel mit Abernathy besprach, was ihren Eltern zu sagen sei, unterhielt sich Daisy mit Jakow Lewitsch über Musik. Das Telefon klingelte wieder, und er ging an den Apparat. Als er wieder hereinkam, tat er kund, dass der Reverend und Mrs. Westlea an der Liverpool Street Station angekommen seien und jetzt in ein Taximobil nach Chelsea stiegen.

Daisy blickte auf die Uhr und stellte enttäuscht fest, dass es zehn Minuten vor eins war. Sie würde also nicht mehr da sein, wenn die beiden ankamen. Um Punkt ein Uhr hielt Alecs gelber Austin Seven »Chummy« vor dem Haus.

Das kleine Knäuel von Journalisten und Photographen, das immer noch hoffnungsvoll an der Gartenpforte herumlungerte, hatte ihn sofort umlagert. Durch die Vorhänge des Wohnzimmerfensters beobachtete Daisy, wie er kopfschüttelnd einen kurzen Satz sagte, ehe er den Pfad zum Haus hinaufging. Zwei der Photographen machten eine Aufnahme davon, wie er fortging, das Haus des Mordopfers im Hintergrund.

»Verflixt noch mal!«, rief Daisy aus. »Ich habe nicht die geringste Lust, in der Zeitung genannt zu werden, weder als ›Begleiterin von Detective Chief Inspector Fletcher‹ noch als eine, die ›der Polizei bei ihren Nachforschungen behilflich‹ ist.«

»Sie sind beide herzlich eingeladen, zum Lunch zu bleiben«, schlug Muriel schüchtern vor, während Lewitsch an die Haustür ging.

Daisy konnte sich nicht vorstellen, dass ein Mittagessen mit dem kränkelnden Witwer, zwei Tatverdächtigen und dem missbilligenden Pastorenvater des Mordopfers nach Alecs Geschmack wäre. Außerdem konnten sie beide wohl kaum hinterher in ein stilles Eckchen verschwinden, um den Fall miteinander zu besprechen, ehe Alec die Tatverdächtigen befragte. Während sie sich noch eine höfliche Absage überlegte, trat Abernathy dazwischen.

»Sie und der Chief Inspector werden sich sicherlich auch privat unterhalten wollen«, sagte er auf seine sanfte Art. »Warum nehmen Sie nicht den Hinterausgang im Musikraum, Miss Dalrymple? Er führt zur Gasse hinter dem Haus. Da sind auch mehrere Cafés und Restaurants, die zu Fuß leicht erreichbar sind.«

»Eine ausgezeichnete Idee, Mr. Abernathy«, sagte Alec, der gerade hinter Lewitsch in den Salon kam. »Ich habe mich gerade gefragt, wie in Gottes Namen ich den Schmeißfliegen von der Presse entkommen kann.« Er begrüßte Daisy und Muriel und wandte sich dann wieder Abernathy zu. »Wie schön, dass Sie schon wieder so gesund aussehen, Sir. Ich hoffe, es geht Ihnen gut genug, um mir später die eine oder andere Frage zu beantworten?«

»Selbstverständlich, Mr. Fletcher. Hier ist der Schlüssel zum Hinterausgang, damit Sie auf dem Weg auch wieder zurückkommen können. Ich bin ja hier.«

»Vielen Dank. Mit Ihnen möchte ich auch sprechen, Miss Westlea. Wären Sie so freundlich, heute Nachmittag zu Hause zu bleiben? Und da Sie gerade zufällig hier sind, Mr. Lewitsch ...?«

»Ich werde hierbleiben«, sagte der Violinist verlegen.

»Wenn Sie Miss Dalrymple und mich dann entschuldigen wollen ...«

Als Daisy an Muriel vorüberkam, drückte sie ihr verstohlen die Hand und flüsterte: »Machen Sie sich keine Sorgen, es wird schon alles gut werden.«

Während sie die Hintertreppe hinuntergingen, sagte Alec: »Ich hatte nicht erwartet, dass Lewitsch mir die Tür öffnen würde. Was zum Teufel macht der denn hier?«

»Er lässt die Leute eben nicht herein. Er war unbezahlbar, hat so getan, als könne er kein Englisch, damit uns die Journalisten nicht belästigen.«

»Immerhin hat er mit mir freundlicherweise Englisch gesprochen, obwohl er mir nichts Interessantes gesagt hat. Der andere Russe, der Bass, hat so getan, als verstünde er weder Englisch noch Französisch.«

»Martschenko ist Ukrainer, kein Russe, und er spricht ordentliches Englisch, wenn auch nicht fließend.«

»Ich wusste es doch. Schließlich hat er irgendwie mit Ihnen kommuniziert. Ich gehe also davon aus, dass Miss de la Costa auch einigermaßen fließend Englisch spricht? Dieser unglaubliche spanische Wortschwall war gestern immerhin von dem einen oder anderen englischen Ausdruck unterbrochen.«

»Großzügig mit dramatischen Gesten untermalt?« Daisy lachte. »Sie spricht nicht nur fließend, sondern auch eine ganze Menge Englisch. Hier geht's lang, glaube ich.«

Der breite Korridor war auf einer Seite verglast, und Korbsessel deuteten darauf hin, dass er als Sonnenzimmer oder Wintergarten genutzt wurde. Selbst an einem grauen Märztag wie diesem war es hier angenehm. Von hier aus ging es zu Roger Abernathys Musikraum, der, ebenso wie Lucys Studio, in die alten Stallungen eingebaut worden war. Hier stand ein großer Konzertflügel, an den Wänden waren Regale mit ordentlich hochaufgetürmten Stapeln von Partituren und Noten angebracht. Der Schreibtisch in der Ecke sah ebenfalls sehr aufgeräumt aus, stellte Daisy anerkennend fest. Der Terminkalender lag bereit und war auf der richtigen Seite aufgeschlagen, ganz anders als Lucys.

»Wenn Sie es nicht allzu eilig haben«, sagte sie, als sie hinaus in die Gasse traten, »würde ich gerne ganz schnell bei Lucy im Studio vorbeischauen und ihr sagen, dass ich noch ein oder zwei Nächte hierbleiben werde.«

Alec schaute auf die Uhr. »Solange sie Sie nicht in eine lange Unterhaltung verwickelt.«

»Kommen Sie doch einfach mit, dann können Sie mich auch wieder wegschleppen. Ich wollte Sie sowieso schon immer mal Lucy vorstellen.«

»Heute nicht. Das würde mehr Zeit in Anspruch nehmen, als ich habe. Ich warte lieber hier.«

Daisy öffnete die Hintertür und betrat das Studio, das sich

schon längst wieder von ihrem Aufräumüberfall erholt hatte. »Lucy?«

Keine Antwort. Sie könnte jetzt auf den Knopf an der Tür zum Studio drücken, der im Haus eine Klingel ertönen ließ – das war eine Annehmlichkeit für die Kunden, die vor Lucy ankamen –, aber Alec hatte es eilig. Rasch kritzelte sie einen Zettel und spießte ihn mit einer Nadel an der offenen Tür der Dunkelkammer auf.

»Das ging aber schnell.«

»Sie ist nicht da. Vermutlich isst sie gerade zu Mittag. Ich habe ihr einen Zettel geschrieben.«

Alec runzelte die Stirn. »Es ist niemand da? Und die Tür ist nicht abgeschlossen?«

»Lucy ist manchmal leider ein bisschen unvorsichtig. Sie hat wirklich riesiges Glück, dass bisher noch niemand ihre Kameras gestohlen hat.«

»Wegen der Kameras mache ich mir weniger Sorgen. Miss Fotheringay hat doch eine Dunkelkammer, nicht wahr? Ist die wenigstens abgeschlossen?«

»Nein«, sagte Daisy schuldbewusst, obwohl ihr gar nicht klar war, warum ausgerechnet sie schuldbewusst sein sollte. Nur blickte Alec gerade wie ein typischer Inspector auf sie herab, und die strengen dunklen Augenbrauen runzelten sich über die durchdringenden grauen Augen. Da wäre wohl jedem unbehaglich zumute.

»Benutzt Miss Fotheringay zufällig Kaliumzyanid als Fixiermittel?«, fragte er scharf. »Und ist ihr zufällig klar, dass das ein tödliches Gift ist?«

»Ach, Alec, Sie wollen doch nicht etwa andeuten, dass Bettina mit Lucys Blausäure vergiftet worden ist?«

»Was meinen Sie denn?«

»Lucy hat einmal Porträtaufnahmen von ihr gemacht«,

gab Daisy zu. »Die fand sie so gut, dass Mr. Abernathy sie seinen Freunden empfohlen hat. Ich schätze, dass mindestens die Hälfte von Ihren Tatverdächtigen über die Dunkelkammer Bescheid weiß.«

Kapitel 9

»Ich finde immer noch, Sie hätten auf Lucy warten sollen, anstatt einfach die Dunkelkammer abzuschließen und den Schlüssel mitzunehmen.« Daisy blickte Alec über ihr Lammkotelett hinweg wütend an, als er vom Telefon zurückkehrte.

»Miss Fotheringay muss lernen, wie man vernünftig mit tödlichen Giften umgeht«, sagte er geduldig und erinnerte sie dann: »Schließlich habe ich einen Zettel zur Erklärung dagelassen.«

»Trotzdem wird sie das wahnsinnig wütend machen.« Daisy spießte einen Rosenkohl auf.

Alec zuckte zusammen. Obwohl Daisy bislang taktvoll um dieses Thema herumgeschlichen war, ahnte er nur zu genau, dass Lucy Fotheringay die Freundschaft der blaublütigen Miss Dalrymple mit einem schlichten Polizisten auf das Heftigste missbilligte. »Tom ist schon auf dem Weg, um das Zimmer nach Fingerabdrücken zu durchsuchen«, sagte er und presste einen Zitronenschnitz über seinem Schollenfilet aus. »Er kommt gleich hier vorbei, um den Schlüssel abzuholen. Damit ist sie gar nicht so lange aus ihrem Studio ausgeschlossen.«

Daisys Miene hellte sich auf. »Dann kann er ihr ja auch die Strafpredigt halten, weil sie die gefährlichen Substanzen nicht weggeschlossen hat, und Sie müssen das nicht tun.«

»Ich muss über diese Dinge überhaupt nicht mit ihr sprechen, wenn sie sich mit Tom einigen kann. Ich brauche eine Liste von ihren Kunden, muss wissen, wer irgendwann mal allein im Studio gewesen ist und ob irgendjemand Interesse an der Dunkelkammer oder am Entwickeln von Photos ausgedrückt hat. Wenn sie es Tom nicht erzählt, dann muss ich …«

»Nein, ich werde das schon aus ihr herausbekommen. Sie sehen doch wohl ein, Alec, dass sie mir das alles viel eher erzählen wird als Ihnen oder Sergeant Tring.«

»Stimmt.« Er seufzte. Auf ihre unnachahmliche Art hatte Daisy es mal wieder geschafft, tiefer und tiefer in diesen Fall einzudringen. »Dasselbe gilt offenbar für dieses Trüppchen von gestern Abend in der Royal Albert Hall. Noch nie habe ich bei angeblich wohlanständigen Leuten einen solchen Misserfolg erlebt.«

In ihrem unwiderstehlichen Lächeln lag auch eine verzeihliche Spur von Selbstzufriedenheit. »Tja, mit mir haben sie aber gesprochen.« Einen Moment lang überlegte sie. »Oder vielmehr haben sie in gewisser Hinsicht durch mich gesprochen. Gleich mehrere haben mir etwas erzählt, von dem sie wollten, dass Sie es erfahren. Aber direkt wollten sie es Ihnen nicht sagen.«

»Herrjemine! Mal wieder das Künstlertemperament, nehme ich an.«

»Bei manchen wird das wohl zutreffen, denke ich. Bei den Russen – bei Mr. Lewitsch und Dimitri Martschenko also – wird es aber teilweise ein allgemeines Misstrauen gegenüber der Polizei sein.«

»Und ich vermute, dass das auch gerechtfertigt ist bei den armen Kerlen. In Ordnung, fangen wir bei Lewitsch an. Gehen wir die Leute doch einfach in der Reihenfolge durch, in der Sie mit ihnen gesprochen haben.«

»Da ist aber noch etwas!« In Daisys Augen lag ein kämpferisches Glitzern. »Haben Sie eigentlich Piper Anweisung gegeben, immer genau die Person herauszuholen, die sich gerade mit mir unterhält?«

Alec grinste. »Selbstverständlich. Ich hatte zwar schon befürchtet, Sie würden mir das krummnehmen, aber ich wollte dafür sorgen, dass Sie mit so vielen Menschen wie möglich aus der Gruppe sprechen.«

»Ach so, dann ist mir alles klar«, sagte sie beruhigt. »Also fangen wir mit Lewitsch an? Ja, ich bin mit Muriel in den Chorraum gegangen, und er kam sofort herübergesaust.«

»Da ist doch was zwischen den beiden, nicht wahr?«

»Die beiden sind gute Freunde«, sagte Daisy beiläufig, aber es klang nur wenig überzeugend. »Er machte sich Sorgen, dass Sie sie möglicherweise einschüchtern würden – sein Verfolgungswahn vor der russischen Polizei. Ich hatte gerade noch Zeit, ihn zu beruhigen, ehe Piper ihn in die Befragungskammer abgeführt hat. Dann ging Muriel weg, um nach Abernathy zu schauen, und Olivia Blaise kam herüber, angeblich, um eine Zigarette zu schnorren.«

»Olivia Blaise – ist das Roger Abernathys Schülerin?«

»Und Bettinas Rivalin. Ach so, ich meine damit nicht im Hinblick auf Rogers Zuneigung, obwohl sie ihm dankbar ist und ihn sehr schätzt – und das scheint bei Bettina nicht gerade so gewesen zu sein. Aber sie waren Rivalinnen, was den Mezzopart im Requiem angeht. Es war klar, dass damit die Karriere der jeweiligen Sängerin einen großen Schritt vorwärts machen würde.«

»Aha! Und Bettina hat die Rolle bekommen?«

»Durch einen unglaublich gemeinen Trick! Eric Cochran hatte sie eigentlich Olivia versprochen. Aber dann hat Bettina gedroht, seiner Frau von seiner Geliebten zu erzählen.« Daisy wurde rot, aber schließlich hatte es solche Amouren auch in den beiden Fällen gegeben, in die sie vorher verwickelt gewesen war. Sie fuhr also unerschütterlich fort: »Cochran hat Olivia immer nach der Gesangsstunde bei den Abernathys abgeholt, glaube ich. Sein Auto kam mir auch so bekannt vor, als hätte ich es schon oft gesehen. Ich bin mir ziemlich sicher, dass er völlig verrückt nach ihr ist, aber seine Karriere wiederum hängt von Mrs. Cochrans Geld ab.«

»So dass sowohl Cochran als auch Miss Blaise ein Motiv haben«, überlegte Alec. »Auch wenn es ziemlich schwach ist. Einen Mord mitten im Konzert zu verüben, hätte ihr sowieso nicht mehr geholfen, und für seine Karriere wäre es nicht gerade förderlich gewesen. Was sowohl er als auch seine Frau mir sehr deutlich zu verstehen gegeben haben. Wissen Sie noch irgendetwas über Mrs. Abernathy?«

»Olivia meinte, Bettina hätte durchaus einiges auf dem Kerbholz …«

»Ich wiederhole nur: Aha!«

»… aber sie hat sich geweigert, anderer Leute schmutzige Wäsche in der Öffentlichkeit zu waschen. Also müssen Sie einfach warten, bis ich zu dem Punkt komme. Wer ist der Nächste?«

Alec schaute auf die Liste, die er neben seinen Teller gelegt hatte. »Consuela de la Costa. Darf ich etwa auf eine Erklärung hoffen, warum sie ›Mörder!‹ gebrüllt und dabei auf Gower gezeigt hat?«

»Sie hat es sogar sehr ausführlich erklärt. Ob ich ihre Erklärung allerdings richtig wiedergeben kann, ist eine andere Frage. Sie ist jedenfalls Gowers Geliebte, und sie gibt zu, dass sie wahnsinnig eifersüchtig war, weil er außerdem auch Bettinas Liebhaber war. Wenn ich es richtig verstanden habe, nahm sie bei Bettinas Tod an, dass Gower sie umgebracht hatte, um ganz Consuela zu gehören.«

»Und deswegen hat sie ihn der Tat angeklagt.«

»Nein, nein, es war noch anders. Sie war froh, dass Bettina tot war, und sie hätte Gower niemals gehenlassen. Er hat dann erraten, dass sie dachte, er habe es getan, und hat ihr gesagt, dass Bettina schon seit geraumer Zeit nicht mehr seine Geliebte war. Er hat sich weiter mit ihr getroffen, weil sie ihn wegen irgendeines Versprechens piesackte, das er ihr einmal gemacht hatte. Also dachte Consuela, er habe Bettina umgebracht, weil sie ihm auf die Nerven ging, nicht um Consuelas willen. Und deswegen hat sie ihn des Mordes bezichtigt.«

Alec schloss die Augen. »Meinen Sie das alles ernst?«, fragte er mit erstickter Stimme.

»Ja, schon, aber ich bin mir nicht sicher, ob ich alles richtig verstanden habe. Das Ganze wurde mir mit sehr starkem Akzent erzählt, und die Erklärung wurde immer wieder von spanischen Einsprengseln unterbrochen, das dürfen Sie nicht vergessen.«

»Und mit dramatischen Gesten unterstrichen.«

»Natürlich. Jedenfalls hat Gower Consuela versichert, dass er es nicht getan hat. Sie hat ihm geglaubt und wollte mir erklären, sie habe es nicht so gemeint, als sie ›*Asesino!*‹ gekreischt hat. Und das wiederum hat sie getan, damit ich es Ihnen erzähle, was ich hiermit getan habe, und jetzt möchte ich bitte dringend zum nächsten Thema übergehen.«

»Motiv für Gower: Bettina piesackte ihn wegen irgendeines nicht eingehaltenen Versprechens. Sie haben nicht zufällig …?«

»Doch, aber immer schön der Reihe nach, sonst komme ich ganz durcheinander.«

»Motiv für die *Señorita*: Wahnsinnige Eifersucht.«

»Sie sagte, sie hätte Bettina die Augen auskratzen können. Mrs. Gower ist als Nächstes dran, nicht wahr?«

»Aber erst mal: Nehmen Sie eine Süßspeise? Oder einen Kaffee?«

Daisy hatte es geschafft, trotz des Gesprächs ihren Teller leer zu essen. Sie legte den Kopf schräg und dachte nach. »Ich glaube, ich bleibe lieber bei einem Kaffee«, sagte sie bedauernd.

»Zwei Kaffee bitte«, sagte Alec zu der Kellnerin. Zu Daisy gewandt, fügte er hinzu: »Ich schulde Ihnen ja immer noch ein Abendessen, um Sie für gestern zu entschädigen.«

»Mir würden eine Pastete und ein Glas Bier schon reichen, Chief«, knurrte da plötzlich Tom Tring, der auf leisen Sohlen erschienen war. Er zwinkerte Daisy zu. »Aber Sie soll er ins Ritz ausführen, Miss. Haben Sie den Schlüssel für mich dabei, Chief?«

»Hier ist er. Wenn Miss Fotheringay nicht da ist, haben Sie Miss Dalrymples Erlaubnis, die Dunkelkammer zu durchsuchen.«

»Davon habe ich überhaupt nichts gesagt!«, protestierte Daisy. »Na, in Ordnung, Sergeant. Sie haben meine Erlaubnis. Aber Lucy wird jetzt wieder da sein, und sie wird vor Wut kochen!«

»Überlassen Sie die Dame ruhig mal mir, Miss.«

Sie lächelte erst ihn und nach seinem Abgang dann Alec an. »Ehrlich gesagt, würde ich ja zu gerne sehen, wie die beiden aufeinandertreffen. Machen Sie sich keine Sorgen wegen des Abendessens, Alec, das kriegen wir schon irgendwann hin. Aber wir sollten wohl nicht allzu lange im Voraus planen. Sagen Sie mir lieber eine halbe Stunde vorher Bescheid, damit ich mich noch umziehen und mir die Nase pudern kann.«

»Ich versuche, Ihnen eine ganze Stunde Zeit zu lassen.« Was für ein Schätzchen sie doch war! Belinda würde sie einfach mögen müssen, ebenso seine Mutter, sosehr sie es auch missbilligte, dass er sich mit dem Adel einließ. Aus irgendeinem Grund hatte sie das Gefühl, er würde am Ende bestimmt enttäuscht werden. Mochte ja sein, aber bis dahin …

»Mrs. Gower«, sagte Daisy, während die Kellnerin zwei Tassen Kaffee brachte. »Die Ärmste weiß über das Herumstromern ihres Mannes Bescheid. Sie behauptet, sie habe sich damit abgefunden, weil er doch immer zu ihr und den Kindern zurückkehrt. Sie meinte, es sei unfair, die Kinder die Sünden des Vaters ausbaden zu lassen. Trotzdem scheint sie mir doch ein klitzekleines bisschen verbittert zu sein. Consuela hat sie jedenfalls ›dieses spanische Flittchen‹ genannt.«

»Sie hat gesehen, wie die beiden sich auf der Bühne umarmt haben? Vielleicht hatte sie bis dahin gar nicht gemerkt, dass Miss de la Costa nach Bettina die neue Herzensdame von Gower ist.«

»Mag sein, obwohl ich nicht glaube, dass sie über Bettina Bescheid wusste.« Daisys Stimme unterstrich ihre Zweifel. »Sie hat von ausländischen Diven gesprochen, die anschließend nach Hause zurückkehren und ihr Gower wieder überlassen.«

»Wenn sie Bettina vergiftet hat, dann will sie diesen Eindruck auch erwecken«, sagte Alec. »Schließlich war Bettina als Engländerin für ihre Ehre eine viel größere Bedrohung. Das ist ein mehr als angemessenes Motiv für einen Mord – sofern man überhaupt irgendein Motiv als angemessen bezeichnen kann. Hat sie sonst noch etwas Interessantes gesagt?«

Daisy zog eine Grimasse. »Das Ehepaar Gower und die Kinder haben sich alle von Lucy photographieren lassen.«

»Ach, tatsächlich! Die Mittel, das Motiv und die Gelegenheit. Alles, was man für einen Mord braucht. Und sie gibt auch noch zu, im Solistenzimmer gewesen zu sein. Jennifer Gower müssen wir wirklich noch einmal unter die Lupe nehmen.«

»Aber Gilbert Gower ebenso. Er hat seine Liebschaften mit Consuela und Bettina schließlich zugegeben. Alec, wussten Sie schon, was Mrs. Gower mir erzählt hat? Gower hat ihr selbst gesagt, wie sehr Roger Abernathy Bettina zugetan war. Die beiden Männer sollen sogar Freunde sein, und trotzdem hat Gower Abernathys Frau verführt!«

»Vielleicht war es ja auch umgekehrt.«

»Bettina hat Gower verführt?« Daisy runzelte die Stirn. »Kann natürlich sein, wo er doch eigentlich exotische Ausländerinnen bevorzugt und … aber darauf komme ich gleich noch zu sprechen. Jedenfalls hat Gower erzählt, dass zwischen ihm und Bettina schon Schluss war. Er war davon überzeugt, dass Martschenko sie umgebracht hat.«

»Martschenko!«, sagte Alec erstaunt. »Den hatte ich eigentlich abgeschrieben, obwohl er sich geweigert hat, mit mir zu sprechen. Was soll der denn für ein Motiv haben?«

»Er hat Bettina sehr verehrt, ihr kostbare Geschenke gemacht und so weiter – ich meine richtig kostbare Dinge, die er aus Russland herausgeschmuggelt hat. Aber sie hat ihm dann irgendwann einfach die kalte Schulter gezeigt und ihn in aller Öffentlichkeit gedemütigt. Gower sagt, sie habe ihn geohrfeigt und ihn ein widerliches russisches Schwein genannt. Die ganze Szene fand bei einer Probe statt, so dass es auch andere gesehen haben müssen.«

»Na, da weiß ich ja, wie meine Fragen laufen müssen. Bestimmt wird man mir das auch bestätigen. Damit hat Martschenko also ein Motiv und auch die Gelegenheit zur Tat. Wie steht es mit den Mitteln dazu?«

»Ich glaube nicht, dass Lucy ihn photographiert hat. Einen derart ungewöhnlichen Kunden hätte sie bestimmt erwähnt.«

»Wenn er sich das Zyankali in einer Apotheke besorgt hat, sei es vorgeblich für photographische Zwecke oder zur Schädlingsbekämpfung, dürften wir keine Schwierigkeiten haben, ihn zu finden.«

»Nein, der wäre den Leuten bestimmt aufgefallen. Mit dem hatte ich ja auch als Nächstes gesprochen, nicht wahr? Er hat mich beschuldigt, ein Polizeispitzel zu sein. Der hat es wirklich mit seinen Spitzeln und mit den Bolschewiken, den Juden und den Russen.«

»Russen?«

»Das habe ich Ihnen doch schon gesagt, er ist Ukrainer. Von der slawischen Geschichte weiß ich nicht viel, aber ich würde mal vermuten, dass die Russen die Ukrainer seit Jahrhunderten unterdrücken. Nachdem Jakow Lewitsch ein russischer Jude ist, ist Martschenko überzeugt, dass er außerdem ein bolschewistischer Spion sein muss. Er muss Bettina ermordet haben, weil Morden das ist, was Juden, Russen, Bolschewiken und Spione gerne machen. Quod erat demonstrandum.«

»Liebe Zeit! Der hat doch nicht etwa Lewitsch beschuldigt, eine Affäre mit Bettina zu haben?«

»Nein, mit keinem Wort. Wieso hat er das eigentlich ausgelassen?«

»Dann können wir ja mit einiger Sicherheit annehmen, dass Lewitsch keine Affäre mit Bettina hatte. Es sei denn, jemand anders hat …?«

»Nein, diese Möglichkeit hat niemand auch nur erwähnt.« Alec wusste, dass Daisy ihn nie anlügen würde. Aber doch war er sicher, dass sie ihm irgendetwas vorenthielt, was

Martschenko ihr erzählt haben musste. Schützte sie Muriel Westlea?

»Mrs. Cochran glaubt hingegen überhaupt nicht, dass es Mord war«, fuhr Daisy eilig fort. Damit war Alec nun vollends überzeugt, dass sie irgendetwas vor ihm verbarg. »Ein Mord bei Cochrans Konzert hätte verheerende Folgen für seine Karriere. Das könnte sogar verhindern, dass er eines Tages zum Ritter geschlagen wird. Deswegen hat Bettina in ihren Augen einfach einen Unfall erlitten.«

»Genau das hat sie zu mir auch gesagt.«

»Ich habe sie gefragt, welche Folgen dieser Todesfall auf die Karrieren der Solisten haben würde. Sie meinte, die Ausländer könnten ja jederzeit nach Hause gehen, und Gower sei sowieso nicht mehr so erfolgreich, weil er wegen seines lockeren Lebenswandels allmählich die Stimme verliere. Das entspricht auch dem, was Cochran mir über ...«

»Einen Moment. Ich sehe zwar noch nicht ganz, was das mit dem Fall zu tun hat, aber weiß sie über Cochran und Miss Blaise Bescheid?«

»Falls ja, wird sie es nicht zugeben. Sie hat sich fürchterlich herablassend darüber geäußert, was die arme Jennifer Gower sich von ihrem Mann alles bieten lässt.«

»Jedenfalls ist das kein Motiv dafür, sich Bettinas zu entledigen.«

Daisy setzte sich plötzlich kerzengerade hin, und ihre Augen leuchteten vor Aufregung. »Aber Alec, überlegen Sie doch mal bitte! Was wäre, wenn sie dachte, dass Bettina und nicht Olivia Cochrans Geliebte war! Ich habe Ihnen doch gesagt, dass die beiden sich immer bei den Abernathys getroffen haben, wissen Sie noch? Todsicher hat sie herausgefunden, dass er immer dorthin ging, und dann den falschen Schluss daraus gezogen.«

»Entnehme ich dem, dass Sie Mrs. Cochran nicht besonders mögen?«, fragte Alec trocken.

»Das ist richtig«, gab sie verlegen zu. »Sie ist hochnäsig und egozentrisch. Sie macht sich nur deswegen um Cochrans Karriere Gedanken, weil sie ganz wild darauf ist, dass er zum Ritter geschlagen wird. Dann ist sie nämlich Lady Cochran.«

»Womit noch weniger wahrscheinlich ist, dass sie ihm das Konzert verdirbt.« Als er ihr enttäuschtes Gesicht sah, tätschelte er ihr die Hand. »Aber Sie können immer noch recht haben, dass sie sich über den Gegenstand der Zuneigung ihres Mannes getäuscht hat. Eifersucht kann immer noch stärker sein als der Wunsch nach Ehrungen. Wir müssen dem nachgehen. Und was hat Cochran nun über Gowers nachlassenden Erfolg gesagt?«

»Er meinte, Gower habe Bettina versprochen, ihr eine Rolle in Covent Garden zu vermitteln. Nur habe er das unmöglich wahrmachen können, denn er hat eigentlich gar keinen Einfluss bei der Geschäftsführung. Hätte die von diesem Versprechen gehört, hätte das sofort das Ende seiner Karriere bedeutet, weil er ohnehin schon auf dem absteigenden Ast ist. Cochran dachte, Gower habe es bislang geschafft, Bettina keine feste Zusage zu geben. Es sei aber nur eine Frage der Zeit gewesen, bis sie selbst zum Covent Garden gegangen wäre, um herauszufinden, ob sich da etwas tat.«

»Also schiebt Cochran Gower die Schuld zu. Daisy, warum in aller Welt erzählen Ihnen die Leute eigentlich immer solche Dinge?«

»In diesem Fall wollen sie wohl, dass die Polizei es erfährt. Nur können sie sich nicht dazu überwinden, ihre Kollegen direkt bei Ihnen anzuschwärzen. Ich habe wirklich keine Suggestivfragen gestellt, ehrlich. Ich habe nur dagesessen und interessiert ausgesehen, und sie haben einfach alles vor mir ausgebreitet. Eric Cochran hat sich zum Beispiel an das Thema von Gowers sinkendem Stern herangetastet, indem er sein Mitleid für Roger Abernathy ausgedrückt hat, dessen Karriere in seinen Augen vorüber ist. Er hat davon geredet, für ihn ein Benefizkonzert zu dirigieren – das klingt zwar mildtätig, aber ich bin davon überzeugt, dass er nur ein Auge auf die gute Presse hat, die ihm das bringen wird.«

»Hoppla!« Alec grinste. »Der wird Sie noch wegen übler Nachrede belangen. Warum sollte denn Abernathys Karriere beendet sein? Wegen seiner Herzkrankheit? Oder weil die Leute nichts mit einem Mann zu tun haben wollen, dessen Frau ermordet worden ist?«

»Nein, weil seine Augen so schlecht sind, dass er keine Noten mehr lesen kann, so scheint es. Und der Schock über Bettinas Verlust wird dazu führen, dass er nicht mehr kämpfen will. Alec, er hat mir selbst gesagt, dass er sterben wollte, als er Bettina tot daliegen sah. Es war einfach schrecklich.«

»Der arme Kerl.«

»Vermutlich steht er trotzdem noch auf Ihrer Liste?«

»Sie wissen doch, dass es Teil meiner Arbeit ist, jeden zu verdächtigen. Hat eigentlich niemand versucht, Muriel Westlea anzuschwärzen?«

Daisy zögerte und drehte ihre leere Kaffeetasse in den Händen. »Also, Mrs. Cochran hat gesagt, wenn es Mord gewesen sein sollte – was es in ihren Augen natürlich nicht war –, müsste Muriel die Täterin sein, weil Bettina sie als Alleinerbin eingesetzt hat.«

Alec betrachtete Daisys Gesicht. Sie begegnete seinem Blick nicht. Schämte sie sich ihres Versuchs, ihm das vorzuenthalten, oder verschwieg sie noch etwas? Natürlich wusste sie, dass er von Bettinas Rechtsanwalt alles über das

Testament erfahren würde – und das hatte er ja auch schon längst. Nein, dieser Letzte Wille war eher ein Beruhigungshäppchen. Eindeutig wollte sie ihn davon abhalten, ihr weitere Fragen über Muriel zu stellen.

Tatsachen würde Daisy ihm nie verschweigen. Gerüchte oder auch ihre eigenen Schlussfolgerungen konnte sie hingegen bestens für sich behalten. Insbesondere, wenn sie befürchtete, dass sie Freunden schaden könnten, an deren Unschuld sie glaubte.

»Und damit bleibt nur noch Mr. Finch«, sagte sie fröhlich, »der kein einziges Wort mit mir gewechselt hat. Ich glaube, der denkt an wenig anderes als an Musik.«

»An nichts anderes«, sagte Alec. Seine Fragen waren in eine hochgelehrte Vorlesung darüber gemündet, was für ein großer Unterschied es war, ob man die Orgel als Soloinstrument oder als Begleitinstrument spielte. »Damit hätten wir alle abgehakt, die im Chorraum waren«, stimmte er zu. »Aber Sie haben doch gestern Abend oder heute Morgen bestimmt noch mit Abernathy oder Miss Westlea und Lewitsch gesprochen?« Ehe Daisy antworten konnte, brachte die Kellnerin die Rechnung. Alec zahlte und half Daisy in den Mantel, und dann gingen die beiden. Im Gehen holte er seine Pfeife aus der Tasche, stopfte sie und zündete sie an.

Die Geschäfte in der King's Road hatten nach der Mittagspause wieder geöffnet; so waren die Bürgersteige voll von Hausfrauen mit Körben oder Einkaufstaschen über dem Arm. Kinder zuckelten hinter ihnen her oder liefen ihnen voraus. Pfeifende Botenjungen auf Fahrrädern sausten vorbei und wichen wagemutig Pferdekarren und Lastautos aus. Daisy wartete, bis sie in eine ruhigere Seitenstraße eingebogen waren, ehe sie Alecs Frage etwas lückenhaft beantwortete.

»Weder Muriel noch Mr. Abernathy oder Mr. Lewitsch gehören zu den Leuten, die Tratsch weitererzählen oder irgendwelche wilden Vorwürfe erheben würden.«

»Mag ja sein, aber die können unmöglich die ganze Zeit schweigend dagesessen haben. Ich glaube nicht, dass sie nur Nichtigkeiten ausgetauscht haben, nachdem gerade die Dame des Hauses ermordet worden ist.«

»Na, meinetwegen, nein.« Daisy seufzte. »Ich sollte Sie wohl lieber warnen. Muriel sagt, ihre Eltern hätten nichts von Bettinas Liebhabern gewusst. Könnten Sie also versuchen, ihnen diese Illusion nicht zu rauben?«

»Ich will es gerne versuchen, aber versprechen kann ich nichts. Miss Westlea wusste ja offensichtlich Bescheid. Was ist mit Abernathy?«

»Der auch. Das hat er gesagt, und Muriel hat es bestätigt. Ich glaube nicht, dass Bettina irgendwelche Anstrengungen unternommen hat, ihm ihre Untreue zu verheimlichen. Er hatte sich wie Mrs. Gower mit den Dingen abgefunden. Obwohl, es schien mir nicht so, als liege in seiner Resigniertheit irgendeine Bitterkeit. Er hat das mehr oder minder erwartet, als er sie geheiratet hat. Immerhin war er um einiges älter als sie. Langweilig und unattraktiv und noch nicht einmal reich, so hat er sich selbst dargestellt – es war so unglaublich traurig, Alec –, und sie war jung und wunderschön und hatte großes Talent.«

»Warum in aller Welt hat sie ihn denn geheiratet?«

»Um ihrem Zuhause zu entkommen und ihre Stimme ausbilden zu können. Ihre Eltern wollten sie nicht fortlassen, ohne dass sie verheiratet war. Abernathy hat angeboten, sie zu heiraten und ihr Gesangsunterricht zu erteilen, und sie hat angenommen. Sie hat schon damals kein Geheimnis daraus gemacht. Er wusste, was sie war, und hat sie trotzdem geliebt.«

»Das entspricht ziemlich genau dem, was die Zofe Tom erzählt hat«, sagte Alec. »Oberflächlich betrachtet, hat er kein Motiv, sie umzubringen, jedenfalls hat er jetzt kein stärkeres als in den vorangegangenen zehn Jahren. Dasselbe gilt für ihre Schwester – Mrs. Cochran hatte übrigens recht. Ich habe heute Morgen den Rechtsanwalt aufgesucht: Bettina hat Muriel alles hinterlassen, und sie hat das Testament seit Jahren nicht mehr geändert. Merkwürdig eigentlich, dass sie in ihrem Alter überhaupt eines gemacht hat. Es gab doch keine großen Reichtümer, über die sie verfügen musste.«

»Es ist nicht viel?«

»Nicht genug, um davon zu leben. Ein nettes kleines Pölsterchen, mehr nicht. Wahrscheinlich hatte Bettina das Gefühl, dass Muriel es eher brauchte als ihr Ehemann.«

»Mrs. Cochran hat erwähnt, sie habe es benutzt, um Muriel unter dem Pantoffel zu behalten«, gab Daisy widerwillig zu.

»Offenbar mit Erfolg. Die Zofe meinte, Bettina habe ihre Schwester als unbezahlte Haushälterin ausgebeutet.«

»Muriel hat das nicht wegen dieses Testaments über sich ergehen lassen! Sie hatte ihren Eltern versprochen, sich um Bettina zu kümmern, und sie gehört zu den Menschen, die ihre Versprechen auch halten und die Vater und Mutter ehren, wobei ich überhaupt nicht sicher bin, ob die beiden das auch verdienen«, fügte sie in strengem Tonfall hinzu.

Alec grinste. »Sei dem, wie es sei. Was ich noch sagen wollte: Nachdem sie das über Jahre mit sich hat machen lassen, warum sollte sie sich dann ausgerechnet jetzt dagegen wehren? In Beantwortung dieser rhetorischen Frage nur zwei Worte: Jakow Lewitsch. Kommen Sie schon, Daisy, was haben Sie mir über die beiden noch nicht erzählt? Ich habe sie gestern Abend in der Royal Albert Hall mit eigenen Augen gesehen. Und heute Morgen ist er auch schon wieder da.«

»Er ist ein Freund von Muriel und von Abernathy, und er kam nur vorbei, um seine Hilfe anzubieten«, insistierte sie. Doch unter seinem skeptischen Blick gab sie zu: »Na ja, wenn Sie es denn unbedingt wissen müssen: Mir scheint, dass sich da eine Liebesgeschichte anbahnt, die aber noch ganz in den Anfängen steckt. Vorgestern Abend ist nichts wirklich Ernsthaftes zwischen den beiden passiert. Jedenfalls kann Lewitsch nicht damit rechnen, von Muriels Erbe zu profitieren.«

»Das mag sein«, sagte Alec grimmig, »aber ich frage mich doch eines: Woher kommt dieses plötzliche Aufblühen der Romanze nach Bettinas Tod? Liegt das einfach daran, dass Lewitsch jetzt doch hofft, einen Nutzen daraus zu ziehen? Oder hoffte Muriel, das Erbe könnte dabei helfen, die Freundschaft in etwas Herzlicheres zu verwandeln? Oder war Bettina so sehr dahinter her, ihre unbezahlte Haushälterin zu behalten, dass sie die Liebesgeschichte ihrer Schwester unterbunden hat? Es gibt jede Menge möglicher Motive. Und als Mittel: Lucys nicht abgeschlossene Dunkelkammer nebenan; die Gelegenheit: Ihre Miss Westlea hat schließlich das tödliche Glas eingeschenkt.«

»Auf der Karaffe befinden sich keine anderen Fingerabdrücke?«

»Wir haben noch keine Fingerabdrücke genommen. Das müssen wir heute erledigen. Aber es gibt nur die Fingerabdrücke einer Person, vermutlich ihre eigenen. Oben liegt ein ganz eindeutiger Abdruck und mehrere verwischte darunter. Das bedeutet, dass niemand die Karaffe abgewischt hat, ehe sie sie zum letzten Mal benutzt hat.«

»Der Mörder hat wahrscheinlich Handschuhe benutzt

oder ein Taschentuch. Heutzutage weiß doch jeder über Fingerabdrücke Bescheid.«

»Sie wären erstaunt, wie viele Menschen nicht Bescheid wissen oder es im Eifer des Gefechts vergessen. Aber wenn Verbrecher keine Fehler machen würden, würden wir sie ja nie fangen. An Handschuhe oder ein Taschentuch haben wir natürlich auch schon gedacht. Allerdings hätte beides Aufmerksamkeit erregt, wenn jemand vorbeigekommen wäre.«

»Mit einem Taschentuch könnte man immer noch so tun, als würde man etwas aufwischen, was man verschüttet hat.«

»Stimmt, sehr trickreich. Ich hoffe, Sie werden sich nie als Kriminelle betätigen. Tom und ich waren nur auf die Idee gekommen, dass man so tun könnte, als ob man sich die Nase putzt.«

Sie schnitt ihm eine kleine Grimasse und wurde dann wieder ernst. »Wer hat denn das Glas vom Solistenraum auf die Bühne gebracht?«

»Auch eine sehr gute Frage. Ein älterer Platzanweiser mit reinster weißer Weste, der noch nie in seinem Leben ein Wort mit Bettina gewechselt hat. Tom hat ihn heute Morgen gesehen. Nein, es tut mir leid. Daisy, die Fingerabdrücke sind kein endgültiger Beweis. So etwas haben wir seit Dr. John Thorndyke und The Red Thumb Mark nicht mehr als Beweis anführen können – aber Muriel Westlea gehört an die Spitze meiner Liste oder jedenfalls unter die ersten Kandidaten.«

Kapitel 10

Während Daisy mit Alec in die Gasse einbog, hatte sie das deutliche Gefühl, man habe sie über den Tisch gezogen. Irgendwie hatte Alec ihr die Liebesgeschichte zwischen Muriel und Lewitsch entlockt, die sie doch überhaupt nicht hatte preisgeben wollen. Schlimmer noch, er hatte erraten, dass Bettina versucht hatte, die Romanze zwischen den beiden zu unterbinden. Martschenko würde das sicherlich bestätigen, jetzt, da er wohl oder übel seine Englischkenntnisse »wiederentdecken« müsste. Daisy war sich jedoch sicher, dass Muriel ihre Schwester nicht umgebracht hatte. Dazu war sie einfach nicht fähig, auch wenn sie irgendwann aufgehört hatte, Bettina zu lieben – dieses Geständnis immerhin hatte Daisy geheimhalten können.

An der Tür zu Abernathys Musikraum hielten sie inne.

»Hier ist der Schlüssel«, sagte Alec. »Gehen Sie schon mal vor, ich will nur mal nachsehen, ob Tom noch nebenan ist.«

Daisy nahm den Schlüssel, doch folgte sie ihm und blieb neben ihm stehen, als er die Tabakreste aus seiner Pfeife klopfte. Die Tür zum Studio stand offen, und Lucys hohe, klare Stimme war deutlich zu hören. Sie klang wütend.

»Es ist schon schlimm genug, dass Sie mich aus meinem eigenen Arbeitsraum aussperren und mit Ihrem scheußlichen Puder eine solche Sauerei verursachen. Es wird mich ohnehin schon Stunden kosten, hier sauberzumachen, aber das geht jetzt wirklich zu weit!«

»Es wird doch nur einen Augenblick dauern, Miss«, grummelte Sergeant Tring.

Alec trat ein. »Miss Fotheringay, ich bin Alec Fletcher. Kann ich Ihnen behilflich sein?«

Daisy war ihm auf dem Fuße gefolgt und sah, wie Lucy ihn von oben bis unten musterte. Kühl sagte sie: »Würden Sie freundlicherweise Ihren Untergebenen zurückpfeifen, Chief Inspector! Ich werde nicht ... Daisy, hast du wirklich diesem Mann die Erlaubnis gegeben, meine Dunkelkammer zu verwüsten?«

»Ja, Liebes. Aber rege dich bitte nicht so auf. Schließlich sucht er gerade einen Mörder. Außerdem soll Sergeant Tring nichts verwüsten, sondern nur nach Fingerabdrücken suchen.«

»Fingerabdrücke!«, rief Lucy angewidert aus.

»Wie sieht es eigentlich damit aus, Sergeant?«, fragte Alec.

»Ich habe alles eingestaubt, Sir. Aber ich muss sagen, es ist merkwürdig, da sind nicht sehr viele Patscherchen, wenn man bedenkt, dass das ein Arbeitsraum ist.«

»Ich benutze Gummihandschuhe, wenn ich mit chemischen Lösungen zu tun habe.« Ärgerlich und doch selbstzufrieden streckte Lucy ihre perfekt manikürten Hände mit den lackierten Nägeln aus, auf denen kein Fleck zu sehen war. »Ich habe jedenfalls nicht vor, mir mit Ihrer Tinte die Hände zu versauen.«

»Die geht doch ganz leicht wieder ab, Miss. Verstehen Sie, Sir, es sind eindeutig zwei verschiedene Gruppen von Fingerabdrücken zu sehen, mindestens, und ich muss doch wissen, welche von Miss Fotheringay stammen.«

»Die anderen sind wahrscheinlich größtenteils von mir«, sagte Daisy. »Sagen Sie bloß, Sie wollen meine Fingerabdrücke auch abnehmen, Sergeant Tring? Wie spannend!«

»Es wäre mir eine Ehre und ein Vergnügen«, sagte der Sergeant ernst, doch seine kleinen braunen Augen zwinkerten.

Während er ihre Finger einen nach dem anderen auf dem Stempelkissen schwärzte und dann auf einer weißen Karte mit glänzender Oberfläche Abdrücke machte, zog Alec Lucy beiseite. Daisy spitzte sofort die Ohren, doch Tom Tring redete bei der Arbeit, so dass sie der Unterhaltung nicht folgen konnte. Nicht, dass sie nicht genau gewusst hätte, was gesagt wurde. Lucy sah erst hochnäsig, dann wütend aus, dann schmollte sie, und schließlich war sie nur noch entsetzt.

»So, Miss, das wär's«, sagte Tring schließlich. »Mit Wasser und Seife dürften Sie das sofort wieder abkriegen.«

»Ich werde mir gleich in der Dunkelkammer die Hände waschen.«

Als Daisy durch das Zimmer ging, hörte sie Alec sagen: »Nicht, dass Sie denken, das Zyankali, mit dem Mrs. Abernathy vergiftet wurde, würde unbedingt aus Ihrem Atelier stammen. Das ist nur eine Möglichkeit. Allerdings eine sehr ernstzunehmende Möglichkeit«, fügte er hinzu, als sich auf Lucys entsetzter Miene Erleichterung abzeichnete.

»Ich werde das grässliche Zeug abschaffen«, zischte Lucy. »Meistens benutze ich ohnehin ganz normales Fixiersalz.«

»In Ihrem Beruf werden noch andere gefährliche Stoffe verwandt, Miss Fotheringay. Silbernitrat zum Beispiel kann tödlich sein.«

»Ach, meinetwegen«, sagte sie mit einem übertriebenenn Seufzer. »Dann passe ich mit dem Abschließen in Zukunft etwas besser auf.«

»Vielen Dank, das beruhigt mich«, sagte Alec. »Ich hoffe, Sie sind jetzt bereit ...«

Da das Wasser lief, konnte Daisy den Rest seines Satzes

nicht mehr hören, aber die wütende Antwort klang entschieden ablehnend.

Sie steckte ihren Kopf durch die Tür. »Sei kein Idiot, Lucy«, sagte sie. »Die Tinte lässt sich abwaschen, und wenn du Alec deinen Terminkalender nicht zeigst, dann stibitze ich ihn dir einfach und mache selber eine Liste deiner Kunden.«

Starr vor Ärger stolzierte Lucy hinüber zu ihrem Schreibtisch und hielt Tom Tring ihre Hand hin. Als Alec seinen Sergeant für eine kurze Unterredung beiseitenahm und Lucy dabei warten ließ, sah sie noch wütender drein. Daisy und Alec gingen.

»Nach diesem Erlebnis hat mich Ihre Freundin wohl nicht gerade ins Herz geschlossen«, sagte Alec bedauernd, als sie ins Nachbarhaus zurückkehrten.

»Die erste Begegnung ist nicht ganz so verlaufen, wie ich sie mir gewünscht hätte, aber lassen wir das. Lucy wird sich schon wieder beruhigen.« Daisy schloß die Tür zum Musikraum auf. »Es ist ja schon ein bisschen ungewöhnlich, bei fremden Leuten durch die Hintertür ins Haus hineinzuschleichen.«

»Das war Abernathys Idee. Er scheint sich ja wieder erholt zu haben. Meinen Sie, es geht ihm gut genug, um ein paar Fragen zu beantworten, ohne dass ein Arzt dabei ist?«

»Achten Sie auf seine Lippen. Ich habe gemerkt, dass sie blau werden, wenn es ihm zu anstrengend wird. Genau wie Bettinas«, fiel Daisy ein, doch sie versuchte rasch, das schreckliche Bild aus ihrem Kopf zu verbannen. »Hat der dritte Arzt deswegen gedacht, sie habe vielleicht einen Anfall erlitten?«

»Wahrscheinlich. Daran hatte ich gar nicht mehr gedacht.« Alec runzelte die Stirn – bei seinen dunklen, dichten Augenbrauen sah das sehr eindrucksvoll aus – und zuckte dann die Achseln. »Heute Morgen wurde die gerichtsmedizinische Untersuchung durchgeführt. Der Gerichtsmediziner hat am Telefon bestätigt, dass es sich um eine Blausäurevergiftung handelte.«

»Dr. Renfrew?« Daisy erinnerte sich an den ungeduldigen, leicht erregbaren Mann, der bei dem Fall auf Wentwater Court den armen Detective Constable Piper am Telefon angebrüllt hatte.

»Nein, der ist in Urlaub. Sein Stellvertreter hat die Autopsie durchgeführt. Es schien mir unnötig, Sir Bernard Spilsbury wegen eines so einfachen Falles zu konsultieren. Der macht die Dinge immer unnötig kompliziert.«

»Sir Bernard ist der Chefpathologe vom Innenministerium, nicht wahr? Von dem habe ich schon mal gelesen. So, da wären wir.« Sie öffnete die Tür am oberen Ende der Treppe. »Alec, wenn Sie mit Bettinas Eltern sprechen, vergessen Sie bitte nicht, dass sie über ihren unmöglichen Lebenswandel nicht Bescheid wissen. Muriel hat sich große Mühe gegeben, ihnen nicht die Illusionen zu rauben.«

»Ich werde daran denken. Und wie machen wir uns jetzt bemerkbar?«

»Ich wohne ja hier, also werde ich einfach in das Wohnzimmer marschieren und sagen, dass wir wieder da sind.« Daisy hatte schon die Hand auf der Messingtürklinke, da hielt sie noch einmal inne. Gedämpft erscholl aus dem Zimmer eine strenge, anklagende Stimme, eindeutig eine Strafpredigt. »Ach, die arme Muriel!«, flüsterte Daisy. »Ich bin so froh, dass Sie dabei sind. Mit wildgewordenen Pastoren bin ich noch nie gut zurechtgekommen.«

»Ich werde Sie schon beschützen«, flüsterte Alec mit einem Lächeln zurück und drückte ihr die Hand. »Nur Mut!«

Daisy hatte sich einen großgewachsenen, hageren, herben Pastor vorgestellt und war sehr erstaunt, als ein kleiner, dicklicher Mann vor ihr stand. Über dem Klerikerkragen schwebte Reverend Westleas Mondgesicht. Immerhin stand er in einer unverkennbar napoleonischen Pose vor dem Kamin, die rechte Hand in der Jacke zwischen den Brustknöpfen verborgen, die Brust herausgestreckt.

Muriel saß mit hängenden Schultern vor ihm wie ein ungezogenes Kind. Sie sprang auf und rannte beinahe zu Daisy, um sie zu begrüßen. »Gott sei Dank, dass Sie wieder da sind«, murmelte sie. »Ich hatte vergessen, wie grässlich … Mutter, Vater, darf ich euch die Honourable Miss Daisy Dalrymple und Detective Chief Inspector Fletcher von Scotland Yard vorstellen?«

Daisy war nicht klar gewesen, dass Muriel von ihrem Adelstitel wusste. Sie selbst hatte es jedenfalls nie erwähnt. Aber er schien jetzt genau das Richtige zu sein, denn der Reverend Westlea kam händereibend und nickend auf sie zu.

»Guten Tag, Miss Dalrymple. Ich freue mich außerordentlich, dass meine Tochter wenigstens eine Freundin gefunden hat, die aus unseren Kreisen stammt.« Alec nickte er kühl zu.

Mrs. Westlea kam hinter ihm herangewackelt. Daisy wunderte es nicht, dass sie die Frau des Pastors fast übersehen hätte. Sie war schlicht eine ältere Ausgabe von Muriel, um zwanzig bis dreißig Jahre vertrockneter, und stand eindeutig unter dem Pantoffel ihres Mannes.

Nachdem die Höflichkeitsfloskeln ausgetauscht waren, die einem Trauerfall angemessen waren, wandte sich Mr. Westlea an Alec.

»Ich hoffe, Sie können mir eine Frage beantworten, Inspector, da meine Tochter keine Ahnung hat. Wann können wir die Beerdigung abhalten?«

Daisy öffnete den Mund, um Alecs Titel zu verbessern, aber er schüttelte nur den Kopf in ihre Richtung.

»Die gerichtliche Untersuchung findet morgen früh statt, Sir«, sagte er. »Ich nehme an, dass die … sterblichen Überreste der Verblichenen dann für die Beerdigung freigegeben werden. Natürlich kann ich nicht für den Coroner sprechen.«

»Dann werde ich die Trauerfeier für Mittwoch früh ansetzen.« Er wandte sich an Daisy. »Miss Dalrymple, dann kann ich ja von Ihnen vielleicht den Namen des hiesigen Pastors erfahren. Ich bin entsetzt. Muriel hat nicht nur die Gesundheit von Elizabeth außer Acht gelassen, sondern auch ihr seelisches Wohlergehen vernachlässigt, denn sie weiß nicht einmal …«

»Chief Inspector!« Muriel unterbrach ihren Vater mit einem Anflug von Verzweiflung – zu Daisys namenloser Erleichterung, denn sie wusste nicht einmal, wie die Kirche ihrer Gemeinde hieß, ganz zu schweigen vom Pastor. »Ich weiß, dass Sie mich befragen möchten und Roger auch. Er hat sich oben hingelegt, um sich auszuruhen, aber ich stehe Ihnen gerne zur Verfügung. Reicht Ihnen das Esszimmer?«

»Wunderbar.« Wenn es Alec aus dem Konzept brachte, dass seine Haupttatverdächtige sich ihm praktisch an den Hals warf, so konnte Daisy dafür in seiner Miene jedenfalls kein Anzeichen entdecken. »Ist Detective Constable Piper schon angekommen?«

»Ja, ein paar Minuten vor Ihnen. Er ist in die Kiche hinuntergegangen. Ich werde klingeln, damit Beryl ihn hinaufschickt.« Sie drückte auf den Knopf. »Daisy, würden Sie wohl mit mir kommen?«

»Wenn du Unterstützung brauchst, Muriel«, sagte ihr Vater, »dann bin ich durchaus bereit, dich zu begleiten.« Muriel sah entsetzt aus.

»Ich würde es vorziehen, wenn Miss Dalrymple dabei wäre, Sir«, sprang Alec ein. Blicke innigster Dankbarkeit richteten sich auf ihn, sowohl von Daisy als auch von Muriel. »Sie kennt viele der anderen Personen, die in den Fall verwickelt sind.«

»Das würde ich wohl kaum für eine Empfehlung halten«, sagte der Pastor steif und verärgert.

Ehe er auf seinem Recht bestehen konnte, seiner Tochter Beistand zu leisten, eilte Muriel in den Korridor hinaus. In ihrer Eile, die Tür wieder zu schließen, schlug sie sie Alec, der hinter Daisy herauskam, fast gegen den Absatz. Sie ließen sich alle am Tisch im Esszimmer nieder. Piper saß unauffällig in einer Ecke und machte sich Notizen.

»Als erste Frage, Miss Westlea«, begann Alec, »würden Sie bestätigen, dass Mrs. Abernathy während der Pause von der Karaffe getrunken hat?«

»O ja. Kaum war ich in der Damengarderobe bei ihr, da wollte sie ein Glas Ratafia.«

»Und das hat sie getrunken?«

»Nicht in einem Schluck, wie später, als sie dann … eben später. Sie hat eher daran genippt. Aber am Ende der Pause hatte sie das Glas ausgetrunken.«

»Danke sehr, das war schon eine große Hilfe.«

Kein Wunder, dass Alec erfreut aussah, dachte Daisy. Durch Muriels Aussage erübrigte es sich, jeden der verspäteten Konzertbesucher ausfindig zu machen. Ihr selbst war anscheinend nicht klar, dass sie die Gruppe der Tatverdächtigen auf diejenigen begrenzt hatte, die während der Pause im Aufenthaltsraum der Solisten gewesen waren.

»Ehe ich wieder in den Chorraum zurückgegangen bin«,

fuhr sie fort, »habe ich das Glas noch einmal gefüllt und es einem der Platzanweiser gegeben, damit er es auf der Bühne neben ihren Stuhl stellt. Vater meint, ich hätte wissen müssen, dass irgendetwas damit nicht in Ordnung war. Aber woher hätte ich das denn wissen sollen?« Sie blickte Alec verzweifelt an.

»Das konnten Sie auch nicht wissen, Miss Westlea. Es sei denn, Sie haben das Zyankali selbst hineingetan.«

»Ich habe ihm auch gesagt, dass ich es unmöglich wissen konnte.« Muriel schien sich wegen der Vorwürfe ihres Vaters erheblich mehr Sorgen zu machen als wegen Alecs Verdacht. »Es sah genauso aus und roch genauso wie immer. Man konnte überhaupt nicht erkennen, dass sich jemand daran zu schaffen gemacht hatte.«

»Und doch hat es jemand getan. Warum haben Sie behauptet, dass Mrs. Abernathy keine Feinde hatte?«

»›Feinde‹ klingt so böswillig. Die Leute haben sich vielleicht über Betsy aufgeregt, aber sie hatte keine richtigen Feinde. Sie war ja kein böser Mensch.«

»Würden Sie sagen, dass sich Eric Cochran aufgeregt hat, als sie drohte, seiner Frau von seiner Affäre mit Miss Blaise zu erzählen?«

»Sie hat ihm nicht richtig gedroht. Sie meinte nur, es wäre nicht rechtens, dass seine Frau nicht Bescheid wüsste. Aber sie wusste sowieso nicht, woher sie die Zeit nehmen sollte, ihr davon zu erzählen, weil sie doch dauernd für Verdis Requiem proben musste.«

Alecs Mundwinkel verzogen sich. »Ich verstehe. Und weder Cochran noch Miss Blaise haben zurückgeschlagen, zum Beispiel mit dem Argument, dass Mrs. Abernathys Liebschaft mit Gilbert Gower dann auch deren Ehepartnern mitgeteilt werden könnte?«

»Die wussten das doch längst. Betsy hat nie versucht, ihre Affären vor dem armen Roger geheimzuhalten. Nur die Eltern durften davon nichts wissen.« Muriel warf einen nervösen Blick zur Esszimmertür. »Und Mr. Gower war ja dafür bekannt, dass er immer den ausländischen Sopranistinnen nachstellte.«

»Mrs. Gower wusste von ausländischen Sopranistinnen«, stimmte ihr Alec zu. »Aber wusste sie auch über Mrs. Abernathy Bescheid?«

»Ja, sie hat Betsy sogar einmal gebeten, Gilbert in Frieden zu lassen. Betsy sagte, sie habe sich fürchterlich darüber aufgeregt, dass er sich diesmal eine Geliebte aus England genommen hatte, die nicht nach ein paar Monaten verschwinden würde.«

Genau wie Alec vermutet hatte. Er warf Daisy einen zufriedenen Blick zu, als er fragte: »Hat Mrs. Abernathy dieser Bitte von Mrs. Gower entsprochen?«

»Nein. Sie hat sich rundheraus geweigert, von ihren Treffen mit ihm abzulassen. Ich fürchte, sie fand es sogar sehr komisch, weil die Liebesgeschichte nämlich schon längst vorbei war. Ich habe versucht, sie zu überreden, Mrs. Gowers Sorgen ein Ende zu bereiten, aber … nun ja, Betsy konnte sehr starrsinnig sein, und ich wollte Mrs. Gower auf dieses Thema nur sehr ungern selbst ansprechen.«

»Wissen Sie, warum Mrs. Abernathy sich weiterhin mit Gower getroffen hat, obwohl sie gar kein Liebespaar mehr waren?«

Widerwillig bestätigte Muriel die Geschichte vom Covent Garden. Alec fragte sie nach Consuela de la Costas Drohungen gegenüber Bettina und dann nach Martschenkos Wut. Sie gestand beides zu, wobei sie zusehends unglücklicher aussah.

»Und Ihre Eltern betrachten Ihre Schwester immer noch als Engel?«, fragte er schließlich skeptisch.

»Die sind nie in die Stadt gekommen und kennen hier niemanden. Sie hätten nur herausfinden können, wie sie wirklich war, wenn ich ihnen etwas erzählt hätte. Warum hätte ich denn ihre Illusionen zerstören sollen?« In ihrer Stimme lag eine Art Wehmut. »Da hätte ich noch lange nicht mehr Liebe abbekommen. Wahrscheinlich hätten sie mir sowieso nicht geglaubt, aber falls doch, wären sie am Boden zerstört gewesen.«

Daisy glaubte nicht, dass irgendetwas die tyrannische Selbstgerechtigkeit des Reverend Westlea zerstören könnte. Der Tod seiner Lieblingstochter berührte ihn anscheinend gar nicht. Und was Mrs. Westlea anging, so war sie durch das Leben mit ihm schon völlig zerstört. Muriel war auf dem besten Wege gewesen, sich dieselbe mitleiderregende Unterwürfigkeit anzueignen. Jetzt, da Bettina gestorben war, würde Jakow Lewitsch sie vielleicht davor bewahren. Er wirkte zwar überhaupt nicht wie jemand, den man leicht überfahren könnte, doch ob er Muriel gegenüber ihren Eltern unterstützen würde, blieb fraglich.

Als hätte er Daisys Gedanken gelesen, fragte Alec: »Waren Ihre Eltern über die Anwesenheit von Mr. Lewitsch heute Morgen verärgert?«

»Ja.« Muriel wirkte wütend. »Vater hat ihn so arrogant angestarrt, als wäre Mr. Lewitsch eine … eine Kakerlake, und hat in einem absolut widerlichen Tonfall gefragt, ob er etwa mosaischen Glaubens sei. Und dann sagte Roger, dieses Schätzchen, sehr nachdrücklich, dass Mr. Lewitsch sein Freund sei. Aber ich meinte, er sei auch meiner. Und dann sagte Jascha, also Mr. Lewitsch, dass er jetzt wohl besser ginge. Ich habe ihn zwar gebeten, hierzubleiben, aber er hat darauf bestanden. Als ich ihn zur Tür brachte, meinte er noch, er wolle die Trauer meiner Eltern nicht vergrößern. Ich erinnerte ihn an meine Trauer, und er musste mir versprechen, heute zum Abendessen zu kommen!«, beendete sie ihren Bericht triumphierend.

»Bravo!«, sagte Daisy.

Als Muriel sich ihr zuwandte, warnte Alec Daisy mit beredt hochgezogenen Augenbrauen davor, die Befragung noch einmal zu unterbrechen. »Miss Westlea«, sagte er und sicherte sich so wieder Muriels Aufmerksamkeit, »was hielt Ihre Schwester eigentlich von Ihrer ›Freundschaft‹ mit Lewitsch?«

»Betsy hat mir das Leben so schwer gemacht, wie es nur ging«, sagte Muriel traurig und ohne alle Ausflüchte. »Sie war Jascha gegenüber noch unhöflicher als Vater. Aber das hat er ignoriert. Und sie war ja auch kaum da, wenn wir uns bei den Proben getroffen haben. Die meisten ihrer Engagements waren ja in der Provinz, verstehen Sie. Ich fürchte, dass sie dem armen Roger dafür die Schuld gegeben hat. Aber das hatte sie nur sich selbst zuzuschreiben.«

Alec nutzte die Gelegenheit, einzuhaken, und stellte ihr Fragen zu der Beziehung zwischen Roger Abernathy und Bettina. Soweit Daisy erkennen konnte, ergab sich nichts Neues. Obwohl Bettina ihn so provoziert hatte, war Abernathy weiterhin geduldig und freundlich geblieben. Zwar verzieh er seiner schönen Frau die Eskapaden nicht unbedingt, doch nahm er sie hin.

»Er hat sie immer noch geliebt«, sagte Muriel völlig überzeugt, »aber fragen Sie mich nicht, warum.«

Anschließend ging Alec das wenige mit ihr durch, was sie noch über die Aktivitäten der Menschen im Solistenraum wusste. Eine brauchbare Information ergab sich daraus immerhin: Nachdem sie dort angekommen war, hatte Consuela de la Costa die Damengarderobe nur kurz verlassen, um mit Eric Cochran zu sprechen. Sie hatte sich in Flaschen abgefülltes Quellwasser mitgebracht, wie alle Kontinentaleuropäer, die dem Leitungswasser nicht trauten. Ihre Zofe hatte ihr schon ein Glas eingegossen.

»Ihre Zofe?«, fragte Alec entsetzt. »Von einer Zofe habe ich ja noch gar nichts gehört.«

»Die hielt sich immer in der Garderobe auf. Der Platzanweiser an der Tür wird sie nicht gesehen haben. Vermutlich hat Miss de la Costa sie nach der Pause nach Hause geschickt.«

»Ja, wahrscheinlich. Jedenfalls ist sie gegangen, ehe das Zimmer abgeschlossen wurde. Das wäre fürs Erste alles, Miss Westlea. Mein Sergeant dürfte mittlerweile angekommen sein, um Ihre und Mr. Abernathys Fingerabdrücke abzunehmen. Das ist eine Routine und dient nur dazu, einzelne aus dem Verfahren auszuschließen.«

Muriel klingelte ohne Zögern nach dem Dienstmädchen. Beryl erschien mit Tom Tring im Schlepptau. Sie wurde losgeschickt, um zu sehen, ob Roger Abernathy schon von seinem Mittagsschlaf aufgewacht war.

Als Tom Tring gerade Muriels Fingerabdrücke genommen hatte, trat Abernathy ein. Er wirkte blass und immer noch angestrengt. Doch war mitnichten zu befürchten, dass er in nächster Zeit tot umfallen würde. Wie Muriel überließ auch er ohne Zögern Sergeant Tring seine Hände.

»Ich brauche Sie jetzt nicht länger aufzuhalten«, sagte Alec und warf Daisy dabei einen Blick zu, der deutlich besagte: Und das gilt auch für Sie.

»Hast du deine Tabletten dabei, Roger?«, fragte Muriel ängstlich.

Abernathy tastete in seiner Jacke nach und holte das kleine Fläschchen hervor. »Ach herrje, da sind ja nur noch ganz wenige übrig, und das ist auch noch das Ersatzfläschchen aus dem Ankleidezimmer. Ich muss sofort Nachschub besorgen.«

Daisy zischte Alec eine Mahnung zu: »Achten Sie auf seine Lippen!« Alec nickte, und sie ging mit Muriel hinaus.

Muriel telefonierte mit Abernathys Arzt. Als sie den Hörer auflegte, trat Tom Tring aus dem Esszimmer heraus.

»Ich habe die Erlaubnis von Mr. Abernathy, den Sekretär von Mrs. Abernathy zu durchsuchen, Miss«, sagte er.

»Ach du liebes bisschen, in dem Zimmer habe ich Mutter und Vater einquartiert. Und gerade wollte ich Elsie losschicken, damit sie Rogers Medikament besorgt.«

»Wenn das besser passt, Miss, räume ich ihn einfach aus und nehme den Inhalt mit nach unten, um ihn dort durchzusehen.«

»Ja«, sagte Muriel dankbar. »Sie könnten doch ins Musikzimmer gehen. Ich bringe Sie gleich nach oben. Daisy, würde es Ihnen sehr viel ausmachen …« Sie sah nervös zur Salontür.

»Ist schon in Ordnung«, sagte Daisy edelmütig und ging los, um es wieder mit dem Pastor aufzunehmen. Sie hatte dort nicht lange allein zu leiden. Muriel kehrte bald zurück, und kurz danach klingelte es an der Tür. Der erste einer ganzen Reihe von Kondolenzbesuchern kam herein.

Es stellte sich heraus, dass Reverend Westlea sehr geschickt mit den verschiedenen Trauerbekundungen und der Neugier von entfernten Bekannten umgehen konnte. Muriel befasste sich daher mit den vielen wirklich betroffenen und mitleidigen Freunden ihres Schwagers. Chormitglieder, ehemalige und gegenwärtige Schüler, viele andere, die mit Roger Abernathy gearbeitet hatten – Daisy war überrascht von ihrer offensichtlichen Zuneigung zu dem stillen, bescheidenen Mann. Als er kurz erschien, merkte man, wie schlecht es ihm eigentlich ging. Kurz bevor er sich wieder nach oben zurückzog, sagte er zu Muriel und Daisy – zu Daisys großem Ärger –, die Polizei sei schon wieder fortgegangen.

Olivia Blaise kam nur, um nach Roger zu sehen. »Ich kann mich nicht dazu überwinden, ihm mein Beileid auszusprechen«, flüsterte sie Daisy zu. »Ohne sie hat er es doch viel besser. Ich hoffe nur, dass er auf seine Gesundheit achtet.«

»Muriel wird sich um ihn kümmern. Es ist wirklich schrecklich, so etwas zu sagen, aber wenn Sie mich fragen, hätte er Muriel heiraten sollen, nicht Bettina. Die beiden hätten die letzten zehn Jahre glücklich miteinander verbringen können, anstelle dieses ganzen Unglücks.«

Olivia lächelte, schüttelte aber den Kopf. »Bettina hätte die beiden doch nur verfolgt und ihnen alles kaputtgemacht.« Sie blickte sich um, als Beryl Mr. und Mrs. Cochran ankündigte. »Ich verschwinde lieber. Vergessen Sie bitte nicht, Roger zu sagen, dass ich mich nach ihm erkundigt habe.« Als sie sich umwandte, sah sie Cochran dicht hinter sich stehen. »Ach, Eric! Was willst du denn?«

»Dir die Rolle im Verdi anbieten.« Ein Muskel zuckte in seiner Wange, und in seinen Augen lag etwas Bittendes. »Browne hat für den nächsten Montag ein Wiederholungskonzert angekündigt. Bitte, Olivia.«

Sie blickte ihm forschend ins Gesicht. »Willst du mich wirklich?«

»Das weißt du doch.«

Olivias Ausdruck wurde weich, und sie legte ihm die Hand auf den Arm. »Dann wollen wir es mal versuchen«, sagte sie sanft.

Diskret huschte Daisy von dannen. Sie gesellte sich zu einer Gruppe um Mr. und Mrs. Westlea und hörte gerade noch, wie Mrs. Cochran anbot, den Empfang nach der Beerdigung in ihrem Haus auszurichten.

»Mrs. Abernathy war ja in Musikerkreisen sehr bekannt, und Sie werden sicherlich mehr Platz brauchen, als Ihnen hier zur Verfügung steht«, sagte sie. »Als ich jung war, haben wir unseren Garten immer für die Gemeindepicknicks und Kirchenfeste zur Verfügung gestellt. Mein Vater, Sir Denzil Vernon, hielt das für seine Pflicht.«

Der Reverend Westlea nahm sofort an. »Mrs. Cochran, kennen Sie schon die Honourable Daisy Dalrymple?«, fragte er dann.

»Sie ist adlig?« Mrs. Cochran atmete tief durch und verzog das Gesicht zu einer entstellenden Fratze. »Ja, Herr Pastor, Miss Dalrymple und ich sind einander schon gestern vorgestellt worden. Es war mir aber nicht bewusst …«

»In Künstlerkreisen sind Titel doch völlig überflüssig, finden Sie nicht auch, Mrs. Cochran?« Daisy gab sich große Mühe, ernst zu bleiben.

»Na ja, vielleicht, ja. Diese modernen jungen Frauen heutzutage nehmen solche Dinge ja sehr gelassen, das weiß ich wohl. Mir war gar nicht klar, dass Sie die Tochter von Lord Dalrymple sind.«

»Die Cousine.«

Ehe sich Mrs. Cochran von dem Schreck erholen konnte, gesellte sich ihr Ehemann zu ihnen, um den trauernden Eltern sein Beileid auszusprechen und auch ihr Angebot, den Empfang nach der Beerdigung bei sich auszurichten, zu wiederholen. Daisy sah, wie Olivia noch einige Worte mit Muriel wechselte und dann ging.

Ohne Zweifel würde Cochran seiner Frau sagen, dass er

Olivia gebeten hatte, die Mezzosopran-Partie im Requiem zu singen. Aber keine Sekunde lang glaubte Daisy, dass die beiden sich nur in musikalischer Hinsicht verständigt hatten. Mrs. Cochran musste doch mittlerweile erkannt haben, wie die Dinge zwischen ihrem Mann und der Sängerin standen.

Kapitel 11

Alec stahl sich mit seinen Mannen aus dem Haus der Abernathys fort, ohne Daisy noch einmal zu sprechen. Zwar war sie sehr hilfreich gewesen, aber er hatte nicht vor, den Fall weiter mit ihr zu besprechen. Außerdem hatte sie über seiner Haupttatverdächtigen schützend ihre Fittiche ausgebreitet.

»Man kann sich Muriel Westlea wirklich kaum als Mörderin vorstellen«, gab er gegenüber Tom zu, während der Austin Seven von der Bürgersteigkante losfuhr, ein trauriges Journalistentrüppchen hinter sich lassend. »Ist sie wirklich so schlau, mir vorzugaukeln, sie sei völlig naiv und sage immer die Wahrheit, wenn sie gleichzeitig dumm genug ist, lauter Fingerabdrücke auf der Karaffe zu hinterlassen?«

»Da ist wirklich nur ein und derselbe Satz Fingerabdrücke drauf, Chief«, lautete Toms wenig hilfreiche Antwort. »Ganz deutlich zu sehen, insbesondere die letzten auf dem Stopfen. Wäre da noch jemand außer Ihnen mit einem Handschuh oder einem Taschentuch drübergegangen, wären die sehr wahrscheinlich verwischt.«

Der junge Ernie Piper trug noch weniger zur Aufklärung der Sache bei. »Sie scheint aber eine sehr nette Dame zu sein, Chief.«

»Und ihr Schwager ist ein sehr netter Herr«, sagte Alec ironisch. »Abernathy hätte ein schlüssigeres Motiv. Aber sein schwaches Herz ist nicht geschauspielert. Spielt er seine Trauer nur? Über Jahre hat er es mit ihr ausgehalten, aber das hat Crippen mit seiner Frau auch, bis eines Tages Ethel le Nève des Weges kam. Hat die Dienerschaft irgendwelche Andeutungen gemacht, warum er vielleicht ausgerechnet jetzt die Nase voll gehabt haben könnte, Tom?«

»Eher ist es wohl umgekehrt, Chief. Mrs. Abernathy hatte gerade ihren letzten Liebhaber verabschiedet, und der nächste war noch nicht in Sicht, erzählt ihre Zofe. Sie war so sehr mit den Proben für ihr großes Konzert beschäftigt, dass sie den armen Kerl gar nicht so wie sonst üblich gequält hat. Sie hat aber ihre Schwester gepiesackt, wegen des Yid.«

»Wegen des jüdischen Herrn«, korrigierte Alec ihn tadelnd, »der ein sehr netter Gentleman ist und hochbegabt, wie man mir zu verstehen gegeben hat.«

»Werden wir uns mit dem als Nächstes unterhalten, Chief?«, fragte Piper.

»Nein, als Erstes knöpfen wir uns mal Martschenko vor. Ich will notfalls einen Dolmetscher bestellen können, wenn Martschenko weiterhin dabei bleibt, kein Englisch sprechen zu können, obwohl er problemlos mit Miss Dalrymple plaudern kann. Gibt es sonst noch etwas Interessantes, Tom? Was haben Sie eigentlich im Sekretär gefunden?«

»Bündelweise Liebesbriefe, Chief. Alle mit hübschen rosa Schleifchen zusammengebunden. Die von Martschenko und Gower habe ich mitgenommen, wie Sie mir gesagt haben. Das sind auch die einzigen beiden Liebhaber, die in diese Sache verwickelt sind. Von Mr. Cochran gibt es keine Briefe. Beryl, das Haus- und Dienstmädchen, hat bestätigt, dass er hier immer Miss Blaise abgeholt hat. Das Mädchen hatte auf den Chauffeur ein Auge geworfen, genauso ein gutaussehender Kerl wie sein Dienstherr, meinte sie, aber der kam nie ins Haus. Die beiden fuhren vor die Tür, dann hat Mr. Cochran ihm freigegeben, und der Chauffeur ist zu Fuß weitergelaufen.«

»Ach, tatsächlich! Ob er dann wohl nach Hause gegangen ist und Mrs. Cochran erzählt hat, dass er soeben ihren Mann zu Mrs. Abernathy chauffiert hat? Mit dem unterhalten Sie sich mal bitte, wenn wir die Cochrans aufsuchen.«

»In Ordnung, Chief. Da wäre noch was – ich sehe zwar noch nicht ganz, was es damit zu tun haben könnte, aber mir schien das ein bisschen merkwürdig. Elsie meinte, Mrs. Abernathys Arzt sei vorbeigekommen, als sich die Familie gerade zum Lunch gesetzt hatte. Er wollte den Rest von irgendeiner Medizin zurückhaben, die er für sie gemischt hatte.«

»Was war es? Warum wollte er es zurückhaben? Hat er das Zeug auch bekommen?«, fragte Alec interessiert. »Und wie heißt der Mann?«

»Es war ein Hustensaft, Chief. Er meinte, er habe ihn ausschließlich für sie gemacht und dass er Mr. Abernathy nicht im mindesten helfen würde. Elsie hatte das Zeug ohnehin schon weggeworfen, als sie den Badezimmerschrank für den Pastor und seine Frau aufgeräumt hat, und die Müllabfuhr war gegen zwölf Uhr da. Aber was am allermerkwürdigsten ist: Es handelt sich um diesen Dr. Woodward, der gestern auch im Konzert war.«

»Höchst eigenartig!« Alec runzelte die Stirn, während er in eine enge, schmuddelige Straße einbog, die hohe, schmale Reihenhäuser säumten. »Da wären wir. Welche Nummer hatte Major Browne genannt, Ernie?«

Piper mit seinem phänomenalen Zahlengedächtnis hatte die Adresse von Martschenko sofort parat.

Sie stiegen aus dem kleinen Automobil aus, das ordentlich ins Wanken geriet, als Tring seine massige Gestalt heraushievte.

Alec musste weiter. »Woodward hat damals mit keinem Sterbenswörtchen erwähnt, dass er Mrs. Abernathys Arzt ist. Dabei hat er als Einziger der drei als Todesursache einen Anfall angenommen und keine Vergiftung. Ich muss unbedingt mit ihm sprechen.«

Ernie rasselte die Adresse und Telefonnummer des Arztes herunter.

»Wir müssen wohl mal zeigen, was wir können, was, Kleiner?«, sagte Tom nachsichtig und fügte leise hinzu: »Drinnen im Haus bewegen sich die Vorhänge, Chief, und in den Häusern links, rechts und gegenüber auch.«

»Die fragen sich bloß alle, wie wir Sie in dieses Auto reingestopft haben, Sergeant.«

»Unverschämtheit! Wollen Sie, dass ich mal mit den Nachbarn rede, Chief?«

»Noch nicht, Tom. Es geht hier nicht um Alibis. Kommen Sie bitte mit, und nehmen Sie ihm die Fingerabdrücke ab. Dann können Sie abzwitschern und nach einem Telefonkiosk suchen. Machen Sie mir morgen früh einen Termin bei Dr. Woodward, noch vor der gerichtlichen Untersuchung. Heute habe ich keine Zeit, um ihn zu sehen.«

»Ich schreibe Ihnen schon mal die Nummer auf, Sergeant«, sagte Piper grinsend.

»Na, Ernie, jetzt schauen Sie erst mal zu, wie Sie hier weiterkommen«, sagte Alec. Er zeigte auf Klingelknöpfe an der Haustür. Wie die meisten Häuser in dieser ehedem respektablen Wohngegend für die Mittelschicht war auch dieses in Ein- und Zweizimmerwohnungen aufgeteilt worden. An jedem Klingelknopf war ein Schild mit dem Namen des Mieters angebracht – und alle waren sie in kyrillischen Buchstaben.

»Nichts leichter als das, Chief.«

Doch dann sagte der junge Constable unsicher: »Jedenfalls würde ich es mal im Erdgeschoss probieren. Schauen Sie, die ersten zwei Buchstaben sehen wie ein M und ein A aus, und die letzten beiden sind K und O. Das kommt doch ungefähr hin, oder? Ich meine, es ist ja schließlich kein Chinesisch.«

Alec drückte auf den untersten Klingelknopf.

Dimitri Martschenkos Wohnung war sparsam und billig möbliert. Auf dem Notenständer eines altersschwachen Klaviers lag ein Notenheft mit einem Liedtext offen aufgeschlagen. Nachdem er die drei Detectives eingelassen hatte, stellte sich der Bass an den Tisch aus rohem Kiefernholz, der mitten in seinem unaufgeräumten Zimmer stand. Wütend starrte er sie an. Im Licht der nackten Glühbirne – die Vorhänge waren fest zugezogen – sah er mehr denn je wie ein Bär aus. Wie ein sehr wütender Bär. Doch glaubte Alec, in den Augen des großen Mannes auch Vorsicht zu erkennen. »Ich hoffe, dass Sie sich heute an Ihre Englischkenntnisse erinnern können, Sir«, sagte er kühl und sehr deutlich. »Ansonsten werden wir noch einmal mit einem Dolmetscher von der sowjetischen Legation vorbeischauen müssen.«

»*Sowjetski, net!*« Das bisschen Haut, das unter all dem Haar in Martschenkos Gesicht sichtbar war, verfärbte sich tiefrot, und an seiner Schläfe pulsierte heftig eine Ader. »Ich spreche Englisch, ein wenig. *Wtschera* – gestern – ich hatte Schock, deswegen ich habe alles vergessen.«

»Das verstehe ich durchaus, Sir. Wenn es Ihnen nichts

ausmacht, wird Ihnen mein Sergeant zunächst einmal die Fingerabdrücke abnehmen.«

Blitzartig versteckte Martschenko die Hände hinter dem Rücken. Es war eine interessante Reaktion, die deutlich machte, dass er wesentlich besser Englisch verstand, als er vorgab. Doch augenblicklich besann er sich eines besseren und streckte verlegen beide Hände vor. Tom Tring trat an ihn heran. Die beiden großen Männer starrten sich fest in die Augen. Dann, wie in schweigender Übereinkunft, schauten sie auf den Fingerabdruckkasten, den Tom auf den zerkratzten, von Wasserringen verunstalteten Tisch setzte.

Als diese unangenehme Prozedur beendet war, ging der Sergeant fort, um seinen vorher erhaltenen Auftrag zu erfüllen. Alec und Martschenko setzten sich an den Tisch, und Piper ging wie üblich hinter dem Tatverdächtigen unauffällig in Stellung, das Notizbuch gezückt.

Alec musste Martschenko kaum ermuntern, da sprudelten schon seine Verdächtigungen aus ihm heraus. Jakow Lewitsch war Jude, ein Russe, ein bolschewistischer Spion, was brauchte man eigentlich noch mehr zu wissen?

»Noch viel mehr«, sagte Alec. »Warum sollte sich ein bolschewistischer Spion – wenn wir davon ausgehen, dass Mr. Lewitsch einer ist – ein so unwahrscheinliches Opfer aussuchen?«

»Ich das höre, ich sehe! Immer hält sie ihn ab, mit Schwester zu reden: ›Komm Knopf annähen, Muriel‹, ›Geh Mantel holen, Muriel‹, ›Ich sage Vater, dass du Jude liebst, Muriel‹. Das ich höre alles. Und ihm immer *oskorblenija* …«

»Auf Englisch, bitte, wenn es Ihnen nichts ausmacht, Sir«, bat Alec, als er sah, wie Piper verzweifelt auf seinem Bleistift kaute.

»Beleidigungen, viele Beleidigungen.«

»Man hat mir zu verstehen gegeben, dass Mrs. Abernathy auch Sie beleidigt hat, Sir, und zwar nachdem sie mehrere Geschenke von Ihnen angenommen hat.«

Lächerlich sei das, Unsinn, so behauptete Martschenko. Jedenfalls lief seine verworrene und mit jeder Menge russischer Ausdrücke gespickte Erklärung darauf hinaus. Und was die Beleidigungen anging, was konnte man auch sonst von einer solchen »Kaldaune« erwarten? (Kaldaune? Meinte er *koldunja*, das russische Wort für Hexe? Ganz entfernt konnte Alec sich an etwas Ähnliches erinnern.) Als vernünftiger Mann beachtete man solche Dinge nicht weiter.

Martschenko sprach ruhig, doch seine Augen blitzten. Diese Geschenke wären mal genauer unter die Lupe zu nehmen. Er würde sie schätzen lassen, beschloss Alec.

»Was haben Sie eigentlich gesehen, Sir, das Sie veranlasst, Mr. Lewitsch zu verdächtigen?«

»Ich ihn gesehen an Tisch in Solistenraum. Was er da wollte? Ist doch eigenes Zimmer für Orchester, *net*? Und da auch eigene Erfrischungen.«

»Haben Sie sich an dem Tisch ein Getränk genommen, Sir?«

»*Da*. Singen macht durstig. Ich brauchen Samowar für Tee. Englischer Tee *otwratitelny.*« Alec machte sich nicht die Mühe, um eine Übersetzung dieses Begriffs zu bitten. Stattdessen fragte er weiter und erkundigte sich danach, was die Anwesenden im Solistenraum gemacht hatten.

»Nach *Lacrimosa* wir kommen von Bühne. Ich nehme Glas Tee, bringe in Männergarderobe. Gohwerrr schon im Zimmer, trinkt schottischen Whiskey aus Flachmann. Er niemals nicht geht aus, trinkt nur und führt Liederleben.«

Aus der Ecke von Piper kam ein ersticktes Kichern, das rasch zu einem Husten umgewandelt wurde.

»Sie meinen ein ›liederliches Leben‹?«, regte Alec an.

Martschenko zuckte die massigen Schultern. »Liederleben, liederliches Leben – ist schwerrre Sprache.« Es klang, als knurre ein Bär. »Gohwerrr immer sitzt an Spiegel, spielt mit Haaren.«

»Sie sind sich ganz sicher, dass Mr. Gower während der ganzen Pause die Männergarderobe nicht verlassen hat?«

»Sehr sicher. Trrrinkt nur«, sagte Martschenko abfällig. »Aber als Cochran hereinkommt, er schnell versteckt Flachmann.«

Es sah so aus, als wäre der Tenor aus der Sache heraus. »Was wollte Mr. Cochran denn?«

»Hat neue Idee, wie wir phrasieren ›*Quam olim Abrahae*‹. Das nicht schlechte Idee, aber zu spät, um zu proben. Wir reden, singen ein paar Noten. Als er geht aus Garderobe, ich gehe mit ihm, um mir noch ein Glas Tee zu nehmen. Da *Gosposha* Cochrana sucht nach ihm.«

»Mrs. Cochran war auf der Suche nach ihm?«, hakte Alec nach – mehr, um Piper aufzuklären, als um selbst eine Bestätigung zu erhalten.

»Tak.« Martschenko nickte. »Die reden. Ich gehe zu Samowar. Dann klopft Cochran an Tür von Damen. Miss de la Costa kommt heraus. Miss Westlea« – den Namen zischte er förmlich – »und Schwester kommen heraus. Miss Westlea hat Glas in Hand. Wie Gower, sie immer nimmt Nippel.«

Alec, der für einen Augenblick durch das möglicherweise zutreffende, aber in diesem Kontext wohl doch nicht angebrachte Wort sprachlos war, blickte Ernie Piper an. »Sie nippte an ihrem Getränk«, sagte der junge Detective mit hölzerner Miene.

»Ich bleibe, mir Musikgespräch anzuhören.« Nachdem man ihn jetzt einmal auf die Schiene gebracht hatte, schien der Bass verdächtig bereitwillig zu sein, eine Aussage zu machen. »Ich sehe Miss de la Costa an anderem Ende des Zimmers bleiben.«

»Sie ist nicht in die Nähe des Tisches gegangen?«

»*Tak.* Als Nächstes kommt herein junge Frau – Bless ist Name, *da*? Olivia Bless – kurze schwarze Haare, sehr chic. Miss Muriel geht in Damenzimmer, bringt ihr Papiere heraus. Ich rede über ›Quam olim‹, sehe nicht, ob Miss Bless nahe Tisch, aber später ich bemerkte, dass sie noch da, redet mit Muriel. Dann Abernathy kommt, redet auch über Musik. Bald er geht an den Tisch, bringt Teetasse für Frau, englischen Tee. ›Schweinäschlämpa‹.« Martschenko berichtete dies mit besonderem Vergnügen. Offensichtlich traf das Urteil auf seine volle Zustimmung.

»Cochran und Frau gehen weg«, fuhr er fort. »Miss de la Costa geht in Garderobe. In diesem Moment Lewitsch kommt. An Tür er redet einen Moment mit Cochran, dann schaut sich in Zimmer um, geht zu Tisch und tut Gift in Bettinas Getränk.«

»Sie haben tatsächlich gesehen, wie er eine Substanz in die Karaffe getan hat, Sir?«

Martschenkos Augen blitzten unruhig, und er fügte hastig hinzu: »Ich weiß, er das getan. Ist schmutziger, mörderischer Jude.«

»Ja, nun denn, Sir, das hatten wir ja alles schon. Konnte sonst noch jemand beobachten, was er da gerade tat?«

»Miss Bless kommt zu ihm an Tisch, als sie hinausgeht. Aber vorher war viel Zeit, um Gift hineinzutun.«

»War Miss Blaise lange bei ihm?«

»Nur Moment. Ganz kurz. Danach er geht schnell zu Muriel. Sofort findet Bettina losen Knopf. ›Muriel, Knopf annähen!‹, wie ich Ihnen gesagt.«

»Das haben Sie wahrhaftig, Sir.«

»Ich Ihnen auch gesagt, dass sie nie zugelassen, dass Lewitsch mit Muriel spricht. Also Lewitsch hat sie umgebracht.«

»Das müssen wir noch herausfinden, Sir. Was ist dann als nächstes geschehen?«

»Ich wieder gehe in Garderobe«, sagte Martschenko, offenbar von Alecs Skepsis verärgert. »Mehr ich nicht sehen. Ist alles.«

Außer in den Punkten, die Lewitsch betrafen, sah Alec keinen Grund, an Martschenkos Worten zu zweifeln. Eigentlich war er sogar ein ausgezeichneter Zeuge, Abernathy hatte auch schon die Tasse Tee für seine Frau erwähnt. Und das meiste dessen, was Martschenko gesagt hatte, würde man anhand der Aussagen anderer Zeugen überprüfen können. Hinsichtlich Martschenkos Unschuld oder Schuld würde der Wert seiner Geschenke an Bettina ausschlaggebend sein, außerdem natürlich auch die Frage, ob die Mannschaft, die gegenwärtig von einer Apotheke zur nächsten marschierte, irgendwo einen Beleg fand, dass er Zyankali gekauft hatte. Mochte der Name, mit dem er sich im Giftverzeichnis eingetragen hatte, wie es beim Kauf giftiger Substanzen Pflicht war, erfunden sein, so konnte ihn doch niemand vergessen, der ihn je gesehen oder mit ihm gesprochen hatte.

Alec dankte Martschenko für seine Hilfe und bat ihn, London nicht zu verlassen, ohne vorher die Polizei zu informieren. Dann gingen er und Piper hinaus zum Automobil, wo Tom schon auf sie wartete. »Ich habe Ihnen einen Termin bei Dr. Woodward besorgt, Chief. Aber der kann von mir aus sagen, was er will. Ich glaube, es war dieser Russe. Ein richtiges Ekelpaket ist der. Denken Sie nur an diesen verrückten Mönch Rasputin. Dem hat man auch erst Zyankali verabreicht, um ihn über den Jordan zu bringen. Aber schließlich mussten sie ihn doch ertränken.«

»Sie haben die spanische Sängerin noch gar nicht gesprochen, Sergeant«, sagte Piper, während Alec das Automobil startete. »Das ist eine regelrechte Lucrezia Borgia. Wenn Sie mich fragen, dann war die es.«

»Sie ist nie auch nur in die Nähe des Tisches gekommen«, bemerkte Alec. »Außerdem war Lucrezia Borgia Italienerin, und Martschenko kommt aus der Ukraine, Tom, nicht aus Russland. Und jetzt sind wir auf dem Weg zu Gower, und der ist Waliser. Ist zufällig einer von Ihnen auf den abonniert?«

»Nee, die Waliser mögen einem vielleicht im Eifer des Gefechts eins überhauen«, sagte Piper, der viel Sport trieb, »aber Giftmörder sind sie deswegen noch lange nicht.«

»Mrs. Gower sollten wir deswegen aber nicht vergessen, Chief«, warf Tom ein. »Gift ist doch auch eine typische Waffe der Frauen.«

»Na also, was habe ich denn gesagt, Sergeant? Lucrezia Borgia! Die hat eines von diesen Giften mit Langzeitwirkung genommen.«

Alec lachte. »Es war Zyankali, Ernie. Außerdem glaube ich, dass Miss de la Costa eher einen Dolch benutzen würde. Und einer Rivalin wird sie wohl die Augen auskratzen, wie sie ja auch gedroht hat. Tom, wenn die Gowers zu Hause sind, dann unterhalten Sie sich doch mal mit den Dienern, nachdem Sie den hohen Herrschaften die Fingerabdrücke abgenommen haben. Fragen Sie, ob Mrs. Gower in den Wochen vor dem Konzert nervöser war als sonst. Sie wird sicherlich behaupten, nicht gewusst zu haben, dass Mrs. Abernathy die Geliebte ihres Mannes war. Wir haben nämlich nur Miss Westleas Wort dafür, und Miss Westlea hat allen Grund dieser Welt, den Verdacht auf andere zu lenken.«

»Jawohl, Chief.«

Die Gowers wohnten in South Kensington in einer imposanten viktorianischen Doppelhaushälfte, die von Lorbeerbäumen von der Straße abgegrenzt wurde. Ein properes ältliches Hausmädchen öffnete den drei Detectives die Tür. Sie sagte, der Hausherr sei ausgegangen, werde aber jede Minute zurückerwartet. Dann ging sie los, um die Hausherrin zu suchen.

Sie führte sie gleich darauf in einen Salon, in dem Mrs. Gower inmitten des bequemen, etwas abgewetzten Mobiliars schon wartete, das schlichte, dickliche Gesicht blass. Unruhig rang sie die Hände. Auf dem Piano lag auf dem Notenständer »Für Elise« aufgeschlagen, außerdem stand ein Dutzend gerahmter Photographien auf dem Instrument. Auf den Tischen und an den Wänden waren weitere Photographien zu sehen. Die meisten waren Schnappschüsse von zwei Jungen und einem Mädchen in verschiedenen Gruppierungen und Altersstufen. Auf den jüngeren Photos waren sie als Heranwachsende zu sehen. Einige wenige waren auch von Gilbert Gower in einigen seiner Opernrollen. Direkt über dem Kaminsims hing am Ehrenplatz ein Studioporträt der drei Kinder. Das Mädchen war ungefähr zwanzig, die Jungen vielleicht achtzehn und sechzehn.

Würde eine offensichtlich so sehr liebende Mutter es riskieren, des Mordes verurteilt zu werden und auf immer von ihnen getrennt zu werden?

»Hübsche Kinder«, sagte Alec, nachdem er Mrs. Gower begrüßt hatte, und ging hinüber, um sich das Porträt genauer anzusehen. Ihre Antwort auf seine Begrüßung war eher zittrig ausgefallen.

»Nicht wahr?«, erwiderte sie freudig. »Meine Tochter ist verlobt, und zwar mit einem unglaublich netten Jungen. Meine Söhne gehen noch zur Schule, aber Kinder werden ja so schnell erwachsen.« Sie seufzte. »Jetzt habe ich jede Menge Zeit für meine ehrenamtliche Arbeit. Meine Kinder brauchen ihre Mutter nicht mehr so wie früher.« Und da hatte Alec auch schon eine Antwort auf seine nicht ausgesprochene Frage. Er erinnerte sich an seine eigene Jugend. In dem Alter hatte er mit seinem Vater lange, ernsthafte Gespräche über seine berufliche Zukunft geführt. Ein oder zwei Jahre lang war ihm seine freundliche, etwas umständliche Mutter unwichtig gewesen, und oft hatte er sich sogar über sie geärgert. Er hoffte, er hatte das damals besser versteckt als die Gower-Jungen. Wenn Mrs. Gower sich im Leben ihrer Kinder für weniger wichtig hielt als den Vater, dann hätte sie vielleicht um deretwillen die Frau beseitigt, die ihn der Familie wegzunehmen drohte.

»Aber ich vermute, Sie wollen mir ein paar Fragen stellen, Chief Inspector.« Sie war jetzt ganz ruhig. »Wollen Sie sich nicht setzen? Darf ich Ihnen eine Tasse Tee anbieten?«

»Nein, danke, Ma'am.« Während er wartete, bis sie sich setzte, bedeutete er Tom mit einem Kopfnicken, den Raum zu verlassen. Die Fingerabdrücke konnten warten, bis Gower nach Hause zurückkehrte. »Erzählen Sie mir bitte noch einmal ganz genau, was Sie gestern Abend gemacht haben und wen Sie im Solistenraum der Royal Albert Hall gesehen haben. Es ist uns klar, dass alle Beteiligten unter Schock standen: Man kann es niemandem vorwerfen, wenn er sich heute an Dinge erinnert, die ihm gestern Abend nicht eingefallen sind.«

»Ich habe Ihnen alles erzählt. Niemand war im Aufenthaltsraum. Ich wollte Gilbert in seiner Ruhepause nicht stören, also habe ich eine oder zwei Minuten gewartet und bin dann wieder gegangen.«

»Vielleicht haben Sie sich eine Tasse Tee eingegossen, während Sie warteten. Das ist ja nur natürlich, und bestimmt hätte niemand etwas dagegen gehabt.«

»Nein, an den Tisch bin ich nicht gegangen. Gilbert hat immer gesagt, dass die Erfrischungen nirgends so schlecht sind wie in der Royal Albert Hall.« Sie rang die Hände. »Ist … ist das Gift dort in Mrs. Abernathys Glas getan worden?«

»So scheint es. Sie haben doch auch über die Karaffe mit dem Ratafia Bescheid gewusst? Schließlich wussten das alle.«

»Ich war zu keinem Zeitpunkt in der Nähe der Karaffe, wirklich nicht. Ratafia war das also? Gilbert hatte auch irgendeinen Likör erwähnt. Er hat mir einmal gesagt, wie unvernünftig er es findet, dass alle Leute von ihrer Trinkerei wissen. Das hat ihrer Karriere nur geschadet. Sie hat sich mit ihren Wutausbrüchen ohnehin alle Chancen kaputtgemacht«, fügte Mrs. Gower mit einem Hauch grimmiger Zufriedenheit hinzu.

»Sie scheinen ja sehr viel über Mrs. Abernathy zu wissen.«

»Eigentlich gar nicht so viel.« Sie wirkte verwirrt. »Na ja, vielleicht doch. Gilbert hat früher schon einmal mit ihr gearbeitet. Und er erzählt mir von den Menschen, mit denen er beruflich zu tun hat.«

»Auch von Menschen wie Miss de la Costa? Vermutlich hatten Sie gehofft, sich mit ihr unterhalten zu können, als Sie in den Aufenthaltsraum der Solisten gegangen sind.«

»Nein, warum sollte ich das? Ich wusste damals noch

nicht ... ich meine, ich hatte keinen Grund, mich mit ihr zu unterhalten. Ich habe es schon vor Jahren aufgegeben, Gilbert verändern zu wollen. Und seine Geliebten könnte ich ohnehin nicht dazu überreden, ihn nicht von seiner Familie wegzuzerren.«

»Bis die Reihe an Mrs. Abernathy kam«, sagte Alec knapp. »Sie haben sie inständig gebeten, von Ihrem Ehemann abzulassen.«

»Inständig gebeten!«, rief Mrs. Gower aus und sprang auf. »Ich hätte diese Frau nicht um einen Kanten Brot gebeten, und wenn meine Kinder und ich in der Gosse verhungern würden!« Erregt ging sie durch das Zimmer.

Alec war ebenfalls aufgestanden und stützte sich mit einer Hand am Stuhlrücken ab. Er fuhr fort: »Wir wissen jedenfalls, dass Sie mit ihr über die Liaison mit Ihrem Ehemann gesprochen haben.«

»Und das musste sie gleich weitertratschen.« Mrs. Gower ließ sich in den Sessel zurückfallen. »Natürlich, das passt ja auch zu ihr. Ja, ich habe mit ihr gesprochen. Ich habe sie an Gilberts Verantwortung gegenüber seiner Familie erinnert und an ihre eigene gegenüber dem armen Mr. Abernathy. Das ist alles.«

»Sie geben also zu, dass Sie über die Affäre Bescheid wussten.«

»Ich wusste Bescheid«, sagte sie traurig.

»Und Sie geben auch zu, dass diese Beziehung sich von Mr. Gowers vorangegangenen Liebschaften unterschied. Die konnten Sie einfach ignorieren, denn sie mussten den Kindern nicht ihren Vater entreißen. Aber als Engländerin hat Mrs. Abernathy Ihre Ehe ernsthaft bedroht.«

»Ich habe sie nicht umgebracht. Gilbert kommt immer nach Hause zurück.«

»Natürlich tut er das, Jennie.« Gower trat ein, und es umgab ihn eine nur wenig überzeugende Aura von herzerfrischender Fröhlichkeit. »Seien Sie gegrüßt, Chief Inspector.«

»Guten Tag, Sir.« Im Stillen fluchte Alec. Nur noch ein paar Minuten, und Jennifer Gower hätte vielleicht gestanden. Das hätte allen Beteiligten eine Menge Ärger erspart. »Ich möchte nur noch den einen oder anderen Punkt klären. Mrs. Gower hat mir schon sehr geholfen. Vielleicht darf ich Ihnen auch ein paar Fragen stellen?«

»Selbstverständlich, alter Freund. Ähem« – er blickte verlegen zu seiner Frau – »Jennifer, meine Liebe, ich werde mit diesen Herren in mein Arbeitszimmer gehen, damit du etwas Ruhe hast.«

Das Arbeitszimmer des Tenors war anstelle des üblichen Schreibtisches von einem weiteren Klavier beherrscht. Die tiefen, bequemen Sessel entsprachen immerhin dem, was man üblicherweise in den Rückzugsräumen der Herren vorfand, wie auch der Tantalus auf einem kleinen Tischchen an der Wand. Gower ging sofort zu ihm.

»Sie werden doch einen Drink nehmen, Chief Inspector? Nein? Constable?«

»Nein, danke sehr, Sir.« Piper tat so stofflig, wie es nur ging.

»Nicht im Dienst, nicht wahr, haha. Sie haben doch aber nichts dagegen, wenn ich mir einen winzigen Schluck gönne?« Er goss sich eine gewaltige Portion Scotch aus einer geschliffenen Karaffe ein. Irgendetwas an diesem Vorgang erregte Alecs Aufmerksamkeit, doch vergaß er es wieder, als Gower fortfuhr: »Bitte nicht rauchen, wenn es Ihnen nichts ausmacht. Schlecht für die Stimme.« Er klopfte sich auf den Hals, um den ein rot-blaues Seidentuch mit Paisley-Muster gewickelt war.

Als sie sich setzten, sagte Alec trocken: »Ich hoffe, Sie haben sich in der Zwischenzeit ausreichend von dem Schock erholt, um uns etwas mehr zu erzählen, als Sie gestern konnten.«

Gower war diese Aufforderung mitnichten peinlich. »Ich vermute, Miss Dalrymple hat schon mit Ihnen gesprochen? Dass ich gesagt habe, Martschenko sei es gewesen?«, sagte er leichthin. »Ich fürchte nur, dass ich ihn gar nicht dabei gesehen habe. Ehrlich gesagt bin ich überhaupt nicht aus der Garderobe gekommen. Finch übrigens auch nicht, sollten Sie den im Visier haben.«

Richtig, den Organisten hatte Alec ja völlig vergessen. »Sie stehen für Mr. Finch gerade?«

»Selbstverständlich, obwohl ich nicht erwarte, dass er mir Gleiches mit Gleichem vergelten wird. Unser lieber Finch lebt in einer ganz eigenen Welt. Hat sich noch nie von seiner Phantasie-Orgel fortbewegt.«

»Aber Martschenko hat die Garderobe verlassen. Warum glauben Sie eigentlich, dass er Mrs. Abernathy umgebracht haben könnte?«

»Ach, er war auf Bettina wütend wie eine Hornisse. Und dazu hatte er auch allen Grund, sollte man ehrlicherweise sagen«, fügte er hinzu. »Für mich war sie nur ein verfluchtes Ärgernis, aber ihn hat sie um ein Vermögen an Schmuck gebracht und war dann obendrein richtiggehend widerlich zu ihm – und das auch noch in aller Öffentlichkeit. Ich verstehe wirklich nicht, wie ich jemals etwas mit ihr habe anfangen können.« Er kippte den Rest seines Whiskeys hinunter.

»Eine unglückliche Situation«, stimmte Alec sanftmütig zu. »Vor allen Dingen für ihren Ehemann und Ihre Gattin.«

»Jennifer hatte von Bettina keine Ahnung«, sagte Gower.

Immerhin hatte er den Anstand, etwas beschämt auszusehen. »Außerdem ist sie meine … ähem … Seitensprünge gewöhnt. Sie weiß, dass ich sie und die Kinder niemals verlassen würde. Sie wollen doch nicht etwa behaupten, sie hätte Bettina vergiftet. Herrgott noch mal, guter Mann, Jennie könnte keiner Fliege etwas zuleide tun! Schauen Sie sich doch nur an, wie sie die Hälfte der Zeit in dieser Klinik im East End verbringt und da irgendwelche kranken Gören betreut.«

»Und Roger Abernathy?«

»Abernathy? Na ja, es ist ja nicht so, als wäre ich Bettinas erster Liebhaber gewesen, oder? Der arme Kerl war es doch schon längst gewöhnt, dass man ihm Hörner aufsetzt. Der hätte alles für sie getan, und deswegen fand er sich auch mit ihren Geschichten ab.«

»Hat sie sich nach Ihnen einen anderen Liebhaber genommen?«

Gower runzelte die Stirn. »Ich habe mich schon gefragt, ob Eric Cochran mein Nachfolger war. Ich hatte gehört, dass er mit einer Mezzosopranistin zu tun hatte, und Bettina hat er ja die Rolle im Verdi gegeben. Aber davon abgesehen, hätte ich immer gesagt, dass die beiden keine besondere Zuneigung füreinander hegen. Umgebracht hätte er sie aber niemals, vor allen Dingen nicht mitten im Konzert. Seine Frau auch nicht. Die ist sogar noch wilder hinter seiner Karriere her als er selbst.«

»Das habe ich auch schon gehört. Und was ist mit Muriel Westlea?«

»Mit wem? Ach so, die hässliche Schwester der schönen Bettina. Die singt doch im Chor, nicht wahr?«

»Genau.«

»Mehr weiß ich auch nicht über sie«, sagte Gower ohne größeres Interesse.

»Jakow Lewitsch?«

»Der Geiger? Na ja, man steht ja mehr oder minder in der Pflicht, dem Konzertmeister nach einem guten Auftritt die Hand zu schütteln. Aber ansonsten … gehört er nicht so ganz zu uns, nicht wahr?«

»Olivia Blaise?«

»Ist das nicht das elegante kleine Wesen, das da auch noch herumschwirrte? Eine Schülerin von Abernathy? Nicht mein Typ«, tat er sie ab.

Der Tenor hatte ansonsten nichts weiter mitzuteilen. Sergeant Tring wurde aus der Küche gerufen, und die Gowers ließen sich widerspruchslos die Fingerabdrücke abnehmen.

Mrs. Gower führte sie zur Tür. Auf der Schwelle legte sie Alec die Hand auf den Arm, um ihn aufzuhalten, und sagte eindringlich: »Sie müssen mir das glauben. Ich habe mich wirklich mit Gilberts Affären abgefunden. Anders als Ursula Cochran habe ich gelernt, Nachsicht mit dem künstlerischen Temperament zu haben. Die hingegen tut einfach so, als wäre nichts geschehen, obwohl sie genau weiß, dass ihr Ehemann etwas mit dieser Frau hatte.«

»Es ist aber ziemlich sicher, Ma'am, dass Eric Cochran und Mrs. Abernathy kein Liebespaar waren.«

»Ach so.« Sie wirkte enttäuscht. Mit einem Leidensgenossen lässt sich alles Unglück leichter ertragen, dachte Alec. »Nun denn. Dann sollte ich der lieben Ursula mitteilen, dass ihr Verdacht grundlos war. Auf Wiedersehen, Chief Inspector.« Mit hängenden Schultern wandte sie sich um und ging ins Haus.

Als die Tür hinter ihr ins Schloß klickte, tat Tom Tring kund: »Die Diener stimmen alle überein, dass Madam seit Wochen Hummeln unterm Hintern hatte.«

»Auf jeden Fall wusste sie über Bettina Bescheid«, sagte

Alec grimmig, »und sie hatte Angst, den Kampf um ihren Ehemann zu verlieren. Sie war in Miss Fotheringays Studio, und im Solistenraum ist sie allein gewesen. Normalerweise wäre ich der Überzeugung, dass sie eine freundliche und großzügige Frau ist. Aber wenn es um ihre Kinder geht …«

Sie gingen an den Lorbeerbüschen vorbei und traten auf die Straße. Auf dem Beifahrersitz von Alecs kleinem Austin saß ein fremder Mann.

Kapitel 12

»Detective Chief Inspector Fletcher?« Der Fremde stieg aus dem Automobil und stand plötzlich auf dem Bürgersteig. Mittelgroß, unauffällige Kleider, den Schlapphut tief über ein nichtssagendes Gesicht gezogen, in dem ein kleiner, ordentlicher, langsam grau werdender Schnurrbart prangte – alles in allem war er überhaupt nicht bemerkenswert. Aber er wirkte entfernt vertraut.

Er streckte Alec eine Karte hin, die er durch seine Hand vor Tom und Ernie bedeckt hielt.

Superintendent des Special Branch!

Diese Sonderabteilung des Geheimdienstes war in den achtziger Jahren des neunzehnten Jahrhunderts zunächst als Special Irish Branch gegründet worden, um die Bombenattentate der Fenier zu bekämpfen. Die Anfänge dieser Organisation hatten unter einem unglücklichen Stern gestanden: Das Hauptquartier wurde bald von irischen Terroristen in die Luft gejagt. Doch der Special Branch hatte diesen Anschlägen dann in London ein Ende bereitet und seine Arbeit fortgeführt, anarchistische Verschwörungen aufzuspüren und zu unterdrücken. Jetzt befasste sich diese Abteilung mit politischen Verbrechen aller Art.

Und wenn sich die Wege des Special Branch und des Criminal Investigation Department kreuzten, dann hatte der Special Branch immer Vorfahrt.

»Ich würde mich gerne mit Ihnen unterhalten, Mr. Fletcher. Es dauert höchstens fünf oder zehn Minuten.«

»Tring, Piper, ich treffe Sie in einer Viertelstunde vor Miss Blaises Wohnung.«

Während die beiden sich entfernten, setzte sich der Mann vom Special Branch wieder auf den Beifahrersitz des Chummy. Alec ging um den Wagen herum und setzte sich hinter das Steuer. »Was ist los, Sir?«

»Sie haben sich von Dimitri Martschenko fernzuhalten«, sagte der Superintendent mit knapper, auf Privatschulen und in Sandhurst ausgebildeter Stimme.

»Martschenko! Aber der ist doch einer meiner Haupttatverdächtigen.«

»Das ist egal. Lassen Sie ihn in Ruhe.«

»Ich untersuche hier einen Mord, Sir«, sagte Alec wütend, »nicht ein Automobil ohne Kennnummer.«

Der Superintendent seufzte. »Man hatte mich schon gewarnt, dass Sie sich nicht gleich beim ersten Wort auf den Rücken werfen und die Pfoten in die Luft strecken würden. Ich erkläre es Ihnen also, aber wenn auch nur ein Wort davon in die Öffentlichkeit dringt, werde ich persönlich dafür sorgen, dass Sie Ihre Stelle los sind und Ihren Kopf auch, und zwar nicht unbedingt in dieser Reihenfolge.«

»Ich kann schweigen, Sir.«

»Wenn ich Ihnen keine Diskretion zusprechen könnte, würde ich Ihnen den Fall auch entziehen lassen. Martschenko ist Mitglied einer Gruppe antibolschewistischer Flüchtlinge. In gewisser Hinsicht bietet er ihnen die Tarnung, eine anständige Legende, die Finanzierung und ein Haus. Der Keller dieses Hauses ist voller Sprengstoff: Dynamit, Nitroglycerin, TNT. Es reicht, um sämtliche Gebäude in den umliegenden Straßen in die Luft zu jagen. Die Gruppe will die sowjetrussische Legation in die Luft sprengen.«

»Aber wenn die das mitbekommt …«, sagte Alec langsam, den die Erinnerung an die Belagerung der Sydney Street schaudern ließ. 1911 war er gerade frisch von der Universität gekommen und absolvierte seine Pflichtjahre als Bereichspolizist, als man zwei Anarchisten, die drei Polizisten umgebracht hatten, in einem Mehrfamilienhaus gestellt hatte. Anstatt sich zu ergeben, hatten sie das Haus in Brand gesetzt. Das Risiko für die benachbarten Häuser hatten sie nicht bedacht.

»Wenn die das mitbekommen, weiß man nicht, was geschieht. Vielleicht beschließen sie wirklich, mit Pauken und Trompeten unterzugehen, und reißen mehrere Hundert Nachbarn mit in den Tod.«

Einen Moment lang saßen die beiden Männer schweigend da. Dann sagte Alec: »Wir werden uns also von Martschenko fernhalten, Sir. Was haben Sie vor?«

»Sie wissen doch genau, dass so eine Frage keinen Sinn hat«, sagte der Mann vom Special Branch sanft. Er öffnete die Tür des Automobils und schlenderte die Straße hinunter, als wäre er ein vollkommen unbeteiligter Mensch.

Alecs Gedanken rasten. Er würde wohl die uniformierten Polizisten wieder zurückpfeifen, die sich in den Apotheken nach Martschenko erkundigten, aber die anderen Tatverdächtigen würde er weiterhin nach ihm befragen. Schließlich würde man es auch merkwürdig finden, wenn er es nicht täte. Und er sah keinen Grund, den Schmuck nicht schätzen zu lassen. Wenn das Motiv des Ukrainers so schlüssig war, wie Gower zu denken schien, und wenn es keinen überzeugenden Beweis gegen irgendeinen der anderen gab, dann würde er sein Bestes tun, seinen Tatverdächtigen dingfest zu machen. Wenn damit die Verschwörung unterbunden wurde, wenn Martschenko und seine Mittäter in sicherem Gewahrsam waren, dann wäre der Special Branch vielleicht sogar froh, ihn mit einer Mordanklage festhalten zu können.

Er fuhr zu einem Telefonkiosk, von dem er den Inspector anrief, der für die Mannschaft der Apothekernachfrage verantwortlich war. Glücklicherweise hatte er auch Grund, Finch und Miss de la Costa von der Liste zu streichen, nicht nur Martschenko. So wunderte sich Inspector Wardle nicht über seine Bitte. Mit Tom Tring hingegen sah es anders aus. Er würde genau wissen wollen, warum man ausgerechnet seinen Lieblingsverdächtigen von der Liste strich, und er würde auch nicht lange brauchen, um die Verbindung zu dem geheimnisvollen Fremden zu ziehen. Andererseits war es sehr wahrscheinlich, dass er den Superintendent schon oft im Yard gesehen hatte, dass er ganz genau wusste, um wen es sich handelte, und dass er nicht nur selbst den Mund halten würde, sondern auch zusähe, dass Piper es ihm gleichtat.

Als Alec bei Miss Blaise ankam, nieselte es. Keiner von seinen Mannen war zu entdecken. Sie hatten doch jede Menge Zeit gehabt, um hierherzukommen. Er blickte sich verärgert um. Hatten sie vielleicht Schutz vor dem Regen gesucht?

»Hey, Chief!«

Er blickte auf. Aus einem Fenster im dritten Stock hing Ernie, winkte und machte ihm Zeichen. Noch verärgerter ging Alec hinauf. Er hatte ihnen doch gesagt, sie sollten draußen warten!

Olivia Blaise öffnete ihm die Tür. »Nicht schimpfen, Chief Inspector«, sagte sie und betrachtete seine verärgerte Miene mit ironischem, amüsiertem Gesichtsausdruck. »Als ich nach Hause kam, fand ich die beiden vor, wie sie warteten. Da hatte es gerade angefangen zu regnen, also habe ich sie überredet, hereinzukommen. Sie nehmen doch auch eine Tasse Tee, oder? Sonst muss ich ja fürchten, dass Sie mich gleich festnehmen wollen. Das Wasser kocht auch schon.«

»Vielen Dank, Miss Blaise, da sage ich nicht nein.«

Mit seiner Ankunft in dem kleinen Zimmerchen herrschte nun endgültig drangvolle Enge. Der Raum war sparsam und billig möbliert wie die Wohnung von Martschenko, wurde allerdings durch Opernplakate aufgeheitert, die mit Nadeln an die Wände gepinnt waren. Überall lagen bunte Kissen herum, und an den Fenstern hingen knallige Vorhänge. Ein Vorhang in der einen Ecke verbarg wahrscheinlich Miss Blaise' Kleider und der in der anderen vermutlich ein Waschbecken. Der Kessel dampfte auf dem Gaskocher neben dem Gaszähler mit Münzeinwurf. Tring saß auf einem scharlachrot lackierten Küchenstuhl, Piper auf dem Couchbett, auf dem als Überdecke ein bunter Quilt lag.

Ein arbeitendes Mädchen, das das Beste aus seiner Lage machte – Alec spürte sofort Mitleid mit ihr. Er setzte sich neben Ernie auf das Sofa.

Tom hatte ihr bereits die Fingerabdrücke abgenommen. Als der Tee eingeschenkt war, stellte Alec ihr also gleich seine Fragen. Olivia Blaise gab frank und frei zu, dass sie mit Eric Cochran eine Affäre gehabt hatte. Sie war sich »ziemlich sicher«, dass Mrs. Cochran davon nichts gewusst hatte.

»Wir waren unglaublich diskret«, sagte sie und zog eine Grimasse. »Er hat mich immer in wirklich schauderliche Cafés geführt, und wir sind anschließend hierher zurückgekommen, nie in ein Hotel. Und Tanzen waren wir natürlich nie. Aber die liebe Ursula wird es möglicherweise jetzt ahnen, wenn sie es nicht schon vorher gewusst hat. Eric hat mich nämlich gebeten, im Wiederholungskonzert zu singen.«

»Herzlichen Glückwunsch!«

»Was bedeutet, dass ich durch Bettinas Tod genau das gewonnen habe, was sie mir im Leben versperrt hat. Ist schon in Ordnung, Chief Inspector, in Ihren Tee habe ich kein Gift getan. Bettina habe ich im Übrigen auch nicht vergiftet. Es war ja keinesfalls sicher, dass es eine Wiederholung geben würde, und auch nicht, dass Eric mir die Rolle anbieten würde. Wir haben uns gestritten, wie Sie sicherlich schon wissen. Ich hätte mir vielleicht überlegt, diese blöde Ziege vor dem Konzert über den Jordan zu bringen, in der Hoffnung, dass Eric und ich uns wieder vertragen. Ist mir aber gar nicht in den Sinn gekommen. So etwas würde mir überhaupt nicht einfallen, so einen Gedanken hätte ich sofort wieder verscheucht.« Ihr kantiges Gesicht und die kühlen Augen wurden weich. »Schließlich hätte ich das Roger nicht antun können.«

Über die anderen wollte sie nichts sagen, außer, dass auch Muriel nie absichtlich irgendetwas tun würde, um Roger Abernathy Leid zuzufügen, und dass Eric niemals sein eigenes Konzert sabotiert hätte.

»Und sie hätte das auch nicht«, fügte Miss Blaise säuerlich hinzu.

Ihr war nicht aufgefallen, was die anderen taten, während sie im Solistenraum gewesen war. Sie hatte sich mit Muriel unterhalten. Als Muriel dann in die Garderobe gegangen war, um die Noten zu holen, hatte sie Eric zugehört der in letzter Minute das *Quam olim Abrahae* geändert haben wollte. (Pipers flinker Bleistift zögerte an dieser Stelle, und sie buchstabierte ihm freundlicherweise den Titel.) Sie hatte sich nicht in der Nähe des Tisches aufgehalten

»Außer um Mr. Lewitsch zu sagen, dass Muriel mit ihm sprechen wollte.«

»Vermutlich haben Sie dabei nicht bemerkt, dass Mr. Lewitsch etwas in die Karaffe tat.«

»Nein, keinesfalls, und Klatsch werden Sie von mir nicht hören. Ich habe genug mit mir selbst zu tun, als dass ich mich um die Angelegenheiten anderer Leute kümmern könnte. Damit wollte ich nicht Ihren Beruf lächerlich machen, Chief Inspector«, versicherte sie ihm mit einem Lächeln. Mehr war nicht aus ihr herauszubekommen. Erst beim Abschied sagte sie nachdenklich: »Roger hätte Muriel heiraten sollen. Ihre Stimme wäre genauso gut gewesen, wenn man sie vernünftig ausgebildet hätte, und sie ist gutherzig und freundlich. Aber auf goldene Locken fallen die Männer immer herein.« Spöttisch strich sie sich ihre dunklen, glänzenden kurzen Haare zurück. »Auf Wiedersehen, Gentlemen. Kommen Sie doch mal wieder vorbei.«

Während er Alec die enge Treppe hinunter folgte, bemerkte Tring mit nachdenklich grummelnder Stimme: »Wenn ich irgendetwas ungern sehe, dann eine fröhliche junge Frau, die in einen verheirateten Mann verliebt ist.«

»Olivia Blaise ist in Eric Cochran verliebt?«, fragte Alec überrascht. »Sie spricht doch eher beiläufig von ihm.«

»Na, sie gehört eben nicht zu denen, die ihr Herz auf der Zunge tragen. Sie haben sie nur unter dem Gesichtspunkt des Mordes an Mrs. Abernathy beobachtet, Chief.«

»Und Sie unter dem Gesichtspunkt eines hübschen Mädchens?«

»Wie dem auch sei.« Tom strich sich über den üppigen Schnurrbart, während sie auf die Straße hinaustraten. »Glauben Sie mir, Chief, die ist bis über beide Ohren verliebt. Wenn wir demnächst Mrs. Cochran irgendwo tot auffinden …«

»Dann nehme ich Miss Blaise fest.« Alec setzte sich hinter das Steuer des Austin und drückte auf den Anlasser. »Ich bezweifle aber, dass sie Mrs. Abernathy umgebracht hat. Wenn Ihre These stimmt, Tom, dann hat sie vielleicht sogar gehofft, dass Mrs. Cochran von der Affäre erfährt. Dann würde ihr Liebhaber nämlich freikommen.«

»Die Cochrans als Nächstes, Chief?«, fragte Piper.

»Ja. Wir können Miss de la Costa zumindest vorläufig von der Liste streichen. Lewitsch ist heute Abend bei den Abernathys zum Abendessen eingeladen, und ich werde ihn wohl da aufsuchen. Die Cochrans werden sich bestimmt unglaublich über die Fingerabdruckabnahme aufregen, Tom. Also heben wir uns das lieber bis ganz zuletzt auf. Sprechen Sie bitte als Erstes mit den Dienern, vor allen Dingen mit Mrs. Cochrans Zofe und mit dem Chauffeur.«

»In Ordnung, Chief.«

Von der beeindruckenden Residenz der Cochrans hatte man einen phantastischen Blick über die Themse. Ein flottes, hübsches Hausmädchen öffnete ihnen die Tür, und sie traten aus dem Regen in die Eingangshalle. Dort starrten mehrere Hirschköpfe glasäugig und voller Missbilligung auf einen Mantelständer aus Geweihen, auf einen Elefantenfuß, der als Regenschirmständer diente, und auf einen ausgestopften Fuchs auf einem Podest. Von der Decke hing ein ausgestopfter Fasan im Flug. Gegenüber der Haustür war das Porträt eines eine Jagdjoppe tragenden Patriarchen aus der eher zotteligen Periode des letzten Jahrhunderts angebracht – mit wildem Vollbart. Links und rechts von ihm standen Ritterrüstungen.

»Meine Güte«, seufzte Ernie Piper und wurde rot, als ihn das hübsche Hausmädchen anlächelte.

»Ich schau mal, ob die Herrschaften zu Hause sind«, sagte sie wohlanständig, als sie sich dann wieder ihrer Rolle erinnerte.

Alec, der nicht vorhatte, sich abweisen zu lassen, folgte ihr auf dem Fuße. Sie öffnete eine Tür, blickte sich zu ihm um und tat etwas verlegen kund: »Die Polizei ist da, Madam.«

Als er in den geräumigen Salon eintrat, zuckte Alec zusammen. Elegantes Sheraton- und Hepplewhite-Mobiliar war auf das scheußlichste mit viktorianischen Troddeln und Fransen und Antimakassars entstellt. Dazwischen standen Möbel aus Chrom und Aluminium, die ganz der neuesten Mode entsprachen. Hier wusste ein Mensch ohne natürlichen Sinn für Eleganz, was »man« für gut befand, was derzeit Mode war und was seinerzeit ihrem Vater gefallen hatte.

Alec wurde sich seines eigenen Snobismus bewusst. Dennoch überlegte er, ob Sir Denzil Vernon seinen Adelstitel und seinen Besitz auf dem Lande wohl dadurch erreicht hatte, dass er sich als Bierbrauer ein Vermögen verdient hatte, oder vielleicht mit der Herstellung von Schweinefutter. Und bestimmt hatte er größere Summen an die Tories gespendet.

Als er die Augen von einem ausgestopften Fisch in einem Glasrahmen auf dem Kaminsims abwandte, traf er den gleichermaßen kaltglasigen Blick von Mrs. Cochran.

»Das auffallende Porträt im Eingang, ist das Sir Denzil?«

»Ja, das ist mein Vater.« Sie taute spürbar auf. »Sie möchten bestimmt mit meinem Gatten sprechen. Er ist eigentlich sehr beschäftigt, aber ...«

»Später vielleicht«, sagte Alec rasch und wiederholte sein Sprüchlein, dass gestern alle unter Schock gestanden hätten und man sich heute vielleicht an mehr erinnern könnte.

Mrs. Cochran bestätigte das meiste, was Martschenko

über die Leute im Solistenraum berichtet hatte. Sie war einige Minuten allein dort gewesen, bevor ihr Gatte aus der Garderobe herausgekommen war, doch an den Tisch war sie nicht gegangen.

»Die Erfrischungen dort sind für die Sänger gedacht, nicht für den Besuch«, fügte sie streng hinzu. Mit ihrem Tonfall rügte sie Alec, der so schlechte Manieren hatte, dass er einem Hausmädchen direkt in das Wohnzimmer gefolgt war, ohne eine entsprechende Aufforderung abzuwarten.

»Miss Blaise schien allerdings nicht zu wissen, dass sie sich da nicht zu bedienen hatte – aber vielleicht hatte sie auch etwas anderes an dem Tisch vor.«

»Sie haben sie dort gesehen?«

Angesichts seines durchdringenden Blickes, unter dem seine Untergebenen salutierten und Verbrecher vor ihm erbebten, zog Mrs. Cochran diese Aussage wieder zurück. »Ich dachte, ich hätte sie dort gesehen. Beschwören kann ich das aber nicht.«

Alec nahm dies als Beweis, dass sie mittlerweile die wahre Identität der Geliebten ihres Mannes erfahren hatte. Dessen war er sich umso sicherer, als sie eilig fortfuhr: »Roger Abernathy stand nur sehr kurz an dem Tisch. Gerade lange genug, um seiner Frau eine Tasse Tee einzuschenken. Nicht, dass Sie den armen Mann überhaupt verdächtigen können. Er hat sie ihr so freundlich und zartfühlend gereicht, und dieses vulgäre Wesen hat einen Flunsch gezogen und sie Schweineschlampe genannt!«

Würden sich seine Tatverdächtigen nicht alle in der einen oder anderen Hinsicht feindselig gegenüberstehen, hätte Alec sich gefragt, ob es unter ihnen eine Absprache gab, Roger Abernathy zu schützen. Doch rasch machte er sich bewusst, welchen Einfluss die persönliche Meinung auf eine polizeiliche Untersuchung haben konnte. Er ermahnte sich, dass dieser Mann keinesfalls von der Faustregel ausgenommen werden könne, dass ermordete Ehefrauen meistens von ihren Männern umgebracht worden waren. Freundlich, sanft, alles erduldend, wäre er nicht der erste unterdrückte Mann, der dann doch irgendwann zurückschlug. Doch die Zurückweisung einer Tasse Tee würde wohl kaum als Anlass für einen Mord in Frage kommen.

Mrs. Cochran beklagte sich inzwischen über den Artikel des Musikkritikers der *Times*, der eher ein Nachruf auf eine vielversprechende junge Sängerin gewesen war als eine Besprechung des Konzerts. Eric hatte man kaum erwähnt. Und schlimmer noch, mehrere prominente Personen aus der Musikwelt, die kostenlos Karten erhalten hatten, hatten angerufen, allerdings nicht, um die Dirigierkünste ihres Mannes zu loben, sondern um ihm ihr Beileid für dieses Debakel auszusprechen.

»Und die meisten können am Montag nicht wiederkommen«, jammerte sie. »Das ist ein wirklicher Tiefschlag für seine Karriere. Ich gehe davon aus, dass Sie alles in Ihrer Macht Stehende tun werden, Chief Inspector, um den Übeltäter bald festzunageln.«

Dessen Hauptmissetat war ihrer Meinung nach nicht der Mord, sondern die Störung des Konzerts. Sie schien das durchaus ernst zu meinen und überhaupt nicht zu bemerken, dass ihr Standpunkt vielleicht als herzlos empfunden werden könnte.

Alec erinnerte sich, dass Daisy ihm erzählt hatte, wie sehr Mrs. Cochran von der Karriere ihres Ehemannes besessen war. Wenn sie sich Bettinas hätte entledigen wollen, dann hätte sie das niemals während eines so wichtigen Konzerts getan. Er beschloss, das Thema von Cochrans Treulosigkeit nicht anzusprechen, bevor er nicht einen deutlicheren Hinweis hatte, ob sie von seinem Verhältnis mit Olivia gewusst hatte.

In der Zwischenzeit würde er ihr einfach genau zuhören. »Sie können versichert sein, Ma'am, dass wir unser Bestes tun werden, den Übeltäter festzunageln«, versicherte er ihr freundlich. »Sie und Mr. Cochran könnten uns dabei helfen, indem Sie meinem Sergeant erlauben, Ihre Fingerabdrücke abzunehmen. Es dient nur dazu, Sie von der Liste streichen zu können.«

Sie widersprach zunächst heftig, gab dann jedoch nach. Tring und Cochran wurden beide herbeigerufen, und die Fingerabdrücke wurden abgenommen. Dann lud Cochran, der seine Frau etwas nervös angeschaut hatte, die Detectives ein, doch mit ihm in seinen Musikraum zu gehen. Es war ein großes Zimmer, in dessen einer Wand Fenstertüren bis auf den Boden gingen.

Das zu erwartende Piano war ein Konzertflügel, dessen schwarze Kurven vom gebohnerten Parkett reflektiert wurden. Doch der beeindruckendste Gegenstand im Raum war ein amerikanisches Grammophon von Victrola mit einem riesigen Schalltrichter. An den Wänden standen Regale mit einer riesigen Sammlung Schallplatten und Partituren. Hier und da prangten dazwischen Büsten von großen Komponisten. In einer Ecke befanden sich mehrere Stühle mit geradem Rücken sowie mehrere Notenständer; hier fanden wohl Kammermusikkonzerte statt. Ansonsten waren die Möbel typisch für das Arbeitszimmer eines wohlhabenden Gentleman – lederbezogene Sessel, ein prachtvolles Zylinderbureau, ein Getränkeschränkchen.

»Meine Gefängniszelle«, sagte Eric Cochran bitter und wies mit einer alles umfassenden Geste durch den Raum.

»Setzen Sie sich doch, Chief Inspector. Einen Drink? Nein? Nehmen Sie doch eine Zigarre – ich rauche nicht.«

Tring, der gelegentlich Zigarren rauchte und dem es sicherlich zutiefst leidtun würde, dass er eine echte Havanna verpasste, war gerade in den Aufenthaltsräumen der Dienstboten. Alec holte seine Pfeife hervor, stopfte sie und zündete sie an; Piper, der sich schon unauffällig in seinem üblichen Eckchen niedergelassen hatte, holte eine Packung Woodbines hervor, die er jedoch wieder wegsteckte, als Cochran ihm eine silberne Zigarettenschachtel reichte. Eine teure Zigarette von edelstem türkischem Tabak zwischen den Lippen, zog Piper dann seine Bleistifte hervor und öffnete sein Notizbüchlein.

Cochran erzählte bereitwillig. Er war völlig aus dem Häuschen über seine neue Idee für das *Quam olim Abrahae* und hatte dem, was die Menschen im Solistenzimmer taten, eine große Aufmerksamkeit gewidmet. Abgesehen davon, dass er sich über die Anwesenheit seiner Frau geärgert hatte, war ihm nur Olivias Ankunft aufgefallen.

»Sicherlich wissen Sie über mich und Olivia Bescheid«, sagte er ironisch. »Mir war zu jeder Zeit bewusst, wo sie sich in dem Raum befand, und sie ist nicht an den Tisch gegangen. Natürlich erwarte ich nicht, dass Sie mir das glauben. Ich liebe sie, verdammt noch mal! Als Bettina Abernathy gedroht hat, alles Ursula zu offenbaren, fürchtete ich um meine Karriere und – seien wir ehrlich – um mein luxuriöses Leben. Jetzt frage ich mich, ob sich das alles überhaupt lohnt, wenn es bedeutet, dass Olivia nicht mein sein kann. Sie müssen das doch einfach verstehen, Chief Inspector«, bat er.

»Wir können Ehebruch nicht gutheißen, Sir.«

»Nein.« Cochran verbarg den Kopf in den Händen. »Und

Ursula war auf ihre Art ja immer sehr freundlich zu mir, ganz zu schweigen von ihrer bemerkenswerten Großzügigkeit. Aber sie würde nie in eine Scheidung einwilligen. Und ohne eine Scheidung wird Olivia mich wiederum nicht nehmen. Was soll ich nur tun?«

Obwohl er ihn nicht sympathisch fand, musste Alec sich eingestehen, dass er Mitleid für den unglücklichen Mann und für seine betrogene Ehefrau empfand.

»Glauben Sie, dass Mrs. Cochran sich jetzt über Ihre Verbindung zu Miss Blaise im Klaren ist?«

»Jetzt gibt es ja gar nichts mehr zu wissen. Sie hat vielleicht erraten, dass es früher einmal etwas gab. Und sie weiß, dass ich Olivia die Rolle zugesagt habe.«

Ansonsten hatte Cochran nichts Interessantes zu berichten. Sie ließen ihn bald in seinem unglücklichen Luxusleben zurück, holten Tom Tring ab und gingen hinaus in die feuchte Dämmerung. Während sie einen Moment dort standen und ein hell erleuchtetes Schiff beobachteten, das den Fluss hinuntertuckerte, gab Tom seinen Bericht ab.

»Ein ziemlich schlaues Kerlchen, unser Chauffeur. Der hat Mr. Cochran tatsächlich immer zu den Abernathys gefahren. Cochran hat ihn dann fortgeschickt und ihm den Nachmittag oder den Abend freigegeben. Das hat er sich auch wohl gefallen lassen. Nur ist er dann immer geschwind nach Hause geeilt und hat es prompt der Gemahlin weitererzählt. Es scheint, dass sie immer ganz genau wissen wollte, wo ihr Gatte hinging. Und da sie die Rechnungen bezahlt, hat unser Freundchen auch frank und frei geplaudert.«

»Wusste er über Miss Blaise Bescheid?«

»Der doch nicht. Der dachte, es sei Mrs. Abernathy.«

»Dann stehen die Chancen ja gut, dass Mrs. Cochran das auch gedacht hat. Ich kann mir immer noch nicht vorstellen, dass sie – oder er, wenn ich schon dabei bin – das Konzert so zerstört, aber wir werden sie mal im Auge behalten. In Ordnung, Tom. Sie sollten mal lieber wieder zu Ihrer eigenen Gemahlin zurückkehren, sonst wird sie mich noch einen Kopf kürzer machen. Oha, da fällt es mir doch selber auch ein. Ich sollte mal lieber zu Hause anrufen und Bescheid sagen, dass ich nicht zum Abendessen komme. Ich lasse Sie an der nächsten U-Bahn-Station raus. Lassen Sie mal das Werkzeug für die Fingerabdrücke da. Ernie hat Ihnen zugeschaut, und ich würde sagen, dass wir beide die Patscherchen von Lewitsch wohl noch hinbekommen werden. Ich brauche Sie morgen so früh im Yard, dass wir Ernies Protokolle lesen können, ehe Sie mit mir Dr. Woodward aufsuchen.«

»Moment mal, Chief«, protestierte Piper. »Sie wollen das alles heute Abend getippt haben?«

»Ganz genau, mein Freund. Aber zuerst holen wir uns einen Happen zu essen und fahren dann zum Haus der Abernathys, um mit Lewitsch zu sprechen.«

Piper stöhnte auf, und Tom grinste.

»Morgen ist die gerichtliche Untersuchung des Todesfalls«, erinnerte Alec die beiden. »Der Coroner wird wissen wollen, wie weit wir mittlerweile gekommen sind.«

Kapitel 13

Daisy hätte nichts lieber getan, als nach Hause zu gehen und sich an ihre Schreibmaschine zu setzen. Der lange Abend, der vor ihr lag, erfüllte sie mit Entsetzen. Reverend Westleas stumme Missbilligung von Jakow Lewitschs Existenz sowie sein ebenfalls stummer Tadel seiner nunmehr einzigen Tochter waren beredt und äußerst unangenehm.

Sie hatten früh zu Abend gegessen, denn montags probte immer der ProMusica Chor. Trotz Muriels Protest bestand Roger darauf, die Probe zu leiten. Sie hatte ihm versichert, dass das niemand von ihm erwarte. Doch auf stille und störrische Art war er entschlossen, seiner Pflicht nachzukommen, wenn er auch Verständnis dafür hatte, dass sie das nicht über sich bringen konnte. Immerhin konnte sie ihn überzeugen, mit dem Taximobil zu fahren anstatt wie sonst mit dem Omnibus.

Doch nicht nur der Abend machte Daisy unruhig. Sie musste unbedingt mit Alec sprechen, und als es klingelte und Beryl kundtat, dass die Polizei wieder da war, freute sie sich außerordentlich.

»Der Chief Inspector möchte zuerst Miss Muriel sprechen und dann Mr. Lewitsch«, fuhr das Hausmädchen fort.

»Würden Sie bitte mit ihr gehen, Miss Dalrymple?«, fragte Lewitsch besorgt. »Bitte, Daisy«, bat auch Muriel. Der Pastor verzog den Mund und blickte in die andere Richtung. Daisy kam dieser Bitte nur zu gern nach. Sie gingen hinaus in den Korridor, wo Alec und Piper schon warteten, und Muriel führte sie alle in das Esszimmer. Alec schaute Daisy irritiert an. Sie verbarg ihren Ärger darüber und überlegte, dass er wohl nicht besonders erfreut darüber wäre, wenn sie ihre Entdeckung in Muriels Gegenwart kundtat. Doch fiel ihr das Schweigen leichter, als sie hörte, worüber er mit Muriel sprechen wollte.

»Miss Westlea, ich habe einiges über den Schmuck gehört, den Dimitri Martschenko Ihrer Schwester geschenkt hat. Ich würde ihn gerne sehen, sofern Sie ihn hier aufbewahren.«

»Ja«, stotterte Muriel. »Er ist in meinem Schlafzimmer. Ich fand nichts dabei, ihn vor meinen Eltern aus dem Weg zu räumen, und da sie ihn mir vererbt hat … Das hat sie doch?«

»Ich glaube wohl. Es macht überhaupt nichts, dass Sie ihn weggebracht haben. Ich will nur sehen, ob ich ihn schätzen lassen sollte.«

Daisys Laune wurde heiterer. Dann war Martschenko also ein Tatverdächtiger, und sein Motiv stand wahrscheinlich in direktem Verhältnis zum Wert seiner Geschenke an Bettina.

»Ich bin mir sicher, dass der Schmuck sehr kostbar ist«, sagte Muriel. »Ich werde ihm die Sachen zurückgeben. Das ist nur fair.«

Alec hob die Augenbrauen. »Sogar mehr als fair. Aber das ist natürlich Ihre Entscheidung. Nur dürfen Sie nichts mit dem Schmuck anstellen, bevor das Testament gerichtlich anerkannt worden ist.«

»Das hat Roger auch gesagt, als ich es ihm erzählt habe.«

»Wie geht es Mr. Abernathy?«

»Ganz gut.« Muriel runzelte die Stirn. »Wenigstens körperlich. Er … er scheint aber an nichts mehr Interesse zu haben. Er macht einfach nur das, was man am Tag so macht, weil man ja die Leute nicht enttäuschen kann. Finden Sie nicht auch, Daisy?«

»Ja. Er ist schrecklich lustlos und isst kaum etwas.«

»Es tut mir sehr leid, das zu hören. War Ihre Schwester bei guter Gesundheit, Miss Westlea?«

»O ja, Bettina war nie krank. Deswegen hatte sie auch nie so recht Mitleid mit Roger und seinem Herzen.«

»Sie nahm keine Medikamente?«

»Nur einen Hustensaft, glaube ich. Vom vielen Singen bekommt man einen trockenen und rauen Hals. Ansonsten nahm sie vielleicht gelegentlich ein Mittel gegen Kopfschmerzen. Mehr fällt mir nicht ein.«

»Danke sehr. Das ist fürs Erste alles, wobei ich Sie vermutlich irgendwann noch einmal ausführlicher sprechen muss. Wären Sie so freundlich, den Schmuck zu holen, während ich mich mit Mr. Lewitsch unterhalte?«

»Ich habe Ihnen noch etwas zu sagen«, sagte Daisy leise zu Alec, während Muriel sich zum Gehen umwandte.

»Später bitte, Daisy. Ich will Lewitsch nicht warten lassen.«

»Stimmt, das wäre wirklich zu gemein!«, gab sie ihm recht. Sie sah den armen Mann vor sich, wie er jetzt allein im Salon mit den Westleas sitzen musste. »Aber gehen Sie nicht weg, ehe ich es Ihnen erzählt habe.«

Er lächelte erschöpft. »Wenn es schnell geht. Ernie und ich haben noch eine lange Nacht vor uns.«

»Es dauert wirklich nicht lange. Ja, ich komme, Muriel.«

Während Muriel nach oben ging, kehrte Daisy in den Salon zurück, um Jakow Lewitsch zu rufen. Ganz offensichtlich war er alles andere als glücklich, noch einmal mit der Polizei sprechen zu müssen. Seine Erfahrungen von früher prägten ihn wohl immer noch, und Alecs harmlose Befragungsmethoden hatten ihn nicht beruhigen können.

»Soll ich mit Ihnen gehen?«, schlug Daisy spontan vor.

Sein langes, knochiges Gesicht erhellte sich. »Das würden Sie wirklich tun?«

»Wenn Sie möchten. Sofern Sie Mr. Fletcher sagen, dass Sie mich dabeihaben wollen.«

Alec sah sie zuerst fassungslos und dann geradezu leidend an. Er protestierte zwar nicht, doch fragte sein Blick eindeutig: Wie zum Teufel machen Sie das eigentlich immer? Streng schaute er Piper an, auf dessen Gesicht er noch den letzten Rest eines Grinsens erhaschte, das dann rasch verschwand. Daisy bemerkte, dass Lewitsch das alles amüsiert und darüber hinaus entspannt beobachtete.

Alec fragte ihn, wen und was er im Solistenraum gesehen hatte. »Ich hoffe, Sie werden sich heute besser erinnern können, nachdem der erste Schock über Mrs. Abernathys Tod vorüber ist«, fügte er hinzu, als hätte die gestrige Zurückhaltung nichts mit einer Verweigerungshaltung zu tun gehabt. Ein kluger Schachzug; so fühlten sich seine »Opfer« gleich viel wohler, dachte Daisy.

Lewitsch dachte einen Moment nach. »Zuerst ich sah Eric Cochran und Mrs. Cochran«, sagte er. »Wir sind uns in der Tür begegnet. Cochran schon mit mir gesprecht – gesprochen – über seine neue Idee für nächsten Teil des Requiems, aber ich hatte noch Frage. Verstehen Sie bitte. Ich hatte Cochran in Dirigentenzimmer gesucht und nicht gefunden. Deswegen ich bin in den Solistenraum gegangen.«

»Ich verstehe, Sir. Sie sind dann gegangen, nachdem Sie mit Mr. Cochran gesprochen hatten?«

»Nein.« Lewitsch wurde rot. »Als ich sah, dass Miss Westlea dort war, hatte ich Hoffnung, einige Worte mit ihr zu wechseln, aber sie unterhielt sich gerade mit Miss Blaise. Ich nicht wollte unterbrechen. Also …«

»Einen Moment noch, Sir. Befand sich noch jemand anders im Raum?«

»Nur Mr. und Mrs. Abernathy. Die beiden unterhielten sich auch. Es nicht sollte wirken, als ob ich auf Miss Westlea warte, also habe ich mir ein Glas Wasser eingegossen.«

»Wir werden Ihre Fingerabdrücke abnehmen müssen«, sagte Alec rasch. »Wir wollen uns damit nur vergewissern, welches Glas Sie benutzt haben und was die anderen Menschen angefasst haben.«

»Ich habe meine übrigens auch abnehmen lassen«, warf Daisy fröhlich ein, während Lewitsch noch zögerte. Er wirkte etwas weniger entsetzt, und Alec lächelte ihr lobend zu. Sollte er noch einmal behaupten, sie sei ihm keine Hilfe!

»Miss Blaise hat mit Ihnen gesprochen, bevor sie ging?«, fragte Alec als Nächstes.

Lewitschs eingefallene Wangen verfärbten sich rosa, als er sagte:

»Sie mir gesagt, dass Miss Westlea sich freut, mich zu sehen. Also ich bin zu Miss Westlea gegangen.«

»Sie mögen Miss Westlea?«

»*Da*, mögen. Ich bin zuneigungsvoller Freund von ihr. Ist es richtiges Wort?«

»Ein sehr richtiges Wort, Sir. In anderen Worten: Sie sind in sie verliebt.«

»Liebe, *net*. Liebe ist mir nicht erlaubt. Ich habe nichts, was ich Miss Westlea bieten kann, kein Geld für ein Zuhause, für Kinder. Miss Westlea hat *krassiwaja duscha* – wunderschöne Seele. Ich sie bewundere, ich spreche gern mit ihr, aber heiraten ich kann nicht. Das weiß Miss Westlea auch.«

Alec schien Muriels wunderschöne Seele nicht sonderlich zu beeindrucken. »Aber jetzt hat sie etwas Geld, und zwar das Geld ihrer Schwester«, sagte er.

»Reicht nicht, um Familie zu ernähren. Sie wird den Schmuck an Martschenko zurückgeben. Das ist ja vielleicht richtig, aber …«

Lewitsch breitete die Arme aus und zuckte mit den Achseln. »Außerdem ich fange an, wie Engländer zu denken. In meinem Land ist gut, eine Frau mit Geld heiraten. Hier sehe ich, wie Menschen über Mr. Cochran reden. Ist nicht gut. Ich muss Engländer werden.«

»Sie meinen also«, platzte es empört aus Daisy heraus, »Sie lassen die arme Muriel eine vertrocknete alte Jungfer werden, die in irgendeiner billigen Etagenwohnung in einem schrecklichen Seebad hockt …«

»Daisy, bitte!«, sagte Alec.

Sie ignorierte ihn. »Sie könnten ihr ja wenigstens die Wahl lassen!«, zischte sie. Lewitsch wirkte zunächst verwirrt und dann nachdenklich.

Alec fuhr sich mit den Händen durchs Haar. »Miss Dalrymple, wenn das noch einmal passiert, muss ich Sie bitten, den Raum zu verlassen.«

»Entschuldigen Sie bitte, Chief. Ich bin jetzt wieder ganz ruhig. Aber wirklich, dass die Männer das Leben anderer Menschen mit ihren idiotischen Skrupeln so zerstören können! Da kocht einem doch wirklich die Galle über.«

»Solange sie leise kocht, habe ich nichts dagegen einzuwenden. Mr. Lewitsch, sagen Sie mir bitte, was als Nächstes geschehen ist.«

»Mrs. Abernathy hat Miss Westlea gebeten, Knopf annähen, also ich bin gegangen.«

»Ist Mr. Abernathy mit Ihnen gegangen?«

»Nein. Er hatte Tasse Tee in der Hand. Vielleicht ist er geblieben, um zu trinken.«

»Vielleicht.« Alec starrte mit einem merkwürdig leeren

Gesichtsausdruck vor sich hin. Daisy fragte sich, was die Teetasse wohl zu bedeuten hatte.

Sie wollte das gerade fragen, als Muriel mit einer der Schmuckschatullen von Bettina den Raum betrat. »Ich hoffe, ich habe Sie nicht zu lange warten lassen, Chief Inspector«, sagte sie atemlos.

»Ganz und gar nicht, Miss Westlea.« Alec klang eher verärgert. Vermutlich hätte er eigentlich gewollt, dass Muriel seine Aufforderung abwartete, nachdem er mit Lewitsch fertig war.

»Ich habe alle Stücke, die Mr. Martschenko Betsy geschenkt hat, in ein Kästchen getan«, erklärte Muriel. »Das dürfte eigentlich alles sein.«

Sie stellte die Kassette auf den Tisch vor Alec. Als er sie öffnete, stieß er einen anerkennenden leisen Pfiff aus.

Daisy stand auf und beugte sich hinüber, um hinter den erhobenen Deckel zu linsen. »Meine Güte!«

Alec schloss den Deckel, so dass sie die glitzernden roten und grünen Steine, die in abscheulich überladenen, altmodischen Fassungen steckten, nicht sehen konnte. »Ich werde diese Stücke schätzen lassen müssen, Miss Westlea. Würde es Ihnen etwas ausmachen, eine Liste aufzustellen, die ich dann als Quittung unterschreiben kann? Ich vermute, Miss Dalrymple wird Ihnen gerne dabei helfen, während ich noch einige letzte Dinge mit Mr. Lewitsch bespreche.«

Daisys wütenden Gesichtsausdruck erwiderte er mit einem lammfrommen Unschuldsblick. Da sie aber eigentlich auch gern den Schmuck begutachten wollte, überlegte sie es sich noch einmal, lächelte freundlich und sagte: »Natürlich helf ich Ihnen gern, Muriel.«

Sie gingen hinauf in Muriels Schlafzimmer, denn sie wollte vermeiden, dass ihre Eltern die Beute sähen. Die Juwelen waren genauso beeindruckend, und die reichverzierten Fassungen aus Gold und Silber genauso fürchterlich, wie es Daisy vorhin beim ersten kurzen Blick erschienen war. »Hat Bettina dieses Zeug tatsächlich getragen?«

»Nein, das habe ich Ihnen doch erzählt. Sie hat sich die Klunker einfach nur gerne angeschaut. Wenn ich sie nicht zurückgeben wollte, dann würde ich sie ja verkaufen. Aber ich kann mir nicht vorstellen, dass das rechtens wäre«, sagte Muriel nachdenklich.

»Es ist wirklich sehr edel von Ihnen, sie zurückzugeben.« Daisy war sich nicht sicher, dass sie selbst genauso edel gewesen wäre.

Sie erstellten eine Liste der Schmuckstücke, in der sie jedes einzelne kurz beschrieben, und kehrten dann in das Esszimmer zurück. Dort fanden sie Alec und Lewitsch vor, die sich über das Leben in Russland unterhielten.

Alec unterschrieb die Liste und übernahm die Schmuckschatulle. »Sie haben Mr. Martschenko doch noch nicht mitgeteilt, was Sie vorhaben, oder?«, fragte er Muriel. »Bitte tun Sie das nicht. Und sagen Sie ihm bitte auch nicht, dass ich den Schmuck schätzen lasse.«

Nachdem er sie höflich entlassen hatte, kehrten Muriel und Lewitsch widerwillig zu Reverend Westlea in den Salon zurück.

»Sollten Sie nicht die Liste mit den Schmuckstücken abgleichen?«, fragte Daisy.

»Wenn Sie nicht bei der Aufstellung der Liste geholfen hätten, dann hätte ich das wohl auch getan.«

»Ach so, ich verstehe«, sagte sie beruhigt. »Das war also kein Vorwand, um mich loszuwerden.«

»Nicht nur.« Er grinste. »Obwohl Lewitsch mir tatsächlich nichts Neues erzählt hat – außer, dass Sie ihn überzeugt haben.«

»Ich habe was?«

»Nachdem er sich mit mir beraten hat, wie ein Gentleman üblicherweise vorgeht, wird er Miss Westlea einen Heiratsantrag machen. Allerdings nicht bevor diese Angelegenheit nicht aufgeklärt ist«, bremste er sie, ehe sie ihren Triumph herauskrähen konnte, »also kein Wort an Ihre Freundin. Und überhaupt, vergessen Sie bitte nicht, dass ich sie möglicherweise doch noch festnehmen muss.«

»Ach, Alec, nein! Es muss doch jemand gewesen sein, der anders nicht an Bettina herankam. Warum sollte Muriel denn ihre Schwester in der Royal Albert Hall ermorden, wenn sie das zu Hause doch viel einfacher hätte tun können?«

»Ernie?«

»Weil wir auf diese Weise viel mehr Tatverdächtige haben, Chief?«

»Ganz genau.«

»Aber dann müsste sie auch schlau genug sein, sich so etwas auszudenken«, widersprach Daisy. »Und dann wäre sie auch schlau genug gewesen, nicht überall auf der Karaffe ihre Fingerabdrücke zu lassen. Und überhaupt, was war eigentlich der ganze Aufruhr wegen der Tasse Tee? Das Gift befand sich doch im Ratafia und nicht im Tee, oder?«

»Abernathy hat Bettina eine Tasse gebracht, aber sie wollte sie nicht trinken«, erklärte Alec.

»Ach, das ist mir auch schon passiert, vorzugsweise bei einer dieser offiziellen Teegesellschaften. Da steht man dann, hält diese grässliche Tasse in der Hand, fragt sich, was man denn damit anstellen soll, bis man endlich beschließt, das Ding irgendwo abzustellen. Alec, jetzt hören Sie mal zu. Der Reverend Westlea hat vor dem Abendessen Sherry ausgeschenkt, und wissen Sie, was er getan hat? Er hat den

Stopfen so von der Karaffe abgenommen.« Sie streckte ihre rechte Hand mit der Handfläche nach oben aus, eine Lücke zwischen Zeigefinger und den anderen drei. »Sehen Sie? Der Hals des Stopfens liegt zwischen den Fingern, und so hat er keine Fingerabdrücke darauf hinterlassen.«

»Genau das hat Gower auch getan. Irgendetwas hat mich neulich ganz stutzig gemacht, ich wusste nur nicht mehr, was.«

»Was bedeutet, dass Muriel es nicht getan hat.«

»Das bedeutet noch gar nichts«, dämpfte Alec ihre Begeisterung, »aber ich will gerne zugeben, dass damit andere Möglichkeiten eröffnet werden. Jedenfalls ist es die Sache wert, dass Ernie und ich die halbe Nacht aufbleiben.«

»So spät ist es doch noch gar nicht.«

»Jetzt noch nicht, aber während Sie heute Nacht in Morpheus' Armen liegen, wird Ernie tippen, und ich werde mir die Berichte vom Labor und von der Autopsie zu Gemüte führen.«

»Igitt.« Sie verzog das Gesicht.

»Möglicherweise hören Sie die auch noch. Ich vermute, dass Sie bei der gerichtlichen Untersuchung des Todesfalls dabei sein werden?«

»Nein«, sagte Daisy bedauernd. »Ich muss morgen früh einfach einen Artikel zu Ende bringen. Einfach zu ärgerlich.«

Seiten über Seiten komplizierter medizinischer Terminologie – doch ließ sich der Autopsiebericht dahingehend zusammenfassen, dass die Symptome für einen Tod durch Blausäurevergiftung sprachen. Alec war dabei unwohl. Er las noch einmal die Zeugenaussagen der drei Ärzte, die in der Royal Albert Hall ihre Hilfe angeboten hatten. Dr. Woodward hatte überlegt, dass Bettina möglicherweise einen Anfall erlitten hatte. Jetzt stellte sich heraus, dass sie seine Patientin gewesen war. Und dann war da noch diese merkwürdige Geschichte mit dem Medikament, das er zurückgefordert hatte.

Wahrscheinlich würde Woodward das alles am Morgen erklären. Trotzdem wünschte sich Alec, Dr. Renfrew wäre nicht an die italienische Riviera gereist.

Er rieb sich müde die Augen und sah noch einmal die Untersuchung vom Gerichtslabor durch. Im Teppich und an den Scherben des zerbrochenen Glases war zu wenig der Substanz haften geblieben, als dass man hätte Proben entnehmen können. Mit den Resten in der Karaffe war es kaum besser. Eine geringe Spur von Zyankali war festgestellt worden, doch konnte man nicht eindeutig sagen, ob diese Konzentration einen Menschen hätte umbringen können

Blausäure, auch bekannt als Cyanwasserstoff, trat in der Natur in Mandeln auf, wie auch in den Kernen von Pfirsichen, Aprikosen und Kirschen. Man benutzte diese Kerne, um verschiedene Liköre mit Mandelgeschmack herzustellen. Eine weitere verwandte Substanz, Noyau, hatte schon einmal einen Unfalltod verursacht: Das Öl von Bittermandeln war an die Oberfläche einer Flasche gestiegen, die über Jahre unberührt gestanden hatte. Das erste Glas, das daraus eingeschenkt worden war, war tödlich gewesen. Obwohl im gegenwärtigen Fall das Ratafia dekantiert worden war, wurde damit immerhin bewiesen, dass die gefundene Spur Zyankali nicht unbedingt etwas bedeutete.

Alec stöhnte auf. Der Mandelgeruch aus der Karaffe hätte auch nur von dem Likör herrühren können. Daher hätte das Gift auch direkt in Bettinas Glas getan worden sein können. Und falls dem so war, machte das irgendeinen Unterschied? Waren der Mandelgeruch der Flüssigkeit im zerbrochenen

Glas und in der Pfütze gleichermaßen bedeutungslos? Nein, er hatte mit seinen eigenen Augen Bettina aus dem Glas trinken und dann tot umfallen sehen.

»Mr. Fletcher?« Der Inspector aus der Spurensicherung steckte den Kopf durch die Tür. »Wie schön, dass Sie heute auch noch so spät arbeiten, Sir.«

»Haben Sie unsere Fingerabdrücke schon verglichen?«, frage Alec interessiert.

»Hier ist die Untersuchung der Fingerabdrücke aus der Dunkelkammer, und hier ist das, was wir in der Royal Albert Hall gefunden haben. Wir haben sie alle anhand der Abdrücke überprüft, die Sie uns besorgt haben, Sir, und ich habe sie alle beschriftet.«

Die Fingerabdrücke aller Beteiligten befanden sich genau dort, wo Alec sie erwartet hatte – und nirgendwo sonst. Er seufzte. »Vielen Dank. Können Sie mir sagen, ob irgendjemand den Stopfen der Karaffe auf diese Weise herausgenommen hat?« Er demonstrierte, was Daisy ihm vorhin vorgeführt hatte.

»Ich könnte vielleicht herausfinden, ob das so gemacht worden ist, aber es gibt überhaupt keine Möglichkeit, denjenigen zu identifizieren, der das getan hat.«

»In Ordnung. Versuchen Sie bitte, das herauszufinden. Aber es kann auch bis morgen warten. Ich fahre jetzt nach Hause und gehe ins Bett.«

Alec war viel zu müde, um den Kakao zu trinken, den seine Mutter ihm in einer Thermoskanne hingestellt hatte. Er ging direkt ins Bett. Am nächsten Morgen stand er rechtzeitig auf, um mit seiner Mutter und Belinda zu frühstücken, ehe sie zur Schule ging. Seine Tochter war neun Jahre alt und wuchs unglaublich schnell heran. Es bereitete ihm fast schon Sorgen, wie dünn sie in ihrer dunkelblauen Schuluniform mit den schwarzen Strümpfen aussah. Ihr rötlich blondes Haar – Joans Haar – war dick und glänzend. Es schien fast ein Eigenleben zu haben, so widerspenstig fügte es sich in Belindas Zöpfe. Aber sie aß mit unglaublichem Appetit Genau wie Daisy, nur etwas weniger maßvoll.

»Daddy«, sagte sie und schluckte eine letzte dick mit Butter und Erdbeermarmelade bestrichene Toastecke hinunter, »ich weiß, dass ich nichts über deine Fälle fragen soll, und ich will es auch nicht, versprochen, aber arbeitest du schon wieder mit Miss Dalrymple zusammen?«

»Kann man so sagen«, sagte Alec vorsichtig.

»Ich würde sie wahnsinnig gern kennenlernen. Lädst du sie mal zum Tee ein?«

Er schaute seine Mutter an und sah ihren entsetzten Gesichtsausdruck. »Das überlassen wir mal deiner Großmutter«, sagte er.

»Bitte, Granny, am Sonnabend. Da habe ich es nicht so eilig, und ich backe dann auch Plätzchen. Liebe Zeit, ich muss jetzt aber los, sonst verpasse ich noch den Omnibus. Darf ich bitte aufstehen, Gran, und wo ist eigentlich mein Ranzen?«

»Ich muss auch los. Ich fahre dich zur Schule, Bel.«

»Ach, großartig!«

»Wir unterhalten uns noch einmal über die Einladung an Miss Dalrymple, Mutter.« Er beugte sich hinab und küsste sie auf ihre weiche, von Falten durchzogene Wange. »Ich fürchte, ich bin heute mal wieder nicht zum Abendessen da. Ich rufe aber später noch mal an und sage Bescheid.«

Er brachte Belinda zum riesigen viktorianischen Schulgebäude im neogotischen Stil. Er schaute ihr nach, wie sie vor der roten Backsteinfassade in einem Schwarm dunkelblauer

Mäntel und Hüte verschwand. Dann fuhr er weiter zu Dr. Woodward, wo er mit Tom Tring verabredet war.

Die Tür wurde von einem pummeligen Kind geöffnet, das ein oder zwei Jahre jünger war als Belinda. Es hatte einen blonden Zopf und eine rote Nase.

»Ich habe eine Erkältung, also darf ich nicht zur Schule«, tat das kleine Mädchen kund. »Und mit dem Baby darf ich nicht spielen, weil es sich anstecken könnte. Tommy ist nämlich ein Junge«, fügte sie verächtlich hinzu. »Möchten Sie meinen Daddy sprechen? Ich meine, Dr. Woodward. Für die Sprechstunde ist es nämlich noch zu früh.«

»Er erwartet uns schon.«

Der Arzt wirkte müde und nervös, alles andere als ausgeschlafen. »Kommen Sie doch in mein Sprechzimmer, meine Herren«, lud er sie ein. »Vor meiner Sprechstunde habe ich immer noch ein paar Minuten Zeit. Was kann ich für Sie tun?« Er setzte sich hinter seinen Schreibtisch, nahm die goldgeränderte Brille ab und polierte die Gläser mit seinem Taschentuch. Ohne die Brille wirkte er jünger und viel verletzlicher.

»Nur ein paar Fragen, Sir.« Alec blickte sich im Zimmer um. Die üblichen medizinischen Nachschlagewerke standen ordentlich auf einem Regal aufgereiht; ein Schrank mit Glastür enthielt Fallbeschreibungen; und schließlich sah er in der Ecke eine Tür, an der ein Schild hing: *Medikamentenausgabe*. »Ich hoffe, meine Frage erscheint Ihnen nicht indiskret, Doktor – ich beschäftige mich im Moment etwas mit diesem Thema –, Sie schließen doch diese Tür immer ab, nicht wahr?«

»Immer, Chief Inspector. Ich habe kleine Kinder.«

»Die von Ihnen verschriebenen Medikamente mischen Sie immer selbst, ist das richtig?«

Woodwards blasse Wangen wurden noch blässer. Er fummelte an seiner Brille herum und setzte sie schließlich wieder auf. »Nur die einfacheren Medikamente«, sagte er. »In meiner ersten Praxis habe ich mir das so angewöhnt. Die war auf dem Land und weitab vom Schuss. Da waren solche Medikamente eine sinnvolle Dienstleistung für meine Patienten.«

»Natürlich, Sir. Und Mrs. Abernathys Hustensaft, haben Sie den auch selbst gemischt?«

»Ja.«

»Warum haben Sie mir eigentlich nicht gesagt, dass Sie ihr Arzt sind? Und warum haben Sie die Zofe um den Rest der Medizin gebeten? Was war da eigentlich drin?«

»Ich hätte wissen müssen, dass Sie das irgendwann herausfinden werden.« Dr. Woodward bedeckte sein hageres Gesicht mit den Händen. »Das Medikament enthält Blausäure in einer hochverdünnten Lösung. Es ist ein ausgezeichnetes Mittel gegen den trockenen, kratzigen Husten, unter dem Mrs. Abernathy gelegentlich litt. In den vergangenen Nächten habe ich wirklich Alpträume gehabt.«

»Weil Sie fürchten, dass Sie die Mixtur nicht ausreichend verdünnt haben?«

»Das kann aber nicht sein!« Er blickte ihm ernst in die Augen. »Ich bin immer vorsichtig, aber in diesem Fall war ich es besonders!«

»Warum?«

»Ich wusste, dass Mrs. Abernathy ihre Medizin oft mit diesem verdammten Likör mischte, den sie so gern trank. Wenn man aber Blausäure und Alkohol gemeinsam einnimmt, hat das die Wirkung eines Depressivums. Ich habe ihr davon abgeraten. Aber ihr konnte man ja nichts vorschreiben. Und das Zeug hat funktioniert, also hat sie sich geweigert, irgendetwas anderes zu nehmen. Ich kann es nicht fassen, ehrlich. Ich habe das Gefühl, mitten in einem Alptraum zu stecken. Diese Geschichte könnte mich in den Ruin treiben und meine Familie gleich mit.«

»Deswegen haben Sie also gesagt, Mrs. Abernathy hätte möglicherweise nur einen Anfall erlitten?«

»Da war zu einem Teil wohl der Wunsch Vater des Gedankens«, gab Woodward zu. »Und zum anderen Teil lag es wahrscheinlich daran, dass ich Zyankali nicht riechen kann. Ich kann seither an nichts anderes mehr denken, das können Sie sich wohl vorstellen. Und natürlich geht jeder Gedanke an die verschiedenen Gifte, die möglich sind. Wissen Sie, dass eine Überdosis Trinitrin durchaus dieselben Symptome erzeugen kann?«

»Trinitrin, Doktor?« Plötzlich war Alec aufmerksam geworden. Auch Tring holte tief Luft. Du liebe Zeit, hatten sie sich etwa die ganze Zeit mit etwas völlig Falschem befasst? Stammte der Bittermandelgeruch vielleicht sogar ausschließlich vom Ratafia? Hatte Dr. Renfrews Assistent vielleicht nur deswegen Spuren von Zyankali gefunden, weil man ihn gebeten hatte, danach zu suchen?

»Das ist ein Herzmittel«, erklärte der Arzt. »In Verbindung mit Alkohol führt es zu einem katastrophalen Blutdruckverlust, zu Asphyxie, Zyanose, Konvulsionen und so weiter.« Er ließ die Schultern wieder sacken. »Aber Mrs. Abernathys Herz war vollkommen in Ordnung. Ich habe ihr jedenfalls nie Trinitrin verschrieben.«

Bettina hatte ein gesundes Herz. Ihr Ehemann nicht. Wie hießen diese Tabletten noch, die er immer bei sich trug? Alec musste mit seinem Arzt sprechen, mit dem Pathologen, mit Daisy ... aber zuerst musste er noch vor der gerichtlichen Untersuchung des Todesfalls unbedingt mit dem Coroner sprechen.

»Vielen Dank für Ihre Offenheit, Sir. Es wäre natürlich besser gewesen, wenn Sie sich vorher gemeldet hätten.«

»Ja. Es tut mir auch sehr leid.« Dr. Woodward sah völlig verzweifelt aus.

»Ich will nicht behaupten, dass Sie schon aus der Sache heraus sind, Doktor, aber ich kann Ihnen sagen, dass in der Royal Albert Hall kein Medizinfläschchen gefunden wurde. Mrs. Abernathy hatte auch schon eine ganze Menge Ratafia zu sich genommen, ehe sie an dieses Glas kam, das sie letzten Endes umgebracht hat. Wenn man also keine kumulative Dosis …«

»Nein«, sagte Woodward rasch, »so funktioniert Zyankali nicht. Wenn die Dosis groß genug ist, stirbt das Opfer sofort.«

»Ich werde mich weiter informieren, Sir. Sie erhalten sobald wie möglich von mir Bescheid.«

»Vielen Dank, Chief Inspector. Wenn es irgendetwas gibt, was ich zu Ihrer Hilfe tun kann, egal was, rufen Sie mich jederzeit an, Tag und Nacht.« Woodward wirkte außerordentlich erleichtert, als er sie zur Tür brachte.

»Verdammt noch mal! So ein Ärger!« Alec schlug im Takt zu seiner Schimpfkanonade auf das Steuerrad ein. »Jetzt muss ich Sir Bernard Spilsbury bitten, eine weitere Autopsie durchzuführen. Und der wird natürlich wissen wollen, warum zum Teufel ich ihn nicht gleich konsultiert habe!«

Kapitel 14

Über Tote möchte ich natürlich nichts Schlechtes sagen, Miss«, sagte Mrs. Potter, die offensichtlich genau das vorhatte, »aber meine Freundin Mrs. Wick, die nebenan arbeitet, die sagt, dass Mrs. Abernathy es faustdick hinter den Ohren hatte und dass sie durchaus unangenehm sein konnte. Nicht, dass ich meinen schlimmsten Feinden ein so schreckliches Ende … Ach, da klingelt es an der Tür. Das wird wohl Ihr junger Mann sein.«

»Mein junger Mann?« Daisy versuchte, möglichst unschuldig dreinzublicken.

»Dieser Polizist, der sich um den Mord an Mrs. Abernathy kümmert. Mrs. Wick sagt, er sieht richtig gut aus und ist ein richtiger Gentleman.«

»Ach so, Sie meinen Mr. Fletcher.« Daisy nahm den letzten Schluck Tee, schob ihren Stuhl zurück und ging zur Küchentür. »Nein, ich glaube nicht, dass er das ist. Er wird immer noch bei der gerichtlichen Untersuchung sein.«

Trotzdem hielt sie am Spiegel im Flur inne und legte rasch etwas Puder auf die Sommersprossen, ehe sie zur Haustür ging. Jedes Mal, wenn sie ihr eigenes Spiegelbild sah, bekam sie einen Schreck ob ihrer kurzgeschnittenen Haare. Sie öffnete die Tür.

»Sei gegrüßt, Daisy.« Phillip Petrie stand auf der Schwelle, den Hut in der Hand, großgewachsen und schlaksig. Sein blondes Haar war über einem Gesicht zurückgekämmt, das auf eher harmlose Art gut aussah. »Ach du liebes bisschen, was hast du denn mit deinem Haar angestellt?«

»Hallo, Phillip. Was für eine dumme Frage. Ich hab es mir natürlich abschneiden lassen. Na, nun komm herein. Dich habe ich ja seit Ewigkeiten nicht mehr gesehen. Was führt dich denn hierher?«

»Ich war übers Wochenende in Dorset. Bin gerade zurückgekommen. Und was höre ich da, nebenan soll eine Sängerin ermordet worden sein?«

»Nicht nebenan, Phil. In der Royal Albert Hall.«

»Ach, dann bist du diesmal wenigstens nicht in die Sache verwickelt«, sagte er erleichtert.

»Ehrlich gesagt, ich war im Konzert.«

»Das hätte ich mir ja denken können!«

»Zusammen mit ein paar Tausend anderen Menschen. Darunter auch Alec Fletcher, der den Fall jetzt untersucht.«

Wieder klingelte es an der Tür. Es war Muriel, und sie war völlig durcheinander. »Ach so, Daisy, Sie haben gerade Besuch? Verzeihen Sie bitte, ich ...«

»Ist schon in Ordnung, Muriel, kommen Sie herein. Das ist Phillip Petrie, ein alter Freund der Familie. Phillip, Miss Westlea, meine Nachbarin von nebenan.«

»Westlea? Von nebenan!« Aber Phillip stellte sich jeder gesellschaftlichen Herausforderung bravourös. Er sagte Muriel all die Dinge, die man als anständiger Mensch zu sagen hatte, wandte sich dann Daisy wieder zu und fuhr mit einiger Entschlossenheit fort: »Heute Abend führe ich dich zum Essen aus.«

»Heute Abend geht nicht, mein Herz. Ich bin nur kurz nach Hause gekommen, um etwas Arbeit zu erledigen, aber ich wohne nebenan bei Muriel, bis diese ganze schreckliche Geschichte vorbei ist.« Aus den Augenwinkeln bemerkte

Daisy, wie Muriel den Mund öffnete. Ein strenger Blick hieß sie schweigen. »Was nicht bedeuten soll, dass ich nicht wahnsinnig gerne mit dir essen gehen würde, Phil. Ich ruf dich aber lieber an, wenn ich Zeit habe. Du kannst ja schon anfangen, darauf zu sparen. Du wirst doch jetzt sicherlich im Büro erwartet, oder?«

Jetzt war es an Phillip, vor ihrem beredten Blick in sich zusammenzusacken. »Ja, ich sollte wohl mal lieber zurück«, sagte er verlegen. Doch dann erholte er sich wieder: »Aber ich melde mich bald bei dir.«

»Sie können Daisy auch jederzeit bei uns anrufen, Mr. Petrie«, sagte Muriel zögerlich und verriet ihm die Nummer.

»Vielen Dank, Miss Westlea.« Er blickte sie dankbar an. »Cheerio also, Daisy.«

»Cheerio, altes Haus. Bis bald, und mach dir bitte keine Sorgen.« Daisy schloss hinter ihm die Tür und wehrte fröhlich Muriels Entschuldigungen ab, weil sie so hereingetrampelt sei. »Sie haben mich vor einer Strafpredigt gerettet«, sagte sie. »Phillip mag Alec Fletcher nicht besonders. Und da er der beste Freund meines Bruders war, fühlt er sich nicht nur dazu berechtigt, sondern auch noch verpflichtet, mir ständig meine vermeintlichen Irrtümer und Fehltritte vor Augen zu führen. Ich hatte Sie noch gar nicht zurückerwartet. Ist die gerichtliche Untersuchung etwa schon vorbei?«

»Ja, es ging sehr schnell. Ich dachte, es würden viele Zeugenaussagen kommen, also alles, was Mr. Fletcher bislang herausgefunden hat. Aber er hat nur um eine Vertagung gebeten, damit die Polizei ihren Nachforschungen weiter nachgehen kann. Ich musste nur bestätigen, dass es wirklich Betsy war – das sollte ich anstelle des armen Roger tun –, und ein Arzt hat bestätigt, dass sie … dass sie wirklich tot ist.

Vater schäumt vor Wut, weil der Coroner ihren … ihren Leichnam noch nicht für die Beerdigung freigeben wollte.«

»Wie merkwürdig«, sinnierte Daisy. »Heißt das, es wird morgen keine Beerdigung geben?«

»Vater hat jedenfalls beschlossen, dass er morgen hier in der Gemeindekirche einen Gedenkgottesdienst abhalten will. Schließlich hat Mrs. Cochran schon alle Vorbereitungen für den Empfang getroffen. Er und Mutter werden dann wie geplant nach Hause fahren, Gott sei Dank. Die arme Betsy wird anschließend nach Hause überführt und dort auf dem Friedhof begraben. Man stelle sich vor, jetzt ist sie bis in alle Ewigkeit genau an dem Ort gelandet, den sie so unbedingt und so gerne verlassen wollte!«

»Na ja, ihr Geist jedenfalls wird eher in der Royal Albert Hall umgehen. Oh, Muriel, verzeihen Sie bitte!«

Aber der taktlose Kommentar hatte ihrer Freundin sogar ein Lächeln entlockt. »Du liebe Zeit. Hoffentlich fängt sie nicht an, die Konzerte mit einem Stückchen aus Verdis *Requiem* zu stören. Ich muss jetzt aber los. Bleiben Sie noch lange hier?«

»Ich muss noch ungefähr eine Stunde an meinem Artikel arbeiten. Aber zum Mittagessen bin ich wieder bei Ihnen.«

»Sie können sich gar nicht vorstellen, was für einen Trost es bedeutet, dass Sie bei uns sind. Wenn Mr. Fletcher ankommt, werde ich ihn zu Ihnen schicken, in Ordnung? Er hat mich nach der gerichtlichen Untersuchung angesprochen. Ich soll Ihnen sagen, dass er unbedingt mit Ihnen reden will. Und Roger möchte ihn auch sehen. Irgendetwas hat ihn sehr aufgeregt, aber er hat nicht gesagt, worum es geht.« Muriel seufzte. »Na ja, dann sehen wir uns also zum Mittagessen.«

Daisy zog sich in den winzigen Salon im hinteren Bereich des Häuschens zurück. Dort thronte ihre riesige altertümliche gebrauchte Schreibmaschine von Underwood auf einem eleganten Sekretär aus dem achtzehnten Jahrhundert, der aus Fairacres stammte. Sie hatte ihre Notizen über das Victoria and Albert Museum schon fast ganz zu einem Artikel umgeschrieben, als es erneut an der Tür klingelte.

Sie war in Gedanken noch ganz bei ihrem Artikel, weswegen sie den obligatorischen Blick in den Flurspiegel vergaß. Natürlich stand ausgerechnet diesmal Alec auf der Türschwelle, aber wenn ihre Sommersprossen durch das Puder hindurchschimmerten, schien es ihm völlig egal zu sein.

»Miss Westlea sagt, Sie würden hier arbeiten. Haben Sie einen Augenblick Zeit für mich?«

»Ja, aber lassen Sie mich eben noch den letzten Absatz zu Ende schreiben, bevor ich vergesse, wie ich ihn formulieren wollte. Kommen Sie doch mit in mein Arbeitszimmer.«

Alec stellte sich dort ans Fenster und blickte auf den schmalen Garten hinaus und zur Forsythie, die an der Mauer des Studios blühte. Daisy schrieb die letzten paar Zeilen. »So«, sagte sie schließlich und ordnete den Stapel Papier. »Jetzt bin ich fertig. Was gibt's denn?«

Alec drehte sich grinsend um. »Vermutlich wird Ihre Freundin Miss Fotheringay sehr erleichtert sein, wenn sie hört, dass es vielleicht doch keine Blausäurevergiftung war.«

»Nein?«, sagte Daisy erstaunt. »Aber die Ärzte meinten doch, die Symptome … Und was ist mit dem Mandelgeruch?«

»Ich bin ein Trottel, und Sir Bernard Spilsbury hat nicht gezögert, mir darin zuzustimmen.«

»Der Pathologe vom Innenministerium? Wie unverschämt!«

»Er hat durchaus das Recht dazu. Ich hatte ihn gebeten, eine misslungene Autopsie neu durchzuführen. Anscheinend ist es viel zu spät, um den Stoff zu finden, nach dem er sucht. Es handelt sich um Methämoglobin, das binnen weniger Stunden abgebaut wird. Verstehen Sie, ich hab damals angenommen, der Mörder habe sich darauf verlassen, dass der Mandelgeruch des Ratafia den Geruch der Blausäure überdeckt. Aber damit lag ich wahrscheinlich völlig falsch. Der Geruch war da, ob nun Zyankali im Getränk war oder nicht.«

»Aber die Ärzte haben doch gesagt, es sei Zyankali gewesen.«

»Sie haben voreilig alle denselben Schluss gezogen, genau wie ich auch. Oder zwei haben das getan. Dr. Woodward hat meine Aufmerksamkeit auf die Tatsache gelenkt, dass die Symptome bei einer Überdosis einer bestimmten Herzmedizin sehr ähnlich denen sind, die mit einer Zyankalivergiftung einhergehen. Daisy, wissen Sie, was in den Tabletten von Abernathy ist? Ich erreiche seinen Arzt nicht.«

»Er nimmt Trinitrin. Das ist ein anderer Name für Glycerintrinitrat, also dasselbe wie der Sprengstoff. Kaum zu glauben, aber wahr.«

»Wie der Sprengstoff? Meine Güte! Sie wissen nicht zufällig, ob das auch dasselbe ist wie Nitroglycerin?«

»Keine Ahnung. Warum?«

»Ach, das fiel mir nur so ein«, wich Alec ihr aus.

»Hat Dr. Woodward Ihnen von dem Trinitrin erzählt?«

»Genau. Wer außer Abernathy selbst hatte Zugang zu seinen Tabletten? Natürlich Miss Westlea.«

»Eigentlich jeder, der ins Haus kam. Er vergisst häufig, sie in die Tasche zu stecken, so dass Muriel unten im Ankleidezimmer der Garderobe eine Ersatzflasche aufbewahrt. Ich war einmal da, als sie Olivia gebeten hat, sie zu holen. Cochran war auch dabei. Im Musikzimmer ist außerdem auch eine Flasche, glaube ich.«

Alec fuhr sich mit den Fingern durch das Haar und verzog das Gesicht zu einer ironischen Grimasse.

»Damit ist das Zeug fast genauso leicht zugänglich wie die Dunkelkammer von Miss Fotheringay. Aber während der die kleine Menge Zyankali nicht fehlen würde, die für eine tödliche Dosis reicht«, fügte er gedankenvoll hinzu, »hätte es Abernathy oder Miss Westlea doch sicherlich auffallen müssen, wenn mehrere Tabletten verschwunden wären.«

»Er ist geistig ziemlich verwirrt, das darf man nicht vergessen. Aber versuchen Sie jetzt bitte nicht, Muriel zur Schuldigen zu machen«, bat Daisy. »Der würde so etwas gar nicht auffallen. Höchstens, wenn Roger eine Tablette aus dem Gästebad brauchte und es ihm zu schlecht ginge, als dass er sie sich selbst holen könnte.«

»Wie oft nimmt er sie denn?«

»Nur, wenn er sie braucht, nicht regelmäßig. Es ist eine Medizin für den Notfall, für Anginaanfälle. Ach, da fällt mir doch noch etwas ein. Mrs. Gower hat mir erzählt, dass sie als freiwillige Helferin in einer Klinik im East End arbeitet. Und da gibt man auch Trinitrin-Tabletten aus. Sie hat wohl auf der Kinderstation zu tun.«

»Tatsächlich! Ich muss herausfinden, ob da Tabletten fehlen.«

»Mrs. Gower steht also noch auf Ihrer Liste von Tatverdächtigen. Und wer noch?«

»Daisy, Sie wissen doch, dass ich nicht …«

»Verflixt noch eins, jetzt klingelt es schon wieder, und Mrs. Potter ist unten und räumt die Küche auf. Ich muss mal schnell zur Tür. Einen Augenblick.«

Roger Abernathy hob gerade die Hand, um noch einmal auf den Klingelknopf zu drücken. Er war sehr aufgeregt.

»Ich hoffe, ich störe Sie nicht, Daisy. Ist der Chief Inspector da?«, fragte er.

»Ja.« Daisy prüfte, ob sich seine Lippen schon blau verfärbt hatten. »Müssen Sie eine Tablette nehmen?«

»Wie freundlich von Ihnen, dass Sie fragen. Ich hab schon eine genommen, bevor ich kam. Dürfte ich ihn wohl schnell sprechen?«

»Kommen Sie herein.« Daisy führte ihn den schmalen Korridor entlang und ging ihm in den hinteren Salon voraus. »Alec, Mr. Abernathy würde gerne mit Ihnen sprechen. Setzen Sie sich doch bitte, Roger.«

»Gerne, danke sehr«, sagte er und sank sichtlich erleichtert in einen Sessel.

Daisy gab sich größte Mühe, möglichst unauffällig zu wirken, doch hielt Alec die Tür auf und sagte: »Vielen Dank, dass Sie uns Ihr Arbeitszimmer zur Verfügung stellen, Miss Dalrymple.«

Roger hielt sie auf. »Nein, bitte gehen Sie nicht, Daisy. Sie müssen auch wissen, was ich auf dem Herzen habe. Mr. Fletcher, man hat mir bei der gerichtlichen Untersuchung ein paar Zeitungen gezeigt – den *Daily Sketch*, den *Graphic*, ich kann mich nicht mehr genau erinnern, welche es waren. Jedenfalls nicht die Zeitungen, die man sonst so liest. Die Presse behauptet, dass Jakow Lewitsch meine Frau umgebracht hat. Sie müssen sie davon abhalten!«

»Ich glaube kaum, dass so etwas gedruckt wird, Sir. Das käme ja übler Nachrede gleich. Im Allgemeinen sind die Zeitungen ziemlich vorsichtig, um zu vermeiden, dass man sie auf Schadensersatz verklagt.«

»Es steht ja auch nicht offen in den Artikeln. Sie schreiben nur auf eine unglaublich bigotte und heuchlerische Art über Ausländer und Juden. Aber es ist ganz offensichtlich, wer damit gemeint ist.«

»Ich fürchte, dagegen kann ich nichts tun, Mr. Abernathy. Das ist der Preis, den wir für die Pressefreiheit bezahlen müssen.«

»Das ist ja widerlich!«, rief Abernathy aus. »Man ruiniert Lewitschs Ruf, und seine Zukunft wird auch gleich zerstört.«

»Machen Sie sich keine Sorgen«, sagte Daisy und legte dem aufgebrachten Mann die Hand auf die Schulter. »Schließlich gehen die Leute, die diese Art von Zeitungen lesen, in musikalische Revuen, nicht in Konzerte mit klassischer Musik. Die wahren Liebhaber guter Musik werden die widerlichen Andeutungen in der Skandalpresse nicht beachten.«

»Meinen Sie wirklich?«, fragte er. Es war deutlich, dass er ihr gerne glauben wollte. »Lewitsch ist so ein guter Kerl, und außerdem ein brillanter Violinist. Ich könnte es nicht ertragen, wenn er durch meine … durch meinen Verlust zu Schaden käme.«

»Miss Dalrymple hat sehr wahrscheinlich recht, Sir. Wenn Mr. Lewitsch wirklich nicht der Mörder ist, wird er diesen Sturm im Wasserglas unbeschadet überstehen. Aber da Sie gerade hier sind, würde ich gerne noch einmal mit Ihnen durchgehen, wer sich an dem Abend im Solistenraum aufgehalten hat und was dort geschah. Ich möchte nur sicher sein, dass ich es alles richtig verstanden habe. Und, Miss Dalrymple«, fügte Alec mit einem ironischen Blick hinzu, »würden Sie dann für mich Protokoll führen?«

»Aber gerne doch«, sagte Daisy prompt. Sie hatte schließlich noch nicht gehört, was im Solistenraum vorgefallen war.

Zu ihrer Enttäuschung war Abernathy jedoch als einer der Letzten im Raum angekommen. Soweit sie es nicht an Alecs Fragen oder an seiner Miene ablesen konnte, erfuhr er nichts Neues, während sie stenographierte.

»Das wäre alles«, sagte er schließlich und lehnte sich mit einem Seufzen zurück. »Mrs. Abernathy und Miss Westlea sind in die Damengarderobe zurückgekehrt, und Sie und Mr. Lewitsch sind zusammen gegangen.«

»Nicht direkt zusammen. Ich hatte immer noch die Tasse Tee in der Hand, die ich Bettina besorgt hatte. Ich vermute, ich bin einen Moment stehen geblieben, weil ich mich gefragt habe, ob ich an ihrer Stelle den Tee trinken soll.« Abernathy lächelte schwach. »Ich bin in einem sparsamen Haushalt groß geworden, Chief Inspector. Aber der Tee war schon lauwarm und kaum mehr genießbar. Ich fand, es wäre wohl keine allzu große Sünde, diese eine Tasse übrigzulassen, nachdem der ganze Rest der großen Teekanne bestimmt auch fortgegossen würde.«

»Überhaupt keine Sünde. Warum haben Sie ihr überhaupt eine Tasse Tee eingegossen? Hatte sie denn um einen Tee gebeten?«

»Nein. Ich hoffte immer noch, dass sie eines Tages auf Tee als Aufputschmittel umsteigen würde, anstatt ständig Likör zu trinken.«

So hatte er wohl auch weiterhin bis zum bitteren Ende gehofft, dass Bettina mit ihren Affären aufhören und sich endlich ihm zuwenden würde, dachte Daisy traurig. Dieser arme kleine Mann. Er hatte ihr die besten Jahre seines Lebens geschenkt. Und jetzt war er nicht mehr gesund genug, um die Freiheit zu genießen, die ihm ihr Tod gebracht hatte. Erschöpft kauerte er in seinem Stuhl und wirkte plötzlich viel kleiner als bei ihrer ersten Begegnung.

»Ist Ihnen nicht gut, Mr. Abernathy?«, fragte Alec rasch. Er schüttelte den Kopf. »Es geht schon. Ich bin nur müde. Irgendwie bin ich in letzter Zeit dauernd müde.«

»Haben Sie Ihre Tabletten dabei? Sie müssen doch befürchten, eines Tages keine mehr zu haben.«

»Es ist sehr leicht, sich das Mittel verschreiben zu lassen. Mein Arzt weiß, was ich brauche. Und es ist ein gängiges Medikament; der Apotheker hat die Tabletten immer da. Wenn meine Vorräte schwinden, brauche ich es nur Muriel zu sagen, und sie besorgt sie dann für mich. Meine Schwägerin ist in den vergangenen Jahren unglaublich freundlich zu mir gewesen und hat auch bestens für ihre Schwester gesorgt.«

»Davon bin ich überzeugt, Sir. Nun denn, ich werde Sie nicht weiter aufhalten. Wahrscheinlich wartet man schon mit dem Mittagessen auf Sie. Vielen Dank für Ihre Geduld. Und machen Sie sich keine Gedanken wegen Mr. Lewitsch. Diese billigen Boulevardblätter werden schon bald den nächsten Skandal haben, ob echt oder erfunden.« Von Alec hörte und sah Daisy bis zum Trauergottesdienst in der Chelsea Old Church am Mittwoch morgen nichts mehr.

Sie hatte das graue Seidenkleid angezogen, das sie eigentlich verabscheute, weil es sie an den Tod von Michael, Gervaise und ihrem Vater erinnerte. Sie hatte sich von Lucy einen höchst eleganten kleinen schwarzen Hut ausgeliehen. Sie fragte sich gerade, ob er trotz seiner Farbe vielleicht doch zu flott für eine Beerdigung war, als sie Alec erspähte. Sie wusste, dass er nicht eingeladen worden war. Ohne Zweifel hatte er seine Kennmarke vom Criminal Investigation Department vorgezeigt – man hatte strenge Anweisungen erteilt, niemanden hereinzulassen, der auch nur annäherungsweise wie ein Reporter aussah.

Er nickte ihr ernst zu, machte jedoch keinen Versuch, mit

ihr zu sprechen. Daisy setzte sich zur Familie in die erste Bankreihe.

Der Gottesdienst war außerordentlich gut besucht. Nachdem Roger Abernathy nicht in der Lage gewesen war, sich mit dieser Angelegenheit zu befassen, hatte Reverend Westlea es Mrs. Cochran überlassen, Einladungen zu verschicken. Sie kannte schließlich alle Persönlichkeiten der Musikwelt, die eingeladen werden mussten, hatte er gegen Muriels Widerspruch eingewandt.

Doch als Muriel sah, dass Mrs. Cochran Jakow Lewitsch eingeladen hatte, kümmerte sie sich nicht weiter darum. Zwar war damit der Pastor wieder weniger überzeugt von Mrs. Cochrans Fähigkeiten, aber da war es schon zu spät.

Daisy setzte sich und blickte sich um. Es waren alle da, die auch an jenem Abend im Aufenthaltsraum des Chors anwesend gewesen waren. Nur Martschenko und Consuela de la Costa fehlten, was aber nicht weiter verwunderlich war. Beide hatten Bettina verabscheut; beide waren Ausländer und würden durch irgendwelche Höflichkeiten nichts gewinnen; keiner der beiden kannte Roger oder Muriel gut genug, um ihnen sein Beileid aussprechen zu wollen.

Letzteres erklärte allerdings die Ankunft von Olivia Blaise, die in Schwarz einfach umwerfend schön aussah. Mrs. Cochran hatte sie bestimmt nicht eingeladen. Aber sie hatte Muriel um eine Liste von Freunden gebeten, damit sie niemanden vergäße. Von dieser Liste konnte sie unmöglich irgendwelche Namen streichen.

Nach dem Gottesdienst wartete Olivia draußen, um noch einige Worte mit Muriel und Roger zu wechseln, während sie aus der dämmrigen Kirche in den sonnigen, aber windigen Tag hinaustraten. »Ich werde nicht zu den Cochrans mitkommen«, sagte sie, »aber ich wollte Ihnen doch mein herzliches Beileid aussprechen.«

»Kommen Sie doch mit. Bitte.« Roger wirkte eher aufgeregt als schwach. »Ich brauche einfach Freunde, um das hier durchzustehen. Sie müssen mir helfen, all diese wohlmeinenden Bekannten abzuwimmeln. Ich kann nicht … Ich kann nicht …«

»Natürlich komme ich mit«, sagte Olivia rasch, »wenn Ihnen das eine Hilfe ist.« Sie setzte sich mit ihnen in die für den Tag angemietete Limousine.

Daisy sah, wie Alecs kleiner Austin Seven seinen Platz in dem Konvoi einnahm. Ob Mrs. Cochran ihn dabeihaben wollte oder nicht – er würde an dem Empfang teilnehmen, wenn er das wollte.

Nachdem Daisy sich von der morbiden Fauna in der Eingangshalle erholt hatte, musste sie doch zugeben, dass Mrs. Cochran ganze Arbeit geleistet hatte. Die Doppeltüren zwischen dem Salon, dem Esszimmer und dem Musikraum standen offen. Der Esszimmertisch war an die Wand gerückt worden und bog sich vor appetitlichen Hors d'Œuvres. Zwei Dienstmädchen und ein Aushilfskellner gingen zwischen den Gästen umher und reichten Tabletts mit Sherry. Ein Aushilfskellner? Daisy starrte ihn an. Fast hätte sie Ernie Piper im Smoking und mit der Serviette über dem Arm gar nicht erkannt. Wo war sein billiger brauner Sergeanzug? War er das wirklich, oder hatte sie ihn wegen seines unauffälligen Gesichts mit jemand anderem verwechselt?

Als er ihr ein Glas trockenen Sherry reichte, zwinkerte er ihr kaum wahrnehmbar zu und wandte sich dann Muriel zu, die ihn kaum eines Blickes würdigte. Olivia wirkte einen Moment lang verwirrt, doch dann schloss sie sich Muriel an, in dem Bemühen, Roger davon zu überzeugen, dass ihm ein Glas Sherry guttun würde.

Daisy stellte sich auf die Zehenspitzen und schaute über die Köpfe der Gäste hinweg. »Bin gleich wieder da«, murmelte sie Muriel zu. Sie zwängte sich zwischen Ellenbogen hindurch und stellte sich dann neben Alec. Leise fragte sie: »Wie haben Sie bloß Mrs. Cochran davon überzeugt, dass Ernie Piper hier den Kellner mimen darf?«

»Ich hoffe inständig, dass sie darüber nicht Bescheid weiß. Er ist doch nicht als Polizist zu erkennen, oder? Die Leute schauen Kellner einfach nicht an. Und in Gegenwart eines Kellners sagen sie Dinge, die sie niemals einem Polizisten offenbaren würden.«

»Aber *wie* haben Sie das geschafft?«

»Ich habe herausgefunden, bei welcher Agentur sie normalerweise das Aushilfspersonal für ihre Gesellschaften bestellt. Der habe ich dann gesagt, sie soll Ernie einsetzen. Tom wollten sie nicht anheuern«, fügte er bedauernd hinzu.

Daisy lachte. »Und wie sind *Sie* hereingekommen?«

»Geschäftsgeheimnis. Und jetzt gehen Sie lieber, Daisy, ehe die Leute noch auf mich aufmerksam werden.«

»Die haben Sie doch schon längst erkannt, mindestens an den Augenbrauen, wenn an nichts anderem.«

»Ich will nur die Dinge im Auge behalten. Sie wären überrascht, wie oft ein Mörder bei der Beerdigung des Opfers unvorsichtig wird – oder eine Mörderin, wie auch immer. Also husch, seien Sie ein nettes Mädchen.«

Daisy huschte. Sie ging zum schwer beladenen Büfett, wo sie zwei Teller mit den angebotenen Köstlichkeiten belud. Sie hatte Hunger, und Roger würde ein Happen zu essen bestimmt dabei helfen, diese Qual durchzustehen. In letzter Zeit hatte er wie ein Spätzchen gegessen.

Als sie die schützende Gruppe um ihn herum erreichte, sprach Reverend Westlea gerade Olivia an. »Ich habe gehört, Sie sind Sängerin, Miss Blaise? Ein Mezzosopran wie Elizabeth, nicht wahr? Wären Sie so freundlich, etwas zu ihrem Gedenken zu singen?«

»Ach, ich glaube nicht …«

»Ach bitte, Olivia.« Roger blickte seinen Schwiegervater freundlicher an als sonst. »Mir würde das eine große Freude machen.«

»Dann tue ich das natürlich gerne. Wenn Sie mich begleiten würden? Natürlich nur, wenn Eric … Mr. Cochran nichts dagegen hat, dass wir sein Klavier benutzen.«

Natürlich hatte Mr. Cochran überhaupt nichts dagegen. Olivia und Roger gingen in den Musiksaal, und alle, die die Unterhaltung gehört hatten, folgten ihnen. Daisy fand sich neben dem Dirigenten wieder.

»Es ist eine großartige Gelegenheit für Olivia«, sagte er ihr leise. »Heute sind Leute hier, die viel mehr für sie tun können als ich.«

Von Roger begleitet, sang Olivia »Ihr habt nun Traurigkeit« aus dem *Deutschen Requiem* von Brahms. Es waren schlichte Worte des Trostes, ganz anders als Verdis Visionen vom Höllenfeuer. Ihre Stimme war so kühl und von solch reiner Klarheit wie ein Gebirgsbach. Auf die letzte Note folgte langes Schweigen. Daisy, die selber mit den Tränen kämpfte, sah, wie hier und da verstohlen Taschentücher an Augenwinkel gedrückt wurden.

Olivia stand mit gebeugtem Kopf da – Roger erhob sich vom Klavierschemel, um ihre Hände in seine zu nehmen und sie auf die Wange zu küssen. Hinter sich hörte Daisy irgendwelche Größen der Musikwelt murmeln. Man versicherte sich gegenseitig, dass hier ein Talent gesungen hatte, das eine nähere Beobachtung lohnte. Die Menschen gingen nach vorn, um ihr zu gratulieren.

Olivia streckte die Hand nach einem Glas Wasser aus, das auf dem Klavier stand, vorsorglich auf einem Deckchen für sie bereitgestellt. Während sie es an die Lippen hob, schlug Roger es ihr aus der Hand und rief aus: »Nicht trinken! Riechen Sie das nicht? Da ist Zyankali drin!«

Kapitel 15

Für einen Moment gefror die Zeit, und im Musiksaal war es vollkommen still. Dann tauchte von irgendwoher Piper auf, ließ sich auf die Knie fallen, stellte das noch heile Glas auf und wischte die Pfütze mit seiner Serviette auf.

»Lassen Sie das nicht an Ihre Hände kommen!«, befahl Alec über die plötzliche Unruhe der Gäste hinweg. »Und versuchen Sie, flach zu atmen – die Dämpfe sind auch giftig. Major Browne, Mr. Lewitsch, bewachen Sie bitte die Vorder- und die Hintertür. Niemand verlässt das Haus. Meine Damen und Herren, wir sind von der Polizei. Wären Sie bitte so freundlich, sofort in die anderen Räume zurückzukehren.«

Piper hielt seine Serviette an einem trockenen Zipfel hoch und versenkte dann das durchweichte Tuch im Glas. Roger Abernathy ließ sich auf den Klavierschemel fallen, und Muriel eilte an seine Seite. Olivia stand blass und zitternd am Klavier. Daisy ging auf sie zu. Olivia sah schrecklich zart aus, geradezu zerbrechlich, und sie stand allein und schutzlos da.

Bevor Daisy sie jedoch erreichte, stand Cochran schon neben ihr. »Liebling!«

Olivia wies ihn ab. »Sei nicht albern, Eric«, sagte sie mit leiser Stimme. »Du treibst dich noch in den Ruin.«

»Das ist mir jetzt auch egal. Mein armer Liebling!«

Sie fiel ihm hilflos schluchzend in die Arme.

»Piper, ist das wirklich Zyankali?« Alec war zurückgekehrt, nachdem er alle aus dem Musikzimmer hinauskomplimentiert und die Türen zum Salon geschlossen hatte.

»Riecht danach, Sir. Ich hab eine ganze Menge aufgewischt.«

»Bestens. Sehen Sie zu, dass Sie in der Küche ein Gefäß mit einem Deckel finden und das Zeug da reintun. Und dann nehmen Sie den Austin und fahren zum Labor, Eilauftrag. Und das Glas bringen Sie zur Abteilung Spurensicherung. Miss Dalrymple, behalten Sie bitte die Verandatüren im Auge. Cochran, gibt es hier noch weitere Eingänge? Gut Wo befindet sich Ihr Telefon?«

»Vordere Eingangshalle, direkt unter der Treppe«, sagte Cochran, ohne den Kopf zu wenden. Seine Wange ruhte auf Olivias glattem dunklem Haar. »Miss Dalrymple, dürfte ich Sie bitten, Olivia einen Brandy einzuschenken? Oder besser uns allen? Wir können wohl alle einen vertragen. Das war ein ziemlicher Schock.«

Bei diesen Worten blickte Olivia auf. »Ist mit Roger alles in Ordnung?«

»Es geht ihm recht gut«, versicherte ihr Muriel.

Als sie den Brandy holen ging, passte Daisy Alec auf dem Weg zur Korridortür ab. »Mrs. Cochran?«, flüsterte sie.

»Kann schon sein«, sagte er ernst. »Im Moment ist sie unter sehr schwierigen Umständen eine gute Gastgeberin.« Er nickte in Richtung der Flügeltür. »Das mag ja ein Grund für die Verzweiflung in ihren Augen sein, aber ich glaube kaum, dass das alles ist. Bin gleich wieder da.«

Der Brandy hatte schon wieder etwas Farbe auf Rogers und Olivias Wangen gezaubert, als Alec zurückkehrte.

»Mein Sergeant ist mit ein paar seiner Leute auf dem Weg hierher«, sagte er. »Ich hatte ihn bei der nächstgelegenen Polizeiwache zum Bereitschaftsdienst eingeteilt, wobei ich wohl kaum betonen muss, dass ich mit einem solchen Zwischenfall nicht gerechnet hätte. Bis er ankommt, wäre es wohl das Beste, Sie hier drin zu befragen. Miss Blaise, es war nicht von langer Hand geplant, dass sie singen würden, oder? Wessen Idee war es eigentlich?«

»Mr. Westlea. Reverend Westlea hatte die Idee.«

»Ja, Vater hat sie darum gebeten«, bestätigte Muriel.

»Er hat nicht zufällig gesagt: ›Der-und-der hat vorgeschlagen, dass ich Sie bitte‹?«

»Nein.« Olivia dachte nach. »Wenn ich mich richtig erinnere, hat er gesagt: ›Ich habe gehört, dass Sie Sängerin sind, Mezzosopranistin wie Bettina‹ – nein – ›wie Elizabeth‹.«

Daisy und Muriel nickten beide.

»Sie hatten also das Gefühl, jemand hat dem Pastor vorher von Ihrem Beruf erzählt?«

»Ja, vermutlich.«

Eric Cochran schien richtiggehend schlecht zu werden, als er ergänzte: »Ich hatte einige Menschen auf Olivia aufmerksam gemacht, da sie im Wiederholungskonzert den Mezzosopran singen wird.«

Alec nickte. »Mr. Westlea wird uns ja sagen können, wer ihm das erzählt hat ... und auch, ob diese Person vorgeschlagen hat, Miss Blaise zu bitten, dass sie singt.«

Mittlerweile war es umgekehrt Olivia, die Cochran tröstete, während er sich an ihrer Hand festklammerte. Es hatten nunmehr alle begriffen, in welche Richtung Alecs Fragen zielten.

»Einen Moment mal«, sagte Olivia plötzlich. »Ich hab Mr. Westlea doch bei Roger kennengelernt. Ich kann mich nicht mehr genau daran erinnern, aber es kann durchaus sein, dass ich ihm damals schon als Sängerin vorgestellt worden bin.« Sie sah Roger, Muriel und Daisy der Reihe nach an. Keiner von ihnen konnte sich daran erinnern. »Wahrscheinlich hat man sie als eine Ihrer Schülerinnen vorgestellt, Abernathy, kann das nicht sein?«, bettelte Cochran geradezu.

»Das ist wahrscheinlich.« Roger wirkte sehr förmlich.

»Miss Blaise, hatten Sie eigentlich um ein Glas Wasser gebeten?« Alec ging die Sache jetzt aus einer anderen Richtung an.

»Nein.«

»Hat jemand von Ihnen gesehen, wer das Glas auf dem Klavier abgestellt hat?«

Alle murmelten Verneinungen und schüttelten die Köpfe.

»Ist das Glas irgendjemandem aufgefallen, bevor von Miss Blaises Auftritt die Rede war?«

Nein, aber niemand wollte beschwören, dass es nicht bereits auf dem Klavier gestanden hätte.

»Miss Blaise, Mr. Abernathy, würden Sie freundlicherweise zum Flügel herüberkommen. Bitte an die Stelle, an der Sie waren, als Miss Blaise aufhörte zu singen. Könnten wir das Brandyglas bitte auch haben? Liegt das Deckchen an derselben Stelle wie vorhin, als das Wasserglas darauf stand?«

»Ich glaube ja«, sagte Olivia. »Ich habe es jedenfalls nicht verschoben.«

»Stellen Sie bitte Ihr Glas darauf ab. Und dann stellen Sie sich hin, wo Sie eben waren. Jetzt nehmen Sie bitte das Glas und führen es zum Mund.«

Olivia gehorchte. Sie streckte an Roger vorbei die Hand aus. Das leere Glas ging auf Brusthöhe an ihm vorbei, ungefähr dreißig Zentimeter unterhalb seiner Nase.

»Deswegen hat Mr. Abernathy es also gerochen«, sagte Alec zufrieden. »Ich vermute, Sie können den Geruch von Zyankali nicht erkennen, Miss Blaise?«

»Es scheint so. Bislang war ich noch nicht gezwungen, mir diese Frage zu stellen. Aber das alles könnte doch auch ein schrecklicher Irrtum sein, Mr. Fletcher? Vielleicht hat Roger sich geirrt? Schließlich hat er sich die ganze Zeit mit dem schrecklichen Zeug befasst.«

»Ich fürchte, Detective Constable Piper hat es auch gerochen. Es ist natürlich möglich, dass der Geruch von etwas anderem herrührte als von Zyankali. Das werden wir sehr bald herausgefunden haben, hoffe ich. Wenn genug von dem Zeug da ist, kann man es sehr leicht bestimmen. Mr. Cochran, gibt es irgendeinen Ort, an den wir uns kurz für ein Gespräch zurückziehen können? Die anderen würde ich gerne bitten, einen Augenblick hierzubleiben, und zwar bitte zusammen.«

Cochran starrte ihn entsetzt an. »Sie glauben doch nicht, dass sie ... dass die Person noch einmal versuchen wird, Olivia umzubringen?«

»Ich bezweifle es, Sir. Aber es wäre mir trotzdem lieber, wenn sie jetzt nicht allein ist.«

»Dann kommt sie mit uns«, sagte der Dirigent fest. »Sie kann alles hören, was wir uns zu sagen haben.«

Alec stimmte zu, und die drei ließen Daisy, Muriel und Roger im Musikzimmer zurück.

»Mr. Fletcher scheint ja fest davon überzeugt zu sein, dass es Mrs. Cochran war«, sagte Muriel zu Daisy, während Roger sich ans Klavier setzte und leise irgendeine Melodie spielte.

»Cochran auch. Jedenfalls befürchtet er es.«

»Das tut mir sehr leid für ihn ... für sie ... ach, für alle drei. Obwohl ich mich nicht ganz dazu überwinden kann, ihn zu mögen. Daisy, bedeutet das eigentlich, dass Mrs. Cochran auch Betsy umgebracht hat?«

»Möglicherweise«, sagte Daisy vorsichtig, »aber nicht unbedingt.«

Muriel schauderte. »Wie schrecklich. Dann laufen ja möglicherweise zwei Mörder frei herum.«

»Schlimmer Gedanke.« Ohne es zu wollen, blickte Daisy sich rasch um. Aber natürlich waren sie allein, nur Roger war noch da. Keine bedrohliche Gestalt kam durch die Verandatür hereingeschlichen – und was sollte sie Alec zufolge eigentlich tun, wenn der Mörder versuchen sollte, auf diesem Weg zu entkommen, fragte sie sich empört. Ihm oder ihr eins mit dem Notenständer über den Kopf geben? Roger um Hilfe bitten, ihn festzuhalten?

Roger spielte eine ruhige, traurige Melodie. Tiefe Trauerfalten hatten sich in sein Gesicht gegraben. In den vergangenen Tagen war er unglaublich gealtert – nicht, weil ihm seine Angina Pectoris mehr als sonst zu schaffen machte, sondern weil er in Apathie versank. Die widerlichen Andeutungen der Zeitungen über Jakow Lewitsch hatten ihn wieder ins Leben zurückgerufen wie auch Olivias Gesang und der Mordversuch. Doch jetzt glitt er wieder in diese Trägheit zurück. Die Töne wurden immer leiser und langsamer, und schließlich saß er nur noch da, die Hände auf der Tastatur, den Kopf gebeugt.

»Muriel, ich möchte nach Hause«, sagte er plötzlich leise, und es kostete ihn sichtlich Mühe, den Kopf zu heben. »Glauben Sie, der Chief Inspector würde uns gehen lassen, Daisy?«

»Ich denke schon, nur möchte ich ihn ungern bei seiner Befragung unterbrechen. Aber Sergeant Tring wird sicherlich gleich hier sein. Können Sie so lange noch warten?«

»Komm und setz dich in einen Sessel«, sagte Muriel besorgt. »Dir ist doch nicht etwa schlecht, oder?«

»Nein. Ich bin nur müde. So wahnsinnig müde.« Er ging hinüber zu einem der Ledersessel und nahm auf ihr Drängen hin noch einen Schluck von dem Brandy in seinem Glas.

Wenige Minuten später kehrte Alec mit Cochran, Olivia und einem uniformierten Constable zurück, den er an der Glastür zur Terrasse postierte.

»Ja, Sie können gehen«, sagte er Muriel. »Allerdings muss ich noch einmal mit Ihnen beiden sprechen. Miss Dalrymple, bitte seien Sie so freundlich, Miss Blaise nach Hause zu begleiten. Ansonsten kann ich auch eine Polizistin bitten.«

»Nein, ich mach das gern.« Sie freute sich so sehr über die Gelegenheit, sich mit Olivia zu unterhalten, dass sein Befehlston sie kaum störte.

»Danke sehr. Schließen Sie bitte die Tür ab, und öffnen Sie sie nicht, ehe Sie von mir gehört haben.«

»Ich bringe Miss Blaise nach Hause«, unterbrach ihn Eric Cochran. Er schien am Boden zerstört zu sein.

»Tut mir leid, Sir, ich brauche Sie hier. Gibt es bei Ihnen im Haus ein Telefon, Miss Blaise?«

Olivia schüttelte den Kopf. Sie war immer noch blass, doch schien sie ruhig und beherrscht. Obwohl sie etwas von Cochran entfernt stand und ihn nicht berührte, war die Verbindung zwischen den beiden fast schon greifbar.

»Ich werde später einen Polizisten vorbeischicken, um Ihnen mitzuteilen, wie es weitergeht«, sagte Alec. »Ich habe schon ein Taximobil gerufen. Hier ist das Fahrgeld, Scotland Yard übernimmt die Kosten.« Er reichte Daisy eine Zehn-Pfund-Note.

»Wir bringen Muriel und Roger auf dem Weg vorbei. Was halten Sie davon? Sie werden den Chauffeur für die Westleas hierbehalten wollen.«

Alec sah Muriel und Roger mit einem seiner durchdringenden Blicke an und nickte dann. »Ja, das geht in Ordnung. Ich muss noch mit dem Pastor und Mrs. Westlea sprechen, bevor sie von hier weggehen.« Als ein Polizist eintrat, um die Ankunft des Taximobils zu melden und sie hinauszuführen, nahm Alec Daisy kurz beiseite. »Daisy, darf ich Sie morgen zum Abendessen ausführen?«, fragte er leise.

»Ja, das wäre wundervoll!«

»Freuen Sie sich nicht zu früh.« Er zog eine Grimasse »Wenn bis dahin nicht alles aufgeklärt ist, wird es eine Mischung aus Geschäft und Vergnügen sein, fürchte ich. Aber wenn Sie am Sonnabend Zeit haben, würden Belinda und ich uns sehr freuen, wenn Sie zum Tee kommen würden. Ich werde auch da sein, versprochen, und wenn ich dafür das Telefonkabel durchschneiden muss!«

»Tee am Sonnabend?« Macht euch nicht lächerlich, ermahnte sie die Schmetterlinge, die sich plötzlich in ihrem Bauch bemerkbar machten. »Bitte sagen Sie ihnen, dass ich sehr gerne kommen werde und dass ich mich darauf freue, sie kennenzulernen.«

»Prima. Belinda wird begeistert sein. Und nun aber husch! Machen Sie sich keine Sorgen; ich glaube nicht, dass Miss Blaise in ernster Gefahr schwebt. Es sollte nur jemand bei ihr bleiben.«

Während sie den anderen hinterhereilte, galten Daisys Sorgen mitnichten Olivia. Sie überlegte vielmehr, dass Alec nicht erwähnt hatte, ob Mrs. Fletcher sich ebenfalls auf ihren Besuch freute, und von Begeisterung war schon gar nicht die Rede gewesen.

Der Polizist führte sie zur Hintertür hinaus. Sie gingen durch die Küche, wo Tom Tring bereits bei einer Tasse Tee am Tisch thronte, mehrere aufgeregte Diener um sich herum. Schwerfällig kam er auf die Füße, als die Damen vorübergingen. Daisy zwinkerte er genauso diskret zu wie vorhin Ernie Piper. Seine sonst üblichen wild karierten Anzüge hatte er durch dem Anlass angemessenes Schwarz ersetzt, und so wirkte er etwas weniger vierschrötig und wesentlich weniger gewöhnlich – eher wie ein Bestattungsunternehmer als wie ein mittelmäßiger Ganove.

Im Taximobil bestand Olivia darauf, dass Roger es sich auf der Sitzbank gemütlich machte, während sie sich auf den kleinen Klappsitz mit Blick in entgegengesetzter Fahrtrichtung hockte. Daisy sagte dem Fahrer, er solle sie zum Mulberry Place fahren, und los ging's.

»Meine Liebe«, sagte Roger zu Olivia, »es tut mir ja so leid.«

»Es macht mir gar nichts aus, hier zu sitzen, ehrlich. Normalerweise würde ich laufen oder bestenfalls den Omnibus nehmen.«

»Nein, nein, ich meine, wegen des schrecklichen Schocks, den Sie erlitten haben müssen. Ich fühle mich dafür verantwortlich.«

»Du lieber Himmel, Roger, warum denn das? Ich verdanke Ihnen mein Leben.«

Das verwirrte ihn offenbar. »Nun ja, ich … Nehmen wir mal an, es war ein Fehlalarm, wie Sie auch meinten.«

»Das habe ich doch nur wegen Eric gesagt.« Olivia war ganz ernst geworden. »Ich kann mir einfach nicht vorstellen, dass jemand anderes als seine Frau mich lieber tot als lebendig sähe. Das ist aber für den armen Schatz eine viel zu schreckliche Vorstellung.«

»Ja, aber … wenn es tatsächlich Mrs. Cochran war, dann muss ihr die Idee doch durch das gekommen sein, was … was mit Bettina passiert ist.«

Die drei Frauen schauten sich an. Es wäre zu grausam, ihn darauf aufmerksam zu machen, dass Mrs. Cochrans vermeintliches Motiv für den Mord an Bettina dasselbe gewesen sein könnte wie für den Anschlag auf Olivia.

»Wenn dem so ist«, sagte Daisy, »kann man Ihnen wohl kaum die Schuld dafür geben. Olivia hat recht, sie verdankt Ihnen ihr Leben. Und sollte sie sich doch irren, dann ist sie ganz sicher wahnsinnig froh, dass Sie nicht so lange gewartet haben, bis sie tot umfällt, ehe Sie sie warnen.«

»Das kann man wohl sagen«, stimmte Olivia trocken zu. Roger schien nicht ganz überzeugt, doch fuhr das Taximobil gerade vor seinem Haus vor, so dass es Muriel überlassen war, ihn zu beruhigen. Die beiden stiegen aus, und Olivia nannte dem Fahrer ihre Adresse.

Sie setzte sich nun auf die Bank neben Daisy. »Vielen Dank, dass Sie mitkommen. So eine grimmige Polizeimatrone hätte ich jetzt wirklich nicht ertragen. Ich muss schon sagen, Ihr Lieblingspolizist ist wirklich ein anständiger Kerl.«

»Nicht wahr? Er bezweifelt übrigens, dass Sie noch in Gefahr schweben, sagte er vorhin.«

»Aber lieber immer auf Nummer sicher gehen; sonst tut es einem hinterher leid. Wollen wir nicht einen Tee bei mir trinken? Ich könnte gut eine Tasse vertragen!«

»Ehrlich gesagt, ich sterbe vor Hunger. Ich hatte noch keine Zeit, etwas zu essen, da haben Sie auch schon angefangen, zu singen.«

»Wie wär's mit Würstchen und Toast?«

»Großartig! Aber nicht, dass Sie glauben, ich wäre ein völliger Kulturbanause. Sie haben einfach himmlisch gesungen, und alle um mich herum waren auch tief beeindruckt. Auf die Wiederholung des Konzerts freue ich mich riesig.«

»Für mich ist es eine große Chance.« Olivia seufzte. »Ich wünschte nur, ich hätte sie auf eine andere Art und Weise erhalten. Armer Roger! Und armer Eric!«

»Was wollte Alec eigentlich von Mr. Cochran wissen? Ich darf das doch fragen?«

»Er wollte wissen, ob es irgendwo im Haus Zyankali gibt. Eric hat von solchen Haushaltsdingen keine Ahnung, aber er konnte sich daran erinnern, dass letzten Sommer von einem Wespennest auf dem Dachboden die Rede war, das mit Gift beseitigt werden sollte.«

»Du meine Güte!«

»Dann hat Mr. Fletcher noch einmal gefragt, ob Ursula über Eric und mich schon vor letztem Sonntag Bescheid wusste, ob sie Bettina möglicherweise verdächtigte und so weiter und so weiter. Eric hat versucht, ihm klarzumachen, dass sie niemals sein Konzert so verdorben hätte, egal, was für einen Verdacht sie möglicherweise gehegt hätte. Keinem von uns beiden fiel aber jemand ein, der mir derart Böses wollen könnte.«

»Nein, es sieht wirklich danach aus, als wäre es Mrs. Cochran gewesen.«

»Eric hat fürchterliche Schuldgefühle. Und obwohl Mr. Fletcher durch und durch höflich war, hab ich schon gespürt, dass er Eric die Schuld an diesem ganzen Schlamassel gibt. Sie können ihn auch nicht leiden, nicht wahr?«

»Liebe Zeit, ist das so offensichtlich?«, fragte Daisy entsetzt.

»Es würde niemand merken, der nicht so in der Sache drinsteckt wie ich«, versicherte ihr Olivia. »Ich weiß um seinen schwachen Charakter, und er hat mich schon vorher enttäuscht. Ich weiß, dass er nicht perfekt ist, aber das bin ich schließlich auch nicht. Und ich kann nichts dagegen tun, ich liebe ihn einfach von ganzem Herzen.«

Trotz des schwachen Lichts im Taximobil konnte Daisy sehen, dass Olivia die Lippen fest aufeinanderpresste, offenbar in dem Versuch, die Tränen zurückzuhalten. Sie drückte dem unglücklichen Mädchen die Hand.

»Genau wie Roger«, sagte sie voller Mitleid. »So schlecht sich Bettina auch benehmen mochte, er hat sie bis zum Ende geliebt.«

Olivia atmete zitternd durch, als das Taxi vor ihrem Wohnhaus hielt. Daisy bezahlte den Fahrer und gab ihm im Namen von Scotland Yard ein höchst anständiges Trinkgeld Die beiden gingen nach oben, und Olivia schloss die Tür zu ihrem Zimmer hinter sich ab, ehe sie weitererzählte.

»Vielleicht wäre es für Eric ja besser gewesen«, sagte sie dann, »wenn Roger mich nicht davon abgehalten hätte, aus dem Glas zu trinken.«

»So ein Quatsch. Alec hätte Mrs. Cochran sowieso erwischt, und dann würde sie aufgeknüpft, ohne dass Eric Sie bei sich hätte, um ihn zu trösten und wiederaufzurichten. Obwohl ich zugeben muss, dass Ihr Überleben die Dinge einigermaßen kompliziert macht.«

»Ziemlich!« Olivia nahm den Kessel von dem kleinen Gasbrenner am Ofen und verschwand hinter einem Vorhang, um ihn zu füllen. Daisy steckte einen der Schillinge von Scotland Yard in den Gaszähler. Gerade als er mit einem satten Plumpsen hineinfiel, kehrte Olivia lächelnd zurück. »Sergeant Tring hat den Ofen auch bestückt, als sie alle hier waren. Er dachte wohl, ich hätte es nicht gesehen, aber gehört hab ich es natürlich. Vielen Dank.«

»Danken Sie Scotland Yard«, sagte Daisy großzügig. »Aber der Sergeant hat vermutlich mit seinem eigenen Geld bezahlt – so etwas wird er wohl kaum als Spesen abrechnen können. Der ist ein wirklich netter Kerl, dieser Tom Tring, ein richtiger Kumpel.«

Während sie den Gasbrenner anzündete, blickte Olivia sie neugierig an. »Für eine Adlige sind Sie ja ziemlich demokratisch eingestellt, nicht wahr? Ich hab schon die eine oder andere kennengelernt, Lady Dies und Lady Das, und die waren immer unglaublich hochnäsig.«

»So bin ich eben. Die Menschen interessieren mich einfach. Und anscheinend wollen viele Leute gerne mit mir reden. Und wenn man einmal mit jemandem geredet hat und ihn nett fand, dann kann man ihn doch nicht einfach wieder wegschicken, nur weil er nicht aus der richtigen Gesellschaftsschicht stammt. Also ich kann das jedenfalls nicht. Meine Freundin Lucy – sie hat doch damals Ihre Porträtaufnahmen gemacht, nicht wahr? –, die nimmt mich deswegen immer hoch. Ihr Großvater ist ein Graf. Als ob das überhaupt den geringsten Einfluss darauf hätte, wie die Menschen sind!«

»Apropos«, sagte Olivia, während sie mit den Vorbereitungen für das Mittagessen fortfuhr, »was meinen Sie, was Eric tun wird, wenn Ursula des versuchten Mordes für schuldig befunden wird? Wenn er ihr Beistand leistet, wird alle Welt behaupten, er sei hinter ihrem Geld her. Und wenn er die Scheidung beantragt, heißt es bestimmt, dass er sie sitzenlässt.«

»Es ist ein bisschen spät, sich darüber Sorgen zu machen, was die Leute so reden«, sagte Daisy. »Vergessen Sie nicht, die Würstchen anzupiksen, sonst platzen sie noch. Soll ich schon mal das Brot aufschneiden?«

»Ach, würden Sie das tun? Ich zünde dann schon den Ofen an. Der braucht immer eine ganze Weile, bis er so weit vorgewärmt ist, dass man Brot darin toasten kann. Vermutlich meinen Sie, ich hätte mir über das Gerede der Leute Gedanken machen sollen, bevor ich mich Eric hingebe.« Ihr ironischer Tonfall bewies, dass sie sich wieder genügend gefasst hatte, um dieses schwierige Thema erneut anzugehen. »Sie haben durchaus recht, und es hat keinen Sinn, den Dingen nachzuweinen. Ich hätte mir mehr Gedanken darüber machen sollen, wie Ursula Cochran die Dinge sieht. Ich war mir einfach zu sicher, dass sie ihn überhaupt nicht liebt, sondern über ihn nur an einen Titel kommen will.«

»Man kann auch ohne Liebe besitzergreifend und eifersüchtig sein, meinen Sie nicht auch? Ich kann mir nicht vorstellen, dass Bettina es sich hätte gefallen lassen, wenn Roger sie betrogen hätte, obwohl sie sich anscheinend nicht das Geringste aus ihm gemacht hat.«

»Sie hat sich für nichts und niemanden interessiert, außer für sich selbst. Trotzdem – es wäre einfach schrecklich, wenn sich herausstellte, dass Ursula sie aus Versehen umgebracht hat, und zwar wegen Eric und mir.«

Daisy konnte dem nur zustimmen, doch insgeheim dachte sie, dass es für alle außer Olivia und Cochran doch viel schlimmer wäre, wenn zwei Mörder frei herumliefen. Sie wollte zu gerne wissen, was Alec bei den Cochrans alles herausfand.

»Die sind tatsächlich mit Zyankali auf ein Wespennest losgegangen, Chief«, berichtete Tom und schlich auf leisen Sohlen durch den Musiksaal an den Schreibtisch, an dem Alec gerade saß. »Der Rest wurde in einer Büchse im Gewächshaus aufbewahrt. Sie stand auf einem hohen Regal, an das man nicht herankommt, und es steht deutlich ›Gift‹ drauf, mit einem Totenkopf und gekreuzten Knochen darunter. Das hätte mir nicht entgehen dürfen, als ich neulich wegen des Chauffeurs hier war.«

»Damals hatten wir noch keinen der Cochrans als Mörder von Mrs. Abernathy im Visier.« Alec runzelte die Stirn. »Und ich bin mir gar nicht so sicher, dass wir sie jetzt verdächtigen. Gärtnert Mrs. Cochran?«

»Sie werkelt so herum, pflückt Blumen, schneidet Rosen und so weiter. Es würde niemandem verdächtig vorkommen, sie mal im Gewächshaus zu sehen. Aber was viel wichtiger ist, Chief, auf der Dose gibt es einen wunderbaren Satz Fingerabdrücke, direkt an den Seiten und oben auf dem Deckel. Die Büchse ist staubig und etwas rostig, und obendrein kann man leicht erkennen, dass die Fingerabdrücke jüngeren Datums sind. Ich hab einen der örtlichen Polizisten losgeschickt, das Ganze zur Spurensicherung zu bringen.«

»Gut.«

»Zu dumm nur, dass der Gärtner mittwochs nicht kommt. Es kann auch sein, dass er das Zeug gegen Ratten oder so etwas benutzt hat.«

»Sie können ihn auch noch später ausfindig machen. Sonst noch etwas Dringendes?«

»Beide Dienstmädchen schwören, dass sie das Glas nicht auf das Klavier gestellt haben.«

Alec nickte. »Und ich habe eigentlich bloß erfahren, dass Mrs. Cochran dem Pastor vorgeschlagen hat, Miss Blaise zu fragen, ob sie singen möchte.«

»Ach so!«, sagte Tom. »Tatsächlich.«

»So, jetzt aber mal ran. Bitte helfen Sie mir mit diesen Befragungen, sonst sitzen wir noch bis Mitternacht hier, und die Gäste sind jetzt schon alle unruhig. Das Zimmer hier ist ja groß genug, Sie können die Herrschaften also gegenüber in der Ecke befragen. Ich möchte wissen, ob sie Miss Blaise vorher schon kannten, wann das Glas auf dem Klavier aufgetaucht ist, wer es dorthin gestellt hat, ob irgendjemand in der Nähe des Glases war, das Übliche.« Er konnte sich darauf verlassen, dass Tom alles Bedeutsame erkennen und in der Befragung verfolgen würde und dass er es ihm anschließend mitteilen würde.

»Geht in Ordnung, Chief.«

»Sagen Sie den Leuten auch, dass wir uns eventuell noch

einmal melden, und dann lassen Sie sie gehen. Wie gut, dass ich Ihnen gesagt habe, Sie sollen Schwarz tragen. Sie sehen ja direkt mal anständig aus.«

»Soll ich vielleicht auch noch wie ein feiner Pinkel reden?«

»Nein, nein, es reicht schon, wenn Sie Ihren Cockneyakzent unterdrücken.«

»Als ob ich überhaupt einen hätte«, sagte Tom mit verletztem Tonfall, doch ein Grinsen breitete sich unter seinem üppigen Schnurrbart aus.

Alec ging zu dem uniformierten Constable an der Esszimmertür und sagte ihm, er möge zwei Gäste hineinschicken. Die Gowers traten gemeinsam ein. Der Polizist brachte Gilbert Gower zu Tring und seine Frau zu Alec.

Die rundliche, etwas ungepflegte Mrs. Gower wirkte in ihrer schwarzen Kleidung bleich und war sehr beunruhigt. Aber wenn man die Unterredung von neulich bedachte, konnte man ihr das auch nicht übelnehmen. In dieser Situation konnte Alec sie nicht gut wegen des Nitroglyzerins fragen, auch wenn er eine Ahnung hatte, dass der Mordversuch an Miss Blaise von einem Trittbrettfahrer unternommen worden war und nicht das Werk des ersten Mörders war. Außerdem hatte er bezüglich des Gifts weder von Sir Bernard noch vom Labor gehört.

Er öffnete gerade den Mund, um nach dem Glas zu fragen, da kam sie ihm schon zuvor. »Gilbert hat Miss Blaise nie persönlich kennengelernt, Chief Inspector«, sagte sie nervös, aber entschlossen.

Vom anderen Ende des Raums war die durchdringende Stimme des Tenors zu hören, der dem Sergeant dasselbe versicherte.

»Wir haben auch keinen Grund für die Annahme, dass Ihr

Mann in irgendeiner Hinsicht mit Miss Blaise in Verbindung stand«, versicherte Alec Mrs. Gower.

Sie war nicht so schwer von Begriff, wie sie aussah. »Ach du liebes bisschen, dann war sie es doch und … Ich hab Ursula zwar erzählt, Sie würden nicht glauben, dass Eric der Liebhaber von Mrs. Abernathy war. Aber ich schwöre Ihnen, dass ich nie gesagt habe, es sei jemand anderes gewesen, und Miss Blaise habe ich schon gar nicht erwähnt. Ich wusste es nicht! War sie …«

»Wir wissen noch nicht genau, was geschehen ist«, sagte Alec fest und fragte endlich nach dem Glas. Doch von Mrs. Gower war nichts Brauchbares in Erfahrung zu bringen.

Gilbert Gower kam mit leicht schwankenden Schritten auf sie zu. »Fertig, Schief'nschpector? Losjetz', Schätzchen, wir gehen n-nach Hause.« Er nahm den Arm seiner Frau, und die beiden gingen von dannen.

»Sternhagelvoll«, sagte Tom kurz und knapp. »Er schwört, dass er die Geschichte mit Miss de la Costa beendet hat und dass er nie wieder einen Seitensprung machen will.«

Weitere Personen brachen auf. Es sah fast schon so aus, als näherten sie sich langsam Mrs. Cochran, die absichtlich erst als Letzte befragt werden sollte, und das, noch bevor Alec von Piper hörte. Doch da steckte der Constable, der in der Eingangshalle Dienst tat, den Kopf durch die Tür. »Ein Anruf für Sie, Chief Inspector, Sir.«

Alec entschuldigte sich bei einem stämmigen Gentleman mit goldenem Pincenez, der als soundsovielter schwor, auf dem Klavier habe kein Glas gestanden, als er im Haus angekommen sei – obwohl es ihm vielleicht auch einfach nicht aufgefallen sein könnte. Und er hätte es wahrscheinlich auch nicht bemerkt, wenn jemand es dorthin gestellt hätte, überlegte Alec, als er in den Flur hinausging. Schließlich hatte jeder der Anwesenden in den drei Räumen, in denen der Empfang stattfand, ein Glas in der Hand gehabt.

Ernie Piper war am Apparat. »Die Untersuchung ist durch, Chief. Und die waren unglaublich froh, dass diesmal so viel vorhanden war, was untersucht werden konnte.«

»Vielen Dank, dass Sie so schnell mitgemacht haben, Ernie. War es denn Zyankali?«

»Wenn das Glas voll gewesen wäre, hätte man einen Elefanten damit umbringen können, haben sie gesagt.«

Alec wandte den Blick vom Schirmständer, der wie ein Elefantenfuß geformt war, schaute in die Glasaugen des Fuchses und kehrte schließlich diesem ganzen Krempel den Rücken zu.

»Und was ist mit dem Glas?«

»Die Fingerabdrücke von Miss Blaise sind drauf, daran besteht kein Zweifel, Chief. Das Glas ist nämlich abgewischt worden, ehe sie es angefasst hat. Aber ... einen Moment mal bitte, Chief.« Es war entfernt ein Murmeln in der Leitung zu hören, und dann war Ernie wieder ganz aufgeregt am Apparat. »Also wegen dieser Dose mit Gift, die Sergeant Tring hierhergeschickt hat, Chief, die mit den Fingerabdrücken drauf? Das wollte ich nämlich gerade noch sagen: Wer auch immer das Glas abgewischt hat, hat einen Fingerabdruck auf dem Boden vergessen.« Er machte eine dramatische Pause. »Und der entspricht dem auf der Dose. Es sind die Fingerabdrücke von Mrs. Cochran.«

Kapitel 16

»Ma'am, es ist meine Pflicht, Sie darauf hinzuweisen, dass Ihre Aussagen notiert werden und möglicherweise vor Gericht als Beweismittel gegen Sie verwandt werden können.« Alec sah im Augenwinkel Toms Bleistift über das Papier sausen, während er diesen vorgeschriebenen Hinweis protokollierte. »Möchten Sie einen Rechtsanwalt hinzuziehen?«

»Das wird bestimmt nicht nötig sein. Bislang hat sich keiner meiner Gäste beklagt, dass er ins Kreuzverhör genommen worden sei.« Mrs. Cochran gab ein sprödes, künstliches Lachen von sich. »So heißt es doch immer in den Kriminalromanen.«

Alec schaute den Constable am Eingang zum Flur an, der ganz leicht den Kopf schüttelte. Keiner der Zeugen hatte sich von der Gastgeberin verabschieden dürfen, ganz zu schweigen davon, dass jemandirgend etwas über die Befragung durch die Polizei hätte erzählen dürfen.

»Es tut mir leid, dass wir Ihre Gäste so lange hier festhalten mussten«, entschuldigte sich Alec in einem Tonfall, als mache er leichte Konversation.

Sie entspannte sich spürbar. »Ist ja halb so schlimm, Chief Inspector, wenn man einmal von Erics Weinkeller absieht. Gilbert Gower – nun, das verschweigt des Sängers Höflichkeit! Ich verstehe ja durchaus, dass Sie sich vergewissern mussten, dass sonst niemand etwas mit dem Versuch dieser albernen jungen Frau zu tun hatte, sich in den Mittelpunkt zu drängen.«

»Was meinen Sie damit?«

»Na ja, indem sie so tat, als wolle sie Selbstmord begehen. Ich muss allerdings sagen, dass ich das für einen ziemlich geschmacklosen Streich halte, den sie dem armen Roger Abernathy da gespielt hat.«

»Warum sollte denn Miss Blaise so tun, als wolle sie Selbstmord begehen?«

»Um Eric auf sich aufmerksam zu machen.« Mrs. Cochran beugte sich vor. »Ich sollte Ihnen erklären«, fuhr sie in vertraulichem Ton fort, »dass Miss Blaise ein wenig für Eric schwärmt. Oder vielleicht hofft sie auch einfach nur, ihre Karriere voranzutreiben. Ich bin mir nicht ganz sicher, welche dieser beiden Varianten zutrifft. Jedenfalls ist sie ihm in letzter Zeit geradezu nachgelaufen, und mein armes Schätzchen schafft es einfach nicht, sie geradeheraus und vielleicht etwas brutal in ihre Schranken zu weisen. Er kann ihr nicht immer aus dem Weg gehen – Sie haben ja selbst gesehen, wie sie sich ihm eben in die Arme geworfen hat, als seine Gastgeberpflichten ihn gezwungen haben, ihr nach diesem lächerlichen Auftritt Trost zuzusprechen.«

Versuchte sie, sich selbst von dieser Interpretation zu überzeugen? »Ich fürchte, das war kein lächerlicher Auftritt, Ma'am. Das war nicht geschauspielert. In dem Glas befand sich eine große Dosis Zyankali.«

Kein Anzeichen von Erstaunen oder gar von Schreck war unter ihrer Maske von Schminke zu sehen. Mrs. Cochran hatte ihre Geschichte genauso nachlässig vorbereitet wie ihre Tat, bei der sie die Fingerabdrücke übersehen und Abernathys Geistesgegenwart nicht bedacht hatte.

»Ohne Zweifel hätte Miss Blaise einen Vorwand erfunden, um nicht aus dem Glas zu trinken, hätte Mr. Abernathy sie nicht davon abgehalten. Es sei denn, sie hatte wirklich vor, sich umzubringen. Und das in meinem Hause!« Die Empörung war immerhin einstudiert, doch straften sie ihre Hände Lügen, die sie wie Lady Macbeth auf ihrem schwarzseidenen Schoß nervös rang. »Gott sei Dank ist es ihr nicht gelungen.«

»Warum sollte sie sich denn umbringen wollen?«

»Eric wird ihr wohl endlich unmissverständlich gesagt haben, dass sie ihn in Ruhe lassen soll.«

»Ganz im Gegenteil. Er hat ihr die Rolle des Mezzosoprans in Verdis *Requiem* angeboten.«

»Ich vermute, das war eher eine Abschlussgeste.«

»Eine Abschlussgeste? Sie meinen ein Abschiedsgeschenk? Das würde ja das Ende einer Beziehung bedeuten. Wie sah denn die Beziehung zwischen Ihrem Mann und Miss Blaise aus?«

»Aber ich meinte doch gar kein Abschiedsgeschenk.« Langsam wurde sie nervös.

Alec sah sie fest an. »Ich glaube doch, Mrs. Cochran.«

»Na ja, also gut, Sie haben ja recht«, sagte sie schmollend. »Eric ist einfach immer zu nett zu den Leuten, das tut ihm nicht gut. Es war ihm nicht möglich, sie abzuwimmeln. Er hat sie wie eine Freundin behandelt, und sie hat versucht, ihn zu übervorteilen.«

»Und waren Sie wegen dieser ›Freundschaft‹ wütend?«

»Eric ist ein begnadeter Dirigent. Jeder Skandal würde das Ende seiner Karriere bedeuten. Natürlich war ich wütend. Aber es war vorbei, und selbst wenn ich sie hätte umbringen wollen, warum hätte ich das jetzt erst versucht?«

»Weil es eben noch nicht vorbei ist. Weil die Rolle im *Requiem* eine Versöhnung bedeutet, keinen Abschied. Weil Eric Cochran hoffnungslos in Olivia Blaise verliebt ist. Und weil er kurz davor steht, seine Karriere und seine Ehefrau um ihretwillen aufzugeben.«

»So ein Quatsch! Seine Karriere ist ihm das Allerwichtigste auf der Welt, und er braucht meine Unterstützung. Er weiß, dass ich alles tun würde, um ihm dabei zu helfen, an die Spitze zu gelangen.«

»Wirklich alles?« Alec sprach sehr leise, und Mrs. Cochran wurde blass. »Auf dem Glas befindet sich ein Fingerabdruck von Ihnen.«

»Das kann unmöglich sein!« Sie starrte ihn entsetzt an, doch dann fasste sie sich rasch wieder. »Ich meine, selbstverständlich kann das sein. Schließlich ist dies mein Haus und meine Gesellschaft.«

»Ihre Dienstmädchen haben die Gläser gereicht.«

»Die Sherrygläser, ja. Aber als ich gehört habe, dass Miss Blaise gleich singen würde, habe ich eines der Mädchen gebeten, ein Glas Wasser zu bringen, falls sie etwas trinken wollte. Und dann habe ich es selber vom Tablett genommen und es auf ein Deckchen gestellt, damit der Lack des Flügels nicht beschädigt würde. Die Dienstmädchen heutzutage sind einfach zu schlampig. Seit dem Großen Krieg bekommt man kein anständiges Personal mehr.« Mrs. Cochran wirkte sehr zufrieden mit ihrer rasch improvisierten Erklärung.

Für den Augenblick unterließ Alec die Frage, wie sie es denn dann geschafft habe, nur einen einzigen Fingerabdruck zu hinterlassen, als sie das Wasserglas aufnahm, und warum es überhaupt keine Fingerabdrücke von dem Dienstmädchen gebe. »Sie haben dem Mädchen Anweisung gegeben, ein Glas Wasser zu holen, als Sie hörten, dass Miss Blaise singen würde? Das war ja eine flotte Reaktion. Soweit ich verstanden habe, ist sie geradewegs zum Klavier gegangen, kaum dass sie gebeten wurde.«

»Ach so. Nun ja, vielleicht war es auch schon, als Mr. Westlea ankündigte, er wolle sie bitten zu singen. Ja, genauso war es. Ich wollte vorbereitet sein für den Fall, dass sie zusagte.«

»Ich halte Ihnen vor, dass Sie schon vorher vorbereitet waren. Bevor Sie dem Pastor die Idee überhaupt vorgeschlagen haben.«

»Ich? Das war doch ganz und gar seine Idee.«

»Mr. Westlea sagt, Sie hätten ihn auf Miss Blaise hingewiesen und vorgeschlagen, dass es doch ein angemessener Beitrag zum Gedenken an seine Tochter wäre, wenn sie ein Lied singen würde.«

»Und selbst wenn ich das getan hätte – das ist doch kein Verbrechen.«

»Es ist nur merkwürdig, das müssen Sie zugeben. Schließlich mochten Sie Miss Blaise nicht, Sie haben sie sogar verabscheut. Allerdings ist das auch nur ein Teil der Vorbereitungen, auf die ich mich eben bezogen habe. Ein ganzer Satz Ihrer Fingerabdrücke ist auf der Zyankalidose im Gewächshaus gefunden worden.«

»Ach du lieber Gott, die habe ich ja ganz vergessen«, stöhnte sie auf, und ihre Schultern fielen herab. Aber noch war sie nicht besiegt. Sie richtete sich rasch wieder auf, als hätte sie einen Stock verschluckt. »Soll heißen, ich hatte ganz vergessen, dass ich die Büchse auf ein höheres Regal gestellt habe. Mir war aufgefallen, dass der Gärtner sie leichtsinnigerweise an einen für alle zugänglichen Ort hingestellt hatte. Wie ich eben schon sagte: Heutzutage findet man wirklich kaum noch anständiges Personal.«

Sie schlug sich wirklich wacker, und Alec musste sich eine gewisse heimliche Bewunderung für sie eingestehen. Er warf Tom einen Blick zu. »Auf dem Deckel sind auch Abdrücke, Sir«, murmelte der Sergeant.

»Selbstverständlich habe ich bei der Gelegenheit geprüft, ob der Deckel richtig verschlossen ist«, warf Mrs. Cochran ein.

»Wie dem auch sei. Selbstverständlich werden wir den Gärtner fragen, wo er die Dose hingestellt hat.« Zufrieden bemerkte er ihren Schrecken. Trotzdem war immer noch möglich, dass sich der Gärtner nicht mehr daran erinnern konnte. Alle Hinweise deuteten auf sie, allerdings wäre es ihm am liebsten, wenn sie irgendeine Art von Geständnis ablegte, ehe er sie der Tat anklagte. »Beide Dienstmädchen haben bestritten, das Wasserglas ans Klavier gebracht zu haben.«

»Das ist doch auch typisch«, sagte sie voller Verachtung. »Wirklich, Chief Inspector, was soll eigentlich dieses ganze Theater? Miss Blaise ist nicht gestorben. Ihr ist überhaupt nichts widerfahren.«

»Aber Bettina Abernathy ist tot.«

»Das hat doch mit mir nichts zu tun. Ich hatte keinen Grund, sie umzubringen.«

»Mag ja sein, aber Sie dachten, Sie hätten einen. Über Miss Blaise wussten Sie nicht Bescheid. Mr. Cochran hat sie immer im Haus der Abernathys getroffen, und Sie hatten allen Grund zu glauben, dass er eine Affäre mit Mrs. Abernathy hatte.«

»Na und? Sosehr ich mir gewünscht haben mag, sie loszuwerden, hätte ich sie nie mitten in Erics Konzert vergiftet, und dazu auch noch bei einem so wichtigen Konzert!«

Obwohl es ihm gegen den Strich ging, glaubte Alec ihr. Wie schön es doch gewesen wäre, beide Fälle mit einer einzigen Festnahme abzuschließen, dachte er bedauernd, obwohl er nie damit gerechnet hatte. Bettinas Mörder war und blieb weiterhin unbekannt.

Beiläufig sagte er: »Also hat der Mord an Mrs. Abernathy Sie auf die Idee gebracht, dass Sie Miss Blaise ja auch vergiften könnten.«

»Ja, das … Nein! Ich will sofort meinen Rechtsanwalt sprechen!«, verlangte Mrs. Cochran, doch da war es schon zu spät.

»Aber gerne doch, Ma'am. Er kann sich im Polizeihauptquartier zu uns gesellen, wo wir Sie des versuchten Mordes anklagen werden. Ich schlage vor, dass Sie Ihr Dienstmädchen oder Ihren Mann bitten, eine Tasche für Sie zu packen.«

»Nicht Eric.« Die starke Schminke konnte ihr Alter jetzt nicht mehr verbergen. »Ich will ihn nicht sehen. Das ist alles seine Schuld, ganz und gar seine Schuld!«

Darin konnte Alec ihr nicht ganz widersprechen. Sie tat ihm leid.

Als Eric Cochran bei Olivia ankam, waren die Würstchen längst vertilgt, und eine zweite Kanne Tee war auch schon ausgetrunken. Um Olivia in ihrem nervösen Auf-und-ab-Marschieren zu bremsen, hatte Daisy sie überredet, für das *Requiem* zu üben. So sang sie gerade das *Agnus Dei*, als ihr Liebhaber an der Tür klingelte.

Daisy hatte plötzlich Zweifel, ob sie ihn hereinlassen sollte. »Alec meinte, er würde einen Polizisten vorbeischicken«, erinnerte sie sich. »Was, wenn das nur eine List ist, um Sie jetzt doch noch umzubringen?«

»Wenn Eric mich umbringen will, dann will ich eben tot sein.« Olivia schloss die Tür auf.

Cochran war völlig verstört. »Man hat Ursula verhaftet«, sagte er tonlos. »Ich kann es gar nicht fassen. Ich kann es einfach nicht fassen.«

Daisy hätte liebend gern gefragt, ob Mrs. Cochran auch als Mörderin von Bettina festgenommen worden war, aber sie beschloss, sich zurückzuhalten. Kaum hatte er sein Gesicht in Olivias Schoß vergraben, machte sie sich aus dem Staub und winkte zum Abschied. Olivia hob nur noch den Kopf, um sich stumm zu bedanken.

Als Erstes ging Daisy nach Hause, um Lucy die Neuigkeiten zu erzählen.

»Liebes, du kommst aber wirklich mit den merkwürdigsten Leuten zusammen«, sagte Lucy gelangweilt. »Dein handzahmer Polizist glaubt doch wohl nicht, dass die Gattin das Zyankali aus meiner Dunkelkammer gemopst hat?«

»Wahrscheinlich eher nicht«, sagte Daisy, etwas verärgert über Lucys Gelassenheit. »Schließlich sind die Cochrans ja zu einem dieser teuren Photographen im West End gegangen.«

»Manche Leute glauben eben, dass sie was Besseres bekommen, wenn sie mehr bezahlen. Übrigens war Phillip heute Morgen hier. Der arme Kerl hat nebenan angerufen und ist in Panik geraten, als dort keiner an den Apparat gegangen ist.«

»Das Dienstmädchen hatte Anweisung, nicht ans Telefon zu gehen, wegen der Journalisten. Was wollte Phil denn?«

Lucy winkte gelangweilt ab. »Wollte wohl nur wissen, ob

du noch unter den Lebenden bist. Jetzt, wo diese Cochran verhaftet worden ist, kommst du doch wieder nach Hause, nicht wahr?«

»Ich denke schon. Aber nicht wegen der Festnahme, sondern weil der schreckliche Pastor jetzt aus diesem Sodom und Gomorrha flüchten wird. Damit wird Muriel meinen Schutz vor ihm nicht mehr brauchen. Im Übrigen sollte ich wohl mal lieber hinübergehen und sehen, was sich da tut. Toodle-oo, Liebes.«

Daisy traf auf Muriel, die allein den Nachmittagstee nahm. Roger hatte sich in seinem Zimmer hingelegt, und der Reverend und Mrs. Westlea waren bereits abgereist.

»Vater war außer sich vor Wut, dass ich nicht mit ihnen kommen wollte«, sagte Muriel. »Nehmen Sie doch einen Keks. Ich lasse gleich noch eine Tasse bringen.«

»Ich könnte keinen einzigen Tropfen mehr trinken. Olivia und ich haben so viel Tee getrunken, dass mir schon der Bauch gluckert.« Einen Schokoladenkeks nahm sie aber doch. »Warum in aller Welt hat Ihr Vater denn erwartet, dass Sie in die Wildnis von Norfolk zurückkehren würden?«

»Er konnte sich nicht entscheiden, ob mein Ruf eher durch Jascha oder durch Roger ruiniert wird. Vielleicht sieht es tatsächlich ein bisschen merkwürdig aus, dass ich in Rogers Haus wohnen bleibe, jetzt, da Betsy nicht mehr lebt.«

»So ein Unsinn! Sie sind doch praktisch Bruder und Schwester, und ohne Sie würde er nicht überleben können. Heute war es alles ein bisschen viel für ihn, nicht wahr?«

»Er ist einfach sehr müde, und er scheint immer noch zu glauben, dass er irgendwie die Schuld an dem Anschlag auf Olivia trägt. Wissen Sie eigentlich, was los ist?«

»Meine Güte, das habe ich ja ganz vergessen, Ihnen zu erzählen. Alec hat Mrs. Cochran festgenommen.«

»O nein! Genau das hat Roger befürchtet. Er glaubt nicht, dass sie Betsy umgebracht hat. Also muss sie denjenigen nachgemacht haben, der es war.«

»Womit diese Angelegenheit noch lange nicht seine Schuld ist.«

»Nein, aber Sie wissen doch, wie das ist, wenn man krank und überdreht ist und sich alle möglichen schrecklichen Dinge vorstellt. Wahrscheinlich wünscht er sich, er hätte Betsy davon abbringen können, sich so zu benehmen, dass jemand sie umbringen wollte. Jedenfalls, was auch immer in ihm vorgehen mag, er ist in einem schrecklich deprimierten Zustand. Er hat sogar … Daisy, Sie müssen mir versprechen, dass Sie das nicht Jascha erzählen.«

»Was denn? Ja, ich verspreche es.«

»Roger hat morgen früh einen Termin bei seinem Rechtsanwalt. Er will sein Testament ändern und mir das Haus vermachen. Das wäre natürlich wunderbar, nur bedeutet es auch, dass es ihm ganz fürchterlich schlechtgeht.«

»Mir hat er gesagt, er glaubt nicht, dass er den Verlust von Bettina überlebt«, sagte Daisy langsam. Muriel sah so entsetzt aus, dass sie rasch hinzufügte: »Aber ich bin überzeugt, dass er noch viele Jahre leben wird. Warum wollen Sie eigentlich nicht, dass Mr. Lewitsch die Sache mit dem Haus erfährt?«

»Das ist doch diese unglaubliche Geschichte, dass er mich nicht heiraten will, weil ich etwas Geld habe, und dass er mich aber auch nicht *nicht* heiraten will, aus Angst, dass ich glaube … ach, ich bin völlig durcheinander.« Muriel seufzte. »Nicht, dass ich wirklich erwarte, dass er mir einen Heiratsantrag macht, aber er ist so … Heute Nachmittag hat er eine Probe. Aber er ist direkt von den Cochrans hierhergekommen, kaum dass Mr. Fletcher mit ihm fertig war. Er wollte sicher sein, dass es Roger und mir auch gutgeht. Ach, Daisy, er war so rührend. Er hat sich so gefreut, dass Mr. Fletcher ihn beauftragt hat, den Hinterausgang zu bewachen.«

Daisy verkniff sich den Hinweis, dass Alec keinen Grund hatte, ausgerechnet Lewitsch zu verdächtigen, Olivia über den Jordan bringen zu wollen. »Hoffentlich bedeutet das, dass Alec ihn ganz von der Liste der Verdächtigen gestrichen hat«, sagte sie. »Aber rechnen Sie nicht damit. Wenn man erst einmal auf dieser Liste steht, ist es wirklich schwer, wieder herunterzukommen. Ich wünschte nur, ich wüsste, ob er Mrs. Cochran auch des Mordes an Bettina beschuldigt!«

»Sie glauben also nicht, dass sie Mrs. Abernathy umgelegt hat, Chief?«, fragte Ernie Piper vom Rücksitz des Austin aus. Er war mit dem Wagen gekommen, um Alec und Tom vom Polizeirevier abzuholen. Nachdem die Formalitäten endlich erledigt waren, befanden sie sich jetzt auf dem Weg zurück zum New Scotland Yard.

»Nein, und selbst wenn sie es gewesen wäre: Wir haben nicht den geringsten Beweis, um eine Anklage gegen irgendjemanden zu rechtfertigen. Liebe Zeit, wir wissen doch noch nicht einmal sicher, ob Mrs. Abernathy an einer Zyankalivergiftung gestorben ist oder ob es Nitroglyzerin war! Hoffentlich liegt wenigstens der Bericht von Sir Bernard im Büro für mich bereit.«

»Das tut er, Chief, und auch der vom Labor und die Expertise vom Juwelier. Ich hab mir gedacht, dass Sie das gern wissen wollen, da bin ich schnell hingegangen und hab mir einen Blick auf Ihren Schreibtisch erlaubt.«

»Kein Mittagessen, und heute Abend gibt es mal wieder Abendbrot in der Kantine«, klagte Tom mit einem Seufzen. »Bald fall ich noch vom Fleische.«

»Nicht bei dem, was Sie so wegfuttern können, Sergeant«, erwiderte Ernie frech. »Es würde mich wirklich mal interessieren, was Sie zu Hause so alles verdrücken.«

»Dann musst du wohl mal eines Tages bei uns zum Tee vorbeikommen, Kleiner, damit du erlebst, wie ein gutes Essen bei Muttern aussieht. Du musst mal ein bisschen Speck auf die Rippen kriegen. Und für Besuch kocht die Gattin unheimlich gern.«

»Ach was, wirklich?«

»Wenn Sie von Mrs. Tring bekocht werden, brauchen Sie eine Woche lang nichts mehr zu essen«, versicherte Alec ihm, »sogar, wenn Sie unangemeldet dort auftauchen. Ihre Fleischpastete mit Nierchen ist ein Gedicht. Morgen Abend haben Sie übrigens mit ziemlicher Sicherheit frei, es sei denn, es gibt einen Notfall.« Denn morgen Abend würde er, komme, was da wolle, Daisy zum Abendessen ausführen.

Er bog in Richtung Themse ab, und vor ihnen tauchte der New Scotland Yard auf. Die rotweiße Fassade leuchtete im Abendlicht. Seit seiner Kindheit hatte Alec fest vorgehabt, dort hinzugehören – seit sein Vater ihm bei einer Dampferfahrt das Gebäude gezeigt und ihm gesagt hatte, dass dort die besten Detektive der Welt arbeiteten. Jetzt gehörte er dazu, und trotz der Nachteile, die sein Arbeitsplatz mit sich brachte, würde er ihn um nichts in der Welt aufgeben.

Joan hatte diese Nachteile akzeptiert: die Unsicherheit, ob er zum Abendessen zu Hause wäre oder doch wieder in irgendeine entfernte Ecke des Landes fortsausen müsste. Seine Mutter ertrug es stoisch – aber sie gehörte auch der Generation von Frauen an, die dazu erzogen worden war, sich mit den Eskapaden der Männer abzufinden. Daisy schien das alles zu verstehen und auch zu vergeben, aber bislang war sie nur eine Freundin, und es ging sie nur zu einem geringen Teil an. Sie konnte die Anforderungen, die der Beruf des Polizisten an seine Ehefrau stellte, noch gar nicht voll erahnen.

Nicht, dass sie die jemals erfahren müsste, wenn er nicht irgendwann all seinen Mut zusammennahm und ihr einen Heiratsantrag machte. Aber so weit war er noch lange nicht.

Sie nach Hause zum Tee zu seiner Mutter und seiner Tochter einzuladen war immerhin ein Schritt in diese Richtung gewesen. War er eigentlich verrückt geworden, dieser Einladung zuzustimmen? War sie wirklich so erfreut gewesen, wie es den Anschein gehabt hatte, als sie die Einladung annahm?

Als sie im Büro ankamen, konzentrierte er seine Gedanken wieder auf den Fall. Tom und er setzten sich an ihre Schreibtische, und Piper zog sich einen Stuhl heran. Alec warf Tom den Laborbericht zu, und die Expertise des Juweliers ging an Ernie. Er schlug gleich die letzte Seite von Sir Bernard Spilsburys Bericht auf und stellte zu seiner Erleichterung fest, dass dort in relativ schlichter Sprache eine Zusammenfassung stand.

»Ist nicht wahr!«, rief Ernie aus, der ebenfalls gleich die letzte Seite aufgeschlagen hatte. »Zwölftausend Eier. Der Russe hatte aber wirklich ein Motiv.«

»Zwölftausend Pfund?«, fragte Alec erschrocken nach. Er hatte gehofft, dass die Schmuckstücke sich als Fälschungen herausstellen würden. Als wäre es nicht schon schlimm genug, dass er Martschenko nicht weiter befragen durfte. Wie sollte er seinen Leuten denn jetzt erklären, dass er untätig blieb?

Wenigstens wussten sie nicht über das Nitroglyzerin im Keller seines Hauses Bescheid – angenommen, Spilsbury und das Labor stimmten darin überein, dass Bettina Abernathy mit Nitroglyzerin vergiftet worden war. Erschwerend kam hinzu, dass es, so wie sich Lord Curzon in Lausanne aufführte, möglicherweise nicht mehr sehr lange eine sowjetische Handelsmission geben würde, die man in die Luft jagen könnte.

»Zwölftausend, nicht zu fassen!«, bestätigte Ernie. »Mr. Feinstein schreibt, er habe das Zeug in seinem Safe eingelagert, wie Sie es angeordnet hatten, Chief.«

»Sehen Sie doch mal zu, ob Sie Miss Westlea ans Telefon bekommen, Ernie.«

Dann wandten Alec und Tom sich ihrem etwas komplizierteren Lesestoff zu.

Der Chefpathologe hatte gefolgert, dass die Erkenntnisse der zweiten Autopsie eher auf eine Vergiftung durch Nitroglyzerin hinwiesen als auf Zyankali. Doch sei dieses »eher« mit Vorsicht zu genießen, betonte er. Keine der beiden Varianten würde er vor Gericht beschwören wollen. Der deutlichste Hinweis war die Aussage von Dr. Renfrews Assistenten, der sich zu erinnern meinte, dass bei der ersten Autopsie das Blut des Opfers bräunlich gewesen sei. Da er dies aber nicht schriftlich festgehalten und schon gar nicht untersucht hatte, ob das durch Methämoglobin verursacht worden war, konnte man diese Aussage wohl kaum als Beweismittel verwenden. Doch war Sir Bernard sicher, dass dies dem Chief Inspector bei seiner Untersuchung behilflich sein würde.

»Miss Westlea, Chief.«

Alec ging an den Apparat. »Miss Westlea, hier spricht Alec Fletcher.«

Verflucht, jetzt behandelte er sie schon eher wie eine Freundin von Daisy als wie eine Tatverdächtige. »Chief Inspector Fletcher«, korrigierte er sich. »Der Schmuck, den Sie mir zur Schätzung überlassen haben, ist ungefähr zwölftausend Pfund wert.«

»O nein! Sind Sie sich da ganz sicher?«

»Unser Schätzer Isaac Feinstein ist ein gleichermaßen zuverlässiger als auch diskreter Juwelier. Ich habe das Zeug erst einmal bei ihm aufbewahrt. Ich wäre Ihnen dankbar, wenn Sie es ihm für den Augenblick überlassen würden, nur für den Fall, dass es als Beweismittel gebraucht wird. Aber Sie können natürlich darauf bestehen, dass man es Ihnen zurückgibt.«

»O nein. Ich fände es ja nur schrecklich, wenn es bei uns im Haus läge. Da ich es Mr. Martschenko noch nicht zurückgeben kann, bin ich froh, wenn es irgendwo sicher untergebracht ist.« Sie zögerte. »Mr. Fletcher, es klingt vielleicht merkwürdig, aber würde es Ihnen etwas ausmachen, Mr. Lewitsch nichts von dem Wert des Schmucks zu erzählen?«

»Das ist doch selbstverständlich.« Er konnte sich keine Umstände vorstellen, die eine solche Indiskretion an Jakow Lewitsch erfordern könnten. Die arme Frau! Egal, ob sie Martschenko die Klunker zurückgab oder nicht, die Sache würde in jedem Fall Komplikationen in ihrem Leben verursachen.

Dennoch war sie weiterhin eine Tatverdächtige. Mittel, Motiv, Gelegenheit, das alles hatte sie, und nicht zu knapp.

»Möchten Sie noch mal Daisy sprechen?«, fragte sie.

»Sie ist bei Ihnen?«

»Nein, sie ist wieder nach nebenan gezogen, aber ich könnte sie eben holen.«

»Ist schon in Ordnung, vielen Dank. Wenn Sie zufällig mit ihr sprechen, sagen Sie ihr bitte, dass ich mich auf morgen Abend freue. Auf Wiederhören.«

Beim Auflegen sah er Tom und Ernie grinsen und runzelte die Stirn.

»Ist Miss Dalrymple sicher wieder zu Hause, Chief?«, fragte Tom ganz unschuldig.

»Ja. Was hat das Labor zu berichten?«

»Zu wenig, um einen ordentlichen Test durchzuführen, aber es gibt einige Hinweise auf eine Substanz, die Nitroglyzerin sein könnte. Zwischen den Zeilen kann man herauslesen, dass die davon überzeugt sind, aber unter Eid wollen sie es doch nicht beschwören.«

»Sir Bernard schreibt so ziemlich dasselbe. Fürs Erste arbeiten wir mit dieser Grundlage. Lasst uns erst mal einen Happen essen, dabei gehen wir dann die Liste durch.«

Bei Fleisch-und-Nierchen-Pastete – die mehr Nierchen als Fleisch enthielt, wie Tom kritisch bemerkte – und Pommes frites sowie eher grau gefärbten Erbsen aus der Dose analysierten sie die Verdächtigen durch. Gower, Finch und Miss de la Costa konnte man streichen. Auch für Browne hatte sich kein Motiv ergeben.

»Also zu den anderen«, sagte Alec. »Abernathy nimmt Trinitrintabletten, und Miss Westlea kommt leicht an sie heran. Miss Blaise und Cochran wussten, dass unten im Ankleidezimmer ein Reservefläschchen deponiert war. Cochran kam nicht mehr so häufig ins Haus, nachdem Mrs. Abernathy ihn gezwungen hat, ihr die Rolle zu geben, aber Miss Blaise ist weiter zu ihren Gesangsstunden dorthin gegangen. Lewitsch ist nie dort zu Besuch gewesen, erst nach Mrs. Abernathys Tod.«

Er unterbrach sich und nahm einen Bissen Teig. Er war getränkt mit schwerer Sauce und mit gummiartigen Nierchen belegt – so etwas würde bei Mrs. Tring niemals auf den Tisch kommen.

»Und was ist mit Mr. Abernathy, Chief?«, fragte Piper.

»Es kann, glaube ich, keinen Zweifel geben, dass er sie geliebt hat. Was nicht heißen soll, dass er sie nicht umgebracht hat. Er steht immer noch ganz oben auf der Liste, und wenn auch nur deshalb, weil es statistisch erwiesen ist, dass Ehegatten am häufigsten die Mörder ihrer Frauen sind.«

»Das spricht ja nicht gerade für die Ehe, was?«

»Ach«, sagte Tom, »wenn doch nur alle eine solche Gemahlin hätten wie ich!«

Alec lächelte ihn an. »Manche haben eben mehr Glück als andere. Abernathy war einer der weniger glücklichen. Und er hatte die Mittel, das Motiv und die Gelegenheit für einen Mord. Dasselbe gilt für Miss Westlea. Aber warum gerade zu der Zeit und ausgerechnet an dem Ort? Ich hab immer noch nichts gehört, was auch nur annähernd einer Erklärung gleichkommt. Hat irgendjemand eine Idee?«

Die anderen schüttelten den Kopf.

»Denken Sie mal darüber nach. Wenn wir nicht bald irgendetwas finden, setze ich kein Geld mehr auf ihn.«

»Damit bleiben Mrs. Cochran, Mrs. Gower und Martschenko«, sagte Tom. »Hatten Sie nicht gesagt, Miss Dalrymple habe Ihnen erzählt, dass Mrs. Gower an diese Tabletten herankommen kann?«

»Ja. Sie arbeitet ehrenamtlich in einer Klinik im East End und hat tatsächlich gegenüber Miss Dalrymple erwähnt, dass dort Trinitrin verabreicht wird. Sie selbst arbeitet wohl hauptsächlich mit Kindern. Ernie, das überlasse ich Ihnen.«

»Liebe Zeit, wirklich, Chief?«

»Wenn Mrs. Gower gerade in der Klinik ist, ist es eher unwahrscheinlich, dass sie Sie erkennt und einen Schrecken bekommt – Sie sollten nur nach Möglichkeit Ihren Namen nicht erwähnen. Wir müssen wissen, ob die Medikamente dort weggeschlossen werden und, falls ja, wer einen Schlüssel hat.« Er hielt inne, während Ernie rasch sein Notizbuch hervorholte. »Und wir müssen wissen, ob die Tablettenausgabe ordentlich protokolliert wird und, falls ja, ob in jüngster Zeit eine außergewöhnliche Menge von Trinitrin verabreicht worden ist.«

»Trinitrin ist dasselbe wie Nitroglyzerin, Chief?«

»Ja, und einfacher zu schreiben. Wenn morgen früh keiner in der Klinik zu sprechen ist, dann versuchen Sie herauszufinden, wer verantwortlich ist, und sehen Sie zu, dass man Sie einmal dort herumführt. Berufen Sie sich auf mich, wenn nötig. Ich muss schnellstmöglich Bescheid wissen.«

»Geht in Ordnung, Chief.«

»Glauben Sie wirklich, dass sie es gewesen sein könnte, Chief?«, fragte Tom, während er einen völlig leergegessenen Teller fortschob und sich eine Schale mit Korinthenpudding heranzog, der großzügig mit einer klumpigen Sauce bedeckt war.

Schaudernd gab Alec den Kampf mit den steinharten Erbsen auf und nahm seine Pfeife. »Sie können meine Süßspeise haben, Tom. Ja, Mrs. Gower steht ziemlich weit oben auf meiner Liste. Sie hatte Angst, dass Mrs. Abernathy ihre Familie zerstören und ihren Kindern schaden würde. Sie sind ihr Ein und Alles. Sie war auch alleine im Solistenraum. Ernie, wenn Sie in der Klinik fertig sind, dann suchen Sie den Platzanweiser auf, der an der Tür gestanden hat, und fragen Sie ihn, wie lange sie genau da drin gewesen ist.«

»Geht in Ordnung, Chief.«

»Nicht, dass das von Bedeutung wäre. Ein paar Sekunden hätten gereicht. Ich werde sie wohl noch einmal sprechen müssen, und mit Martschenko werde ich mich auch noch einmal unterhalten. Tom, machen Sie bitte Cochrans und Lewitschs Ärzte ausfindig, und erkundigen Sie sich, ob einem von beiden je Trinitrin verschrieben worden ist. Ich bin eher geneigt, alle drei abzuschreiben, aber wir müssen das wissen.«

»Ich bezweifle, dass es Miss Blaise gewesen ist, Chief. Wie Sie schon sagten, wenn sie Mrs. Abernathy während des Konzerts umgebracht hätte, wäre das viel zu spät gewesen. Das hätte ihr gar nichts mehr genutzt.«

Alecs Pfeife ging endlich an, und er schmauchte einige Momente schweigend, ehe er nachdenklich sagte: »Es gibt noch einen anderen, wenn auch eher vagen Grund, warum ich dazu neige, Miss Blaise und auch Miss Westlea von der Liste zu streichen. Ob sie nun wirklich in Cochran beziehungsweise Lewitsch verliebt sind, kann ich nicht erahnen. Aber ihre Zuneigung zu Abernathy und ihre Sorge um ihn kommt wirklich von Herzen. Sie wissen beide ganz genau, dass ein schwerer Schock ihn das Leben kosten könnte. In meinen Augen reicht das schon aus, um sie davon abzuhalten, seine Frau umzubringen.«

»Glauben Sie wirklich, Chief?«, fragte Tom, und Zweifel waren in sein großflächiges Gesicht geschrieben.

»›Ich neige dazu‹, hab ich gesagt.« Alec lachte. »Das wissen Sie doch, Tom, dass niemand wirklich von meiner Liste gestrichen wird, solange ich nicht mehr als eine bloße Ahnung als Grund anführen kann.« Oder eine Intervention durch den Special Branch. »Da ist aber noch etwas anderes, was für Miss Westlea spricht. Nämlich diese Abdrücke an den Seiten des Stöpsels. Warum sollte sie ihn denn so fassen, wenn ihre Fingerabdrücke doch überall auf dem Stopfen zu sehen sind?«

»Wenn sie es nicht war, dann hat es jemand anderes getan«, bemerkte Piper tiefsinnig.

»Ganz genau, und niemand außer dem Mörder hatte einen Grund dazu. Ernie, Sie können jetzt nach Hause gehen. Tom, Sie müssen noch die Protokolle von heute schreiben, und ich muss noch drei oder vier andere Fälle aufarbeiten. Wir treffen uns alle morgen um fünf Uhr in meinem Büro – nein, versuchen wir mal halb fünf.«

Tom zwinkerte. »Dann haben Sie nämlich noch etwas Zeit, sich feinzumachen, ehe Sie Miss Dalrymple ausführen, was, Chief?«

Kapitel 17

Der gelbe Austin Chummy fuhr um Punkt halb acht Uhr vor. Daisy ließ hastig den Vorhang fallen, und die winzige Lücke, durch die sie eben gelinst hatte, schloss sich.

»Lucy, sehe ich auch anständig aus?«, fragte sie nervös und zupfte noch einmal an dem Gürtel, der das rosafarbene Charmeuse-Kleid an ihren unleugbar vollen, der Mode nicht gerade konformen Hüften bändigte.

»Famos, Liebes«, sagte Lucy gelangweilt. »Viel zu elegant für das Strand Corner House.«

»Dahin lädt er mich überhaupt nicht ein, und wenn er es täte, würde mir das auch nichts ausmachen. Alle möglichen Leute essen da.«

»Eben.«

Daisy zog eine beleidigte Grimasse. Lucy konnte einen manchmal wirklich wahnsinnig machen. Als es an der Tür klingelte, hatte sie sich gerade ihre Handtasche genommen und puderte sich die Nase. Sie sauste hinaus in den Korridor und öffnete. Da stand Alec. Er sah unglaublich elegant aus, ein gutaussehender Mann in einem schlichten, aber äußerst wirkungsvollen Dinnerjackett. So ungern sie es sich eingestand, hatte sie doch ein bisschen befürchtet, er würde in einem Straßenanzug auftauchen – nicht, dass ihr das irgendetwas ausgemacht hätte, aber was hätte Lucy nur gesagt! Sie bat ihn in den vorderen Salon.

»Guten Abend, Mr. Fletcher«, sagte Lucy kühl und ein

wenig aggressiv. »Machen Sie sich darauf gefasst, Champagner auszugeben heute Abend. Daisy hat wirklich großartige Nachrichten für Sie.«

»Das wollte ich doch erst später erzählen«, sagte Daisy verärgert.

»Aber jetzt können Sie mich unmöglich weiter auf die Folter spannen.« Alec lächelte sie an. »Und gute Nachrichten kann ich heute wirklich brauchen.«

»Ich hab heute Morgen meinen Museumsartikel, den über das Victoria and Albert Museum, in die Redaktion gebracht«, sagte sie voller Genugtuung. »Und im Büro des Redakteurs war gerade der Herausgeber einer amerikanischen Zeitschrift zu Besuch. Er hat den Artikel gelesen und auf der Stelle die Rechte für eine Veröffentlichung in Amerika gekauft.«

»Ich gratuliere!«

»Moment, das ist noch nicht alles. Er will eine ganze Serie von Artikeln über die Londoner Museen haben, und er will mir dafür Unmengen von Geld zahlen!«

»Daisy, das ist ja wunderbar!« Seine Freude war für sie die Krönung der Ereignisse. »Und deswegen geht der Champagner heute auf meine Rechnung«, verkündete sie und nahm ihren Mantel von der Lehne eines Sessels.

»Nie im Leben.« Er half ihr in den Mantel. »Ich lade ein. Und welche Ehre: Miss Daisy Dalrymple, die bekannte internationale Journalistin, wurde beim Abendessen gesehen mit einem unbekannten …«

Daisy lachte. »… mit dem gefeierten Chief Inspector Fletcher von Scotland Yard, über dessen kriminologische Glanzleistungen schon seitenweise berichtet wurde. Bis später dann, Lucy.«

»Cheerio, Liebes, viel Spaß.« Lucy bedachte sogar Alec mit einem herzlichen Lächeln.

Alec wartete, bis sich die Haustür hinter ihnen geschlossen hatte, um seinen Kommentar loszuwerden. »Spüre ich da etwa ein leichtes Tauwetter?«

»Sie sind doch der Detective. Ja, ich glaube, dass die emanzipierte Frau in Lucy vielleicht doch noch das blaue Blut überwinden wird. Sie waren nämlich angemessen beeindruckt von meinem Erfolg, ganz im Gegensatz zu Phillip.«

»Phillip Petrie?«, fragte er misstrauisch, während er ihr die Tür des Austin öffnete.

»Ja.« Sie setzte sich mit einem anmutigen Schwung, der, so hoffte sie jedenfalls, sogar einem Daimler gerecht würde, und blickte zu ihm auf. »Ich hab mich danach mit Phil zum Mittagessen getroffen. Er hat nur verächtlich angemerkt, dass dies mich wohl in meinem blödsinnigen Unterfangen bestärken würde, meinen Lebensunterhalt selbst verdienen zu wollen.«

»Alberner Depp.«

Im Licht der Straßenlaterne an der Ecke stellte sie fest, dass er breit grinste, während er vorn um das Auto herumging. War er etwa auf Phillip eifersüchtig?

»Ich hab gekocht vor Wut und Lucy auch, als ich es ihr erzählt habe«, sagte sie, während er einstieg. »Doch es hat wirklich keinen Sinn. Der liebe, alte Trottel hat einfach keine Ahnung. Aber sprechen wir nicht darüber. Wie steht es denn mit dem Fall? In den Zeitungen stand, dass Mrs. Cochran nicht des Mordes an Bettina angeklagt wird?«

»Das heben wir uns doch lieber für später auf. Hören Sie, ich hab für uns einen Tisch in einem etwas ungewöhnlichen kleinen Lokal in Soho reserviert, aber Ihre Nachricht verlangt natürlich nach dem Ritz, wenn Ihnen das lieber ist.«

»Ach nein, lassen Sie uns lieber irgendwo hingehen, wo es originell und interessant ist. Vielleicht könnte ich ja für diese amerikanische Zeitschrift auch eine Serie über ungewöhnliche Restaurants in London schreiben. Jede Wette, dass Mr. Thorwald daran auch interessiert wäre. Wo gehen wir denn hin?«

»Warten Sie's ab.«

Er führte sie ins Cathay aus. Daisy hatte es schon mehrfach gesehen, wenn sie nebenan im beliebten Monico war, doch keiner ihrer Freunde hatte es je gewagt, sich in dieses orientalisch-mystische Lokal zu wagen. Tatsächlich hatte sie noch nie in ihrem Leben chinesisch gegessen. Der Eigentümer begrüßte Alec mit Namen und führte sie an einen der besten Tische im Restaurant. Zu Daisys Enttäuschung war der Chinese in einen normalen schwarzen Frack gekleidet, und nicht in einen bestickten Kimono, und der einzige Akzent, den sie feststellen konnte, war ein ganz kleines bisschen Cockney. Wenigstens verbeugte er sich richtig orientalisch.

Das Mahl war wirklich exotisch: Es gab Gerichte mit Bambussprossen und Bohnensprossen, aber auch solche mit etwas gewöhnlicheren Ingredienzen. Während köstliche fremde Geschmäcker ihren Gaumen kitzelten und der Champagner ihr langsam zu Kopfe stieg, war es schwierig, sich auf all die Fragen zu konzentrieren, die sie noch stellen wollte.

»Also hat wirklich Mrs. Cochran versucht, Olivia umzubringen?«, fragte sie schließlich, nachdem ihr erster Hunger gestillt war.

»Ohne jeden Zweifel. Als man ihr die Fingerabdrücke gezeigt hat, hat sie gestanden.«

»Wie konnte sie bloß darauf hoffen, ungeschoren davonzukommen?«

»Wie die meisten Verbrecher hat sie ihre Tat einfach nicht gut genug durchdacht. Sie sagt, sie hätte erwartet, dass man

Mrs. Abernathys Mörder die Schuld geben werde, und da sie das nicht war ...« Er zuckte mit den Achseln. »Sie ist nicht unintelligent. Aber sie ist keine vernünftige Frau, sonst hätte sie ja auch keinen Mann geheiratet, der fünfzehn Jahre jünger ist als sie. Und sie hätte auch nicht versucht, ihn zu einem Dirigenten zu machen, der einmal den Ritterschlag empfangen könnte.«

»Das ist aber ungerecht.« Daisy ließ sich ablenken. »Niemand regt sich auf, wenn Männer Mädchen heiraten, die fünfzehn Jahre jünger sind als sie. Und sie dürfen auch versuchen, sie zu einer Sängerin zu machen, die später zur Dame nobilitiert werden kann wie Dame Nellie Melba.«

»Was Abernathy betrifft, so lag der Ehrgeiz ganz bei ihr, nicht bei ihm. Er wollte nur *sie*, einfach so, wie sie war.«

»Ja, aber das Prinzip ist dasselbe. Es ist schrecklich, Alec, er stirbt einfach vor sich hin. Ohne sie scheint er nicht mehr leben zu wollen. Kaum zu glauben, aber er hat sie wirklich geliebt.«

»In meinen Notizen lese ich immer wieder das Wort, das die Leute am häufigsten benutzt haben: Er sei ›vernarrt‹ in sie gewesen. Darin sind ja Dummheit und Blindheit vereint.«

»Dumm, ja; blind, nein. Sie hat ihm das Herz gebrochen – aber ihr Verlust hat sein Herz endgültig zerstört. Auch wenn es schrecklich schmalzig und altmodisch klingt, so ist es eben. Und dann hat er noch diesen Wahn, dafür verantwortlich zu sein, dass Olivia fast vergiftet worden wäre. Das Einzige, was ihn noch aufrecht hält, sind die Proben für das Wiederholungskonzert am Montag mit Olivia und dem Chor. Sie werden doch zu der Aufführung kommen können, oder etwa nicht?«

»Ich glaube ja. Aber versprechen kann ich es nicht.«

»Nun denn, Sie haben ja immerhin Ihr Versprechen gehalten, mich nicht mit der Rechnung sitzenzulassen«, sagte Daisy lächelnd, während der Kellner die leeren Teller abräumte und ihnen noch einmal die Karte brachte. »Was schlagen Sie denn vor?«

»Die Lychees und der Ingwer in Sirup sind ausgezeichnet.«

»Hmmm. Ich kann mich nicht entscheiden.«

»Ich bestelle einfach beides, und dann können wir beide Desserts teilen, wenn Sie mögen.«

Sie nickte. In ihrem Kopf kitzelte der Champagner, und die Intimität, eine Speise mit ihm zu teilen, war eine himmlische Aussicht.

»Kaffee, Sir?«

»Jasmintee, bitte. Wenn er Ihnen nicht schmeckt, können wir immer noch einen Kaffee bestellen.«

Nach ein paar Bissen des feurigen Ingwers erfreute sich Daisy an der kühlen Saftigkeit der Lychees. Während sie den duftenden Tee trank, kamen sie wieder zum Geschäftlichen zurück.

»Wenn Mrs. Cochran Bettina nicht umgebracht hat, wer war es dann?«

»Es gibt, fürchte ich, die ernstzunehmende Möglichkeit, dass es Jennifer Gower war.« Er füllte noch einmal ihren winzigen Teebecher und schaute dabei weg – wollte er ihr ausweichen? »Der Giftschrank in ihrer Klinik wird nur nachts abgeschlossen, und die Unterlagen dort befinden sich in einem hoffnungslosen Zustand. Sie wissen doch, wie Piper mit Zahlen umgehen kann? Er hat sich die Bücher nur ganz kurz angeschaut und ist mit einer ellenlangen Liste von Unstimmigkeiten zurückgekommen. Mrs. Gower hätte mit allem Möglichen da herausspazieren können, von Trinitrin bis Morphium, ohne dass es jemand vermisst hätte.«

»Aber Sie haben doch keine Beweise, dass sie irgendetwas mitgenommen hat, oder?«

»Keinen einzigen. Ehrlich gesagt, sehe ich im Moment auch nicht, wie wir jemals Beweise finden sollen. Bestenfalls können wir auf ein Geständnis hoffen. Und wenn sie es war, dann habe ich auch schon eine Idee, wie ich es auch ihr herausquetsche.«

»Das klingt ja schrecklich.«

»Mord ist auch schrecklich. Denken Sie immer daran, Daisy, denn ich möchte Sie um Ihre Hilfe bitten.«

Ihre Skrupel schwanden sofort. »Wirklich? Das ist ja großartig! Was kann ich denn tun?«

»Haben Sie morgen am Nachmittag Zeit? In der Royal Albert Hall ist eine Probe für das *Requiem*, so dass die meisten Tatverdächtigen ohnehin dort sein werden.«

»Alle außer Mrs. Gower.«

»Ja, aber ich habe ihr gesagt, dass ich alle dort versammeln will, um ihnen Nachricht über den Fall zu geben. Sie wird da sein, und ich glaube nicht, dass es irgendjemanden wundern wird, wenn Sie auch dabei sind.«

»Die werden alle meinen, Sie würden gleich erzählen, dass es Mrs. Cochran war. Aber ich wüsste eigentlich nicht, wie diese Mitteilung irgendjemanden dazu bewegen könnte, ein Geständnis abzulegen.«

»Nein, was ich bekanntgeben werde, ist Folgendes: dass es nur eine einzige Möglichkeit gibt, wie Mrs. Abernathy mit Zyankali hätte vergiftet werden können, nämlich …«

»Aber ich dachte, Sie hätten entschieden, es sei Trinitrin gewesen!«, unterbrach ihn Daisy.

»Einen Moment. Lassen Sie mich doch ausreden. Sie hätte nur dann mit Zyankali vergiftet werden können, wenn ihr Arzt das Medikament für sie falsch gemischt hat. Es ist ein Medikament mit Zyankali in einer sehr verdünnten Form, um den Husten zu besänftigen.«

»Dr. Woodward?«

»Ja, obwohl ich ihn nicht namentlich erwähnen werde.«

»Das will ich auch hoffen! So etwas könnte ihn ja ruinieren.«

»Genau. Deswegen muss ich um den heißen Brei herumreden, und deswegen hoffe ich, auf diese Weise ein Geständnis zu hören, und deswegen hoffe ich auf Ihre Hilfe. Und im Übrigen habe ich ihn schon um Erlaubnis gebeten, es auf diese Weise zu versuchen.«

»Er lässt Sie das so machen?« Sie war empört. »Hat der denn keine Familie? Was ist denn, wenn seine Frau und Kinder auch mit ihm in den Ruin stürzen?«

»Perfekt!«

Daisy blickte ihn wütend an. »Was meinen Sie damit, perfekt?«

»Wenn Sie einmal aufhören würden, bei jeder Kleinigkeit in die Luft zu gehen, und mich endlich erklären ließen, dann wüssten Sie schon Bescheid. Verstehen Sie, die Theorie mit dem Nitroglyzerin ist immer noch eine Theorie, keine Tatsache. Woodward hat also ein wirkliches Interesse daran, den Fall aufzuklären. Und seine Kinder sind ja genau das, worum es geht.«

»Mrs. Gower ist verrückt nach Kindern«, sagte Daisy langsam.

»Genau. Woodward hat drei kleine Kinder.«

»Also wenn Sie sagen, dass er ... dann wollen Sie, dass ich ... und Sie glauben wirklich, dass sie deswegen gesteht?«

»Ja, das könnte hinhauen.«

»Aber nennen Sie um Himmels willen nicht seinen Namen. Vielleicht legt sie ja doch kein Geständnis ab. Na, aus diesem Teekesselchen ist wohl kein Tropfen mehr herauszuquetschen.«

»Hätten Sie gerne noch ein bisschen? Nein? In Ordnung, dann werden wir auf dem Heimweg austüfteln, was Sie noch sagen müssen.«

Alec rief den Kellner und bat um die Rechnung.

Anstelle des Kellners kam jedoch der Eigentümer herüber. »Bitte, Mr. Fletcher, ich 'offe … hoffe sehr, dass Sie Ihr Abendessen als ein Geschenk des Hauses annehmen, Sir«, sagte er, strahlte und verbeugte sich tief.

Alec bestand mit freundlicher Hartnäckigkeit darauf, zu bezahlen. Auf dem Weg zum Automobil fragte Daisy, was er denn getan habe, um so großzügig eingeladen zu werden, aber er schüttelte den Kopf.

»Jetzt kommen Sie schon, Alec, seien Sie kein Spielverderber!«

Er lachte. »Nein, das war ein Fall von früher, in den Sie sich nicht haben einmischen können. Und so soll es auch bleiben. Seien Sie zufrieden, dass Sie in diesem hier eine so wichtige Rolle spielen.«

Also fanden sie sich alle wieder im Chorraum ein. Daisy hatte bei der Probe zugehört. Ihr Kopf dröhnte noch von dem begeisternden *Libera me* mit dem dramatisch gedämpften Ende, als sie bei Muriel, Roger und Jakow Lewitsch Platz nahm.

In der Nähe spielte Mr. Finch auf seiner Phantasieorgel. Olivia und Cochran standen dicht beieinander, und der Dirigent wirkte sorgenvoll, unsicher, als hätte er seinen Platz in der Partitur des Lebens verloren und müsse jetzt auf der Grundlage einer unbekannten Melodie improvisieren. Doch seine Leistung auf dem Podium war davon nicht in Mitleidenschaft gezogen worden, jedenfalls hatte Daisy nichts gemerkt. Die Probe war sehr gut gelaufen.

Dimitri Martschenko saß wieder alleine da und schien seinen Gedanken nachzuhängen. Consuela de la Costa schritt auf und ab, eine dunkle, ungeduldige Katze. Sie gab sich größte Mühe, die Gowers zu ignorieren, die wiederum auch sie keines Blickes würdigten. Gilbert und Jennifer Gower saßen sehr dicht beieinander, die Köpfe zusammengesteckt. Daisy hatte die beiden händchenhaltend hereinkommen sehen. Sie hoffte inständig, dass Alec sich irrte und Mrs. Gower unschuldig war.

Von allen Anwesenden hätte Daisy am liebsten Martschenko als Mörder demaskiert gesehen. Aber niemals würde er ein Verbrechen gestehen, um Dr. Woodward zu retten. Wenn er es war, wie in aller Welt wollte Alec das beweisen?

Major Browne kam herein, rotgesichtig und dick wie eh und je, und ging geschäftig von einer Gruppe zur anderen. Übereifrig versicherte er, der Chief Inspector würde jeden Moment kommen. Als er bei Daisy und ihren Freunden ankam, zwinkerte er ihr zu und sagte schelmisch: »Ich habe eine neue Keksdose, wenn Sie sich hinterher mit mir an der gütlich tun wollen, Miss Dalrymple? Haha!«

Daisy lächelte ihn an, aber glücklicherweise bewahrte Alecs Ankunft sie vor einer Antwort.

Er platzierte sich mitten im Raum, selbstsicher und offiziell in seinem dunklen Anzug, und erhaschte Daisys Blick, die ihm kaum merklich zunickte. Sie hoffte sehr, dass Jennifer Gower keine Mörderin war, aber sollte sie doch eine sein …

Tom Tring und Ernie Piper bauten sich links und rechts von der Tür auf. Piper holte seinen Notizblock hervor.

Der Sergeant trug schon wieder Schwarz, und heute

wirkte er dadurch irgendwie einschüchternd. Die Körperfülle, die in seinen üblichen wilden Karos nach Fettleibigkeit aussah, entpuppte sich als schiere Muskelmasse. Mit Martschenko würde er es durchaus aufnehmen können. Daisy erinnerte sich an den Vorabend, als Alec ihr ausgewichen war. Hatte er etwa noch irgendeinen Trumpf in der Hinterhand?

»Möchten Sie sich vielleicht setzen, Miss de la Costa?«, fragte er höflich, als Consuela auf ihn zustolzierte und ihm auf Spanisch etwas zuzischte.

»Warum ich hier?«, wollte sie wissen. »Ich nicht umbringen *esta maldita*, und mir egal, wer Morrrderrr ist. Heute Abend ich probe für Oper. Muss ausruhen!«

»Es wird nicht lange dauern, Ma'am. Bitte setzen Sie sich.« Er wartete, bis sie seiner Bitte schmollend nachgekommen war, und fuhr dann fort: »Guten Abend, meine Damen und Herren, und vielen Dank, dass Sie gekommen sind. Ich bin mir sicher, dass Sie alle – oder jedenfalls die meisten von Ihnen – begierig sind, die Ergebnisse unserer Untersuchung im Todesfall von Mrs. Roger Abernathy beziehungsweise Bettina Westlea, wie sie in Musikerkreisen hieß, zu erfahren.«

Der eine oder andere nickte. Finch, vielleicht durch das Wort ›Tod‹ angeregt, spielte auf seiner lautlosen Orgel einen Trauermarsch. Neben Daisy starrte Roger auf seine Hände, die er zu Fäusten geballt auf die Knie gestützt hatte. Dennoch zitterten sie. Das hier dürfte man ihm nicht antun, dachte Daisy und sah, wie Muriel ihm die Hand auf den Arm legte.

Alec fuhr erbarmungslos fort: »Mrs. Abernathy hat gewöhnlich einen Hustensaft gebraucht, der mit einer außerordentlich stark verdünnten Lösung von Blausäure hergestellt wurde, also mit Zyanwasserstoffsäure. Sie hatte die

Angewohnheit, diese Medizin mit ihrem Lieblingslikör einzunehmen. Es gibt nur eine Möglichkeit, wie sie durch Zyankali hätte umkommen können: Wenn ihr Arzt das Medikament falsch gemischt hätte.«

»Wie furchtbar!«, rief Daisy aus. »Einmal so ein schrecklicher Fehler, und der arme Mann ist für den Rest seines Lebens ruiniert. Was wird nur aus seiner Frau und den armen kleinen Kindern?«

Mrs. Gower sah entsetzt aus. Aber sie sagte nichts.

Das Schweigen wurde länger – und wurde dann von Roger Abernathy gebrochen, der mit leiser und müder Stimme sprach: »Es war kein Zyankali.« Schwerfällig stand er auf und ging einen Schritt nach vorn. Seine Hände hingen ihm schlaff an den Seiten herab, als wüsste er nicht genau, was er mit ihnen anstellen sollte. »Es war Trinitrin. Ich hab sie umgebracht.«

Daisy starrte ihn fassungslos an. Neben ihr keuchte Muriel entsetzt auf, ansonsten herrschte Totenstille.

Alecs unnachgiebiger Blick wirkte nicht erstaunt. »Warum?«, sagte er tonlos. »Warum jetzt, nach all diesen Jahren? Sie wissen, dass alles, was Sie jetzt sagen, als Beweis gegen Sie verwendet werden kann.«

Roger schien diese Warnung nicht zu hören. Er sprach monoton weiter. »Sie hat das Leben ihrer Schwester zerstört. Ich habe den Fehler gemacht, also ist es auch gerecht, dass ich dafür büße. Ich habe sie geliebt und sie anstelle von Muriel geheiratet. Zu meiner Schande muss ich gestehen, dass ich auf ihr Verlangen hin Muriel nicht unterrichtet habe.«

»Ach, Roger!«, schluchzte Muriel.

Unbeirrt fuhr er fort: »Und dann lernte Muriel Jakow Lewitsch kennen, und Bettina hat ihr Bestes getan, um auch das zu zerstören. Ich habe sie immer noch geliebt, aber das konnte ich nicht zulassen. Sie müssen verstehen, sie war immer unglücklich und unzufrieden. Bis dann mit diesem Konzert ihre große Chance kam. Endlich war sie zufrieden. Sie dachte, es wäre der Anfang eines wunderbaren neuen Lebens, und ich hoffte das auch für sie. Aber so glücklich sie auch sein mochte, sie hat weiterhin ihre Schwester misshandelt. An dem Tag, an dem sie Muriel daran gehindert hat, auch nur ein paar Worte mit Lewitsch zu wechseln, wusste ich, dass sie sich niemals ändern würde. Sie würde niemals eine Chance auf die Anerkennung haben, die sie sich so sehr wünschte. Sie ist glücklich gestorben, ehe sie desillusioniert wurde …«

Plötzlich ging die Tür krachend auf und schlug Piper, der an der Wand stand, vors Gesicht. Ein halbes Dutzend Leute kamen hereingerannt. »Special Branch!«, brüllte der Anführer. »Dimitri Martschenko, ich habe hier einen Haftbefehl, in dem Sie einer Verschwörung bezichtigt werden, die …«

»*Tschort wosmi*!«, brüllte Martschenko und sprang auf. Er raste zur Tür. »*Swobodnaja Ukraina*!«

Alec, der sich gerade umgedreht hatte, um gegen dieses Eindringen zu protestieren, bekam eine Faust zwischen die Schulterblätter und flog zu Boden. Die Eindringlinge warfen sich auf Martschenko. Der stampfte weiter vor und schleppte die Männer hinter sich her, die alle laut brüllten. Tom Tring schlug die Tür donnernd zu. Consuela kreischte durchdringend, wieder und wieder. Daisy sah, wie Olivia zu ihr hinüberging und ihr ins Gesicht schlug. Abrupt hörte das Schreien auf.

»Roger!«

Bei Muriels Ausruf wandte Daisy den Kopf. Kaum einen Meter von ihr entfernt stand Roger Abernathy. Er hielt eine

Hand an den Mund gepresst, mit der anderen fuchtelte er in der Luft herum. Ein Krampf ging durch seinen Körper. Er bückte sich und würgte hilflos.

Muriel sprang an seine Seite und versuchte, seinen sich windenden Körper zu stützen. »Jascha, Hilfe! Daisy, die Tabletten. In seiner Innentasche. Schnell!«

Aber die kleine, braune Flasche lag auf dem Boden. Daisy hob sie auf. »Sie ist leer.«

»Das kann doch nicht sein. Ich hab es eben noch überprüft. Die war doch voll!«

Keine Tabletten lagen auf dem Boden. Abernathy griff sich an den Hals, während er sich in Lewitschs Armen wand. Sein Gesicht wurde blutrot, die Brille fiel ihm von der Nase, und seine Augen quollen hervor, während er um Atem rang.

Daisy zog Muriel fort. Der Kampf des sterbenden Mannes wurde immer schwächer. Lewitsch ließ ihn sanft zu Boden gleiten, wo er nur noch schwach zuckte. Muriel riss sich aus Daisys Armen los und kniete sich neben ihm nieder. Sie nahm seine zuckenden Hände in ihre.

»Roger«, rief sie schluchzend aus.

Endlich lag Roger Abernathy still da. Wieder zog Daisy Muriel weg. Diesmal war Olivia da, um zu helfen. Lewitsch schloss ihm die starren Augen.

»Er hat nie geglaubt, dass er Bettina überleben würde, und er hat es auch nicht gewollt«, murmelte Daisy.

»Diese verdammten Idioten!« Alec starrte auf die Leiche hinab, und vor Wut war sein Mund nur ein Strich in seinem Gesicht. »Miss Dalrymple, Mr. Lewitsch, bringen Sie bitte Miss Westlea nach Hause. Keiner von Ihnen könnte hier noch etwas tun.«

Daisy nahm die leere Tablettenflasche aus ihrer Jackentasche, in die sie sie eben gesteckt hatte, und reichte sie ihm schweigend. Er nickte ihr seinen Dank zu. »Piper, rufen Sie den Herrschaften ein Taximobil.«

Ernie Piper hatte ein verfärbtes Auge, das sich bald zu einem wunderschönen Veilchen entwickeln würde. Tom Trings breites Gesicht hatte keinen Schaden davongetragen, wenn man von seinem zerzausten Schnurrbart absah. Er schien eine gewisse Selbstzufriedenheit verbergen zu wollen. Martschenko war weg und mit ihm auch die Leute vom Special Branch. Als sie in den Flur hinaustrat, sah Daisy eine zerlumpte Phalanx um die Ecke ziehen, in der Mitte der zottlige, ungepflegte Schopf des Ukrainers, der die anderen überragte.

Major Browne beobachtete sie und rang die Hände. »Was sollen wir jetzt nur ohne einen Bass machen?«, stöhnte er.

»Und da stand dann also der Major«, sagte Daisy und zog ihre Handschuhe an, »überall auf der Bühne Leichen, genau wie in einer großen Oper – na ja, sozusagen –, und verzweifelte, weil sein dämlicher Bass gerade in Handschellen fortgeschleppt wurde. Alec, was hat Martschenko eigentlich *getan*?«

»Sich verschworen.« Er grinste leicht säuerlich, als sie ihn fragend und irritiert anschaute. »Ich kann Ihnen sonst nichts erzählen. Das Gesetz über Staatsgeheimnisse, Sie wissen schon.«

»So ein Quatsch! Diese Leute, die Ihre Schlussszene kaputtgemacht haben, waren kurz davor, es kundzutun, aber dann hat er ja so herumgebrüllt.«

»›Eine Verschwörung, die die Gefährdung der Sicherheit des Reiches zum Ziel hatte‹, das wollten die gerade sagen. Haben Sie gesehen, wie Tom ihn zu Boden geworfen hat, als er sich von ihnen losreißen wollte?«

Daisy ließ sich davon ablenken. »Ach, deswegen war der

Sergeant so zufrieden mit sich selber; hab ich's mir doch gedacht. Nein, die Szene habe ich verpasst.« Sie wurde wieder ernst und wartete, bis der Austin vom Bürgersteig losfuhr, ehe sie hinzufügte: »Zu dem Zeitpunkt brach Roger wohl schon zusammen.«

»Das hätte ich verhindern können«, sagte Alec wütend, »wenn diese Volltrottel es mir nicht vermasselt hätten! Übrigens hat sich ihr Superintendent entschuldigt. Die sollten eigentlich warten, bis Martschenko den Chorraum verlassen hatte.«

»Ich verstehe nicht, warum Sie das so aufregt. Sie haben sein Geständnis, und so war es doch immer noch besser für ihn, als gehängt zu werden.«

»Todkranke Menschen werden nicht zum Tode verurteilt. Schlimmstenfalls wäre er friedlich in einem Gefängniskrankenhaus gestorben. Sie dürfen nicht vergessen, dass er immerhin seine Frau umgebracht hat, auch wenn sein Motiv vielleicht selbstlos gewesen sein mag. So schlimm sie auch war, das hat sie nicht verdient.«

Daisy seufzte. »Nein. Es fällt mir nur so schwer, das von ihm zu glauben. Er schien ein so sanfter, freundlicher kleiner Mann zu sein.«

»Oh, das war er auch. Daran habe ich keinen Zweifel. Sein Entsetzen, sein Schreck, als die Skandalblätter sich auf Lewitsch eingeschossen haben, gab mir die Idee, die Gefahr für Woodward und seine Familie anzusprechen.«

»Dann haben Sie also die ganze Zeit schon Roger im Auge gehabt? Und mir haben Sie suggeriert, Sie seien hinter Mrs. Gower her!«, sagte sie empört.

»Ich war mir selbst nicht ganz sicher. Das Rennen zwischen ihr, Abernathy und Martschenko war sehr knapp. Aber bei Martschenko konnte ich nicht das geringste bisschen tun. Der Special Branch hatte mich schon von seiner Fährte verscheucht.«

»Das muss ja wahnsinnig frustrierend für Sie gewesen sein. Muriel hat übrigens beschlossen, dass sie ihm unmöglich den Schmuck zurückgeben kann, wenn er ein Krimineller ist. Er könnte den Erlös daraus ja dazu benutzen, das Parlament oder den Buckingham-Palast oder Downing Street oder sonst was in die Luft zu jagen.«

Alec lachte. »Dazu wäre er durchaus in der Lage. Sehr vernünftig von ihr.«

»Ich hab ihr gesagt, sie sollte es der Klinik von Mrs. Gower schenken. Jetzt hat sie vor, den Betrag zwischen der Klinik und der Gesellschaft der Musikfreunde aufzuteilen oder wie auch immer die heißt. Sie will nur gerade genug behalten, um Jaschas Eltern herüberzuholen. Die beiden haben sich verlobt, wissen Sie das schon?«

»Miss Westlea und Lewitsch? Das ging aber schnell!«

»*Sie* hat *ihm* gestern Abend den Antrag gemacht. Sie ist viel mutiger, als ich gedacht hätte. Roger hätte es so gewollt, meinte sie, und sie könnte es nicht ertragen, wenn sein schreckliches Opfer und der Tod der armen Betsy ganz umsonst gewesen wären. Ich freue mich riesig für die beiden, aber ich muss schon sagen, dass diese ganze Geschichte außerordentlich anstrengend war!«

Alec streckte die Hand über die Gangschaltung hinweg und tätschelte die ihre. »Keine Sorge, jetzt können Sie sich entspannen und die Teegesellschaft genießen.«

»Entspannen!« Daisy setzte sich kerzengerade auf. Die Narzissen im Hyde Park lagen schon hinter ihnen, und St. John's Wood war keine drei Minuten mehr entfernt. »Entspannen! Ich schlottere vor Angst! Ich werde keinen einzigen Bissen hinunterbringen können!«

»Das müssen Sie aber. Belinda hat extra Kekse gebacken, und ich glaube, sie hat sich sogar an Scones versucht. Sie wird furchtbar enttäuscht sein, wenn sie Ihnen nicht schmecken.«

»Ach, dann werde ich jede Menge essen«, sagte Daisy entschlossen und vergaß ihre Nervosität und die Sorge um ihre Figur. »Und hinterher werde ich sie bitten, mir zu zeigen, wie man die bäckt.«